愛のディスクール

愛のディスクール

ヴァレリー
「恋愛書簡」の詩学

森本淳生
鳥山定嗣
編

水声社

愛のディスクール　◉目次◉

略号表

＊　本書では、頻出する文献については、以下の略号を用いて示すことにする。　　（編者）

C, I, II... : Paul Valéry, *Cahiers*, édition intégrale en fac-similé, 29 vol., C.N.R.S., 1957-1961.〔ＣＮＲＳ版『カイエ』〕

C1, C2 : Paul Valéry, *Cahiers*, édition établie, présentée et annotée par Judith Robinson-Valéry, 2 vol., Gallimard, « Bibliothèque de la Pléiade », 1973-1974.〔プレイヤード版『カイエ』〕

CI, CII... : Paul Valéry, *Cahiers 1894-1914*, 13 vol., Gallimard, 1987-2016.〔活字版『カイエ』〕

Corr. G/L/V : André Gide, Pierre Louÿs et Paul Valéry, *Correspondance à trois voix 1888-1920*, édition établie et annotée par Peter Fawcett et Pascal Mercier, Gallimard, 2004.〔ジッド／ルイス／ヴァレリー『三声書簡』〕

Corr. G/V (1955) : André Gide et Paul Valéry, *Correspondance 1890-1942*, avec préface et notes par Robert Mallet, Gallimard, 1955.〔ジッド／ヴァレリー往復書簡（一九五五年旧版）〕

Corr. G/V : André Gide et Paul Valéry, *Correspondance 1890-1942*, nouvelle édition, établie, présentée et annotée par Peter Fawcett, Gallimard, 2009.〔ジッド／ヴァレリー往復書簡〕

Corr. P/P : Catherine Pozzi & Jean Paulhan, *Correspondance 1926-1934*, édition établie, introduite et annotée par Françoise Simonet-Tenant, Éditions Claire Paulhan, 1999.〔ポッジ／ポーラン往復書簡〕

Corr. V/F : Paul Valéry et Gustave Fourment, *Correspondance 1887-1933*, avec introduction, notes et documents par Octave Nadal, Gallimard, 1957. 〔ヴァレリー／フルマン往復書簡〕

Corr. V/Font : Paul Valéry et André Fontainas, *Correspondance 1893-1945*, édition, introduction et notes établies par Anna Lo Giudice, Éditions du Félin, 2002. 〔ヴァレリー／フォンテーナス往復書簡〕

FC : Catherine Pozzi et Paul Valéry, *La flamme et la cendre*. *Correspondance*, édition de Lawrence Joseph, Gallimard, 2006. 〔『炎と灰』ポッジ／ヴァレリー往復書簡〕

J : Catherine Pozzi, *Journal 1913-1934*, nouvelle édition revue et complétée, établie et annotée par Claire Paulhan, avec, pour les notes, la collaboration de Éric Dussert, Phébus , 2005. 〔ポッジ『日記』〕

LJV : Paul Valéry, *Lettres à Jean Voilier. Choix de lettres 1937-1945*, postface de Martine Boivin-Champeau, Gallimard, 2014. 〔ヴォワリエ宛書簡〕

LN : Paul Valéry, *Lettres à Néère 1925-1938*, édition établie, annotée et présentée par Michel Jarrety, Coopérative, 2017. 〔ヴォーチエ宛書簡〕

LQ : Paul Valéry, *Lettres à quelques-uns*, Gallimard, 1952. 〔『ある人々への手紙』〕

Œ, I, II, III : Paul Valéry, *Œuvres*, édition, présentation et notes de Michel Jarrety, Librairie Générale Française, « La Pochothèque », 3 vol., 2016. 〔ジャルティ版『作品集』〕

ŒPl, I, II : Paul Valéry, *Œuvres*, édition établie, présentée et annotée par Jean Hytier, 2 vol., Gallimard, « Bibliothèque de la Pléiade », t. I, 1987 [1957], t. II, 1988 [1960]. 〔プレイヤード版『作品集』〕

序――ヴァレリー「恋愛書簡」を読むために

森本淳生

「ひとりの人間に何ができるか。」

ポール・ヴァレリー（一八七一―一九四五）は初期の代表作『テスト氏との一夜』（一八九六）のなかに、このような言葉を書きつけている。テスト氏とはみずからを「システム」となした怪物的人物であり、ヴァレリーが生涯を通して纏い、死後長きにわたって強いられもした「知性」という仮面を象徴する存在であった。孤独な思索ノート『カイエ』のなかで明晰な言葉や概念を探し求め、そのような意識が曖昧な情念や身体と対峙する姿を詩作品として造型し、混迷を極めた第一次世界大戦後の西欧社会において知識人としてさまざまに発言もした「知性の詩人」ヴァレリー――彼の名はいまなおこうしたイメージを伴って記憶されているにちがいない。

この主知主義が若いときに敢行された一種の「知的クーデタ」に起因するものであったことも比

較的よく知られているだろう。南仏モンペリエの多感な青年詩人であった頃、ロヴィラ夫人という年長の女性に一方的な恋愛感情を抱いたヴァレリーは、ほとんど幻覚的とも言える想念に苦しみ、ときには死を思うまでに惑乱した。後年、ヴァレリー自身がかなりの神話化を施して語るところによれば、彼はこうした混乱状態を超克すべく、いっさいの曖昧なものを否定する「知的クーデタ」を行ったのだという。一八九二年一〇月四日と推定されるこの「ジェノヴァの夜」にどれほどの内実があったのかははっきりとしない。しかし、感受性があまりにも強いひとりの若者が、いわば自分の血肉の一部を削りとるようにして断行した決断の結果として、ヴァレリーの主知主義が成立したことは確かである。

テスト氏の仮面の背後には、情念に貫かれた存在が身を隠していた。ヴァレリーの知的思索を、エロスに対する一種の防衛機制と考えることは十分に可能である。そうだとするならば、「恋愛書簡」の読解を通してヴァレリーに新たな光を当てようとする本書を始めるにあたり、彼の主知主義がいかなる内実のものであったのかを改めて確認するのも無駄ではないだろう。ヴァレリーにおけるエロスの問題は、彼の知的省察との関係でより明確に位置づけられるからである。

冒頭に掲げた「ひとりの人間に何ができるか」という問いは、そうした省察を要約している。現実世界に生きるひとりの人間が、その具体的な能力・身体・技術を用いることによって実行し実現できることこそが人間的知性の本質であり、それ以外は想像世界に属するものにすぎない――こうした人間の組織化された能力をヴァレリーは端的に「方法」と呼んだ。自然科学の力は、何よりもそうした現実に実行可能な諸方式のうちに見出される。ヴァレリーはもちろん科学者たちの創造力を無視するわけではないが、科学を何よりも確立されたテクノロジーの束として捉えていた。「レオナルドと哲学者たち」（一九二九）の一節によるなら、「科学とはつねに成功するやり方と方式の総体」なのである。

「方法」は軍事的、あるいは、産業的にも現れる。後年、「方法的制覇」と改題されることになる「ドイツ的制覇」（一八九七）というテクストは、ドイツ企業の国際市場における強さを分析して、それがドイツ軍と同様の「方法」を採用しているからだと説明する。産業とは「商業参謀部」に指揮されるものであり、どれだけ正確で大量の情報をえるか、どれほど安価に商品を作り輸送できるか、顧客の嗜好をいかに的確に調査し商品を製造できるかが重要である。自分の好みで購入したつもりになっている客もじつはその商品を欲望するように仕向けられているにすぎないから、それは心理学的推論の帰

ポール・ヴァレリー（アンリ・マニュエル撮影）

結にほかならない。こうした徹底的に合理的な「方法」を採用したことこそがドイツ企業の強さの秘密である、とヴァレリーは喝破した。

視点を変えれば、世界に対するヨーロッパの強さの秘密はここにある。それは具体的には「技術」となって現れるだろう。しかしこれは、ヨーロッパを危機に陥れる重大な契機でもある。日清戦争に触発されて書かれた小篇「鴨緑江」で、ヴァレリーは登場人物の「私」に、清に戦争を仕掛けた日本は「強い」、なぜなら「彼らは我々〔ヨーロッパ人〕を模倣しているから」と言わせたが、ここには技術の本質が凝縮して表現されている。技術は、それを発明した者にも、単に模倣するだけの者にも同じような力を与える。ヨーロッパの覇権は、技術が伝播するとともに危機に陥る。ヴァレリーは後に「精神の危機」（一九一九）というエッセーのなかで、この問題に立ち返ることになるだろう。

もちろん詩人として出発したヴァレリーにとって、「方法」は芸術に関わるものでもあった。青年期のもうひとつの代表作「レオナルド・ダ・ヴィンチの方法序説」（一八九五）は、この偉人の学問と芸術のうちに開花した「方法」に対する賞賛に満ちた分析の書である。マラルメの詩作品が示す完成度に圧倒された若き日のヴァレリーは、偉大な師の詩法の謎に導かれつつ、詩人としての力能を増大させることを試みた。もはや作品はそれ自体としては問題ではなくなる。重要なのは作品ではなく、作品を作る能力を高めることである。後年、ギリシア語語源の「作る《ポイエイン》」を際立たせるかたちで「制作学《ポイエティック》」と名づけられることになるヴァレリーの詩学《ポエティック》は、そうした関心を具体化したものにほかならない。優れた詩人は、巧みな行為を我が物にした存在として、ピアニストや舞踏家、あるいはアスリートに比較されることになる。

だが、ヴァレリーの関心は詩や芸術にとどまるものではない。一八九四年以降、生涯にわたって綴られた『カイエ』を読むと、探究が詩的言語のみならず言語一般に、そしてついには精神一般へと拡張されていることが分かる。文学とは言語の一様態にすぎないし、詩人の能力とは精神の力能のひとつにほかならないからである。若きヴァレリーは夢想する。あらゆる精神事象を自在に変換しうる「操作」、自然科学のあの「成功するやり方」にも似た「操作」の理論を構築することができれば、詩を作る技能のみならず、ロヴィラ夫人への惑乱で露わになった感受性の危機に対処する能力もえられるのではないか――。しかし、精神とはつねに変化してやまぬ「自己変動」の世界である。そのためヴァレリーは、確固とした操作を求めつつも、他方で夢や漠然とした意識状態のような把捉しがたい心的現象にも目を向けざるをえない。一八九八年に書き始められ未完に終わった散文詩「アガート」は、眠る女性の内面を書くという設定のもと、主体の存在すら溶解する曖昧なものの領域を探究する試みだった。

ヴァレリーの主知主義とは、明快な対象だけを見る知性のうちに安住することを意味するものではない。それは、明晰と曖昧の境界がはらむ緊張のうちにたえず身を置く批評的な営為にほかならない。このことは、誤解のないようにくり返し強調しておく必要がある。ひとことで言うなら、ヴァレリーは知性を偶像とした、つまり、知性とは偶像のひとつにすぎないことを自覚し、知性の脆弱さや限界を十分に意識した上で、それを自分の格率としてあえて選んだ。このニヒリズムと紙一重の主知主義には、曖昧なものの領域が裏箔としてつきまとっているのである。

とはいえ、「ジェノヴァの夜」以降、曖昧とは言っても、それが総じて脱エロス化されたものであったことも確かである。もちろん『若きパルク』(一九一七)は、すでにこの段階で女性の身体と性的欲望を主題としていた。しかし、ヴァレリーの人生のうちで女性という他者が明白に大きな比重を占めるようになるのは、一九二〇年六月にカトリーヌ・ポッジと出会ってからのことである。これ以降、ヴァレリーの少なからぬ作品――しかも主要な作品――が女性との関係のなかで生み出されることになる。『エウパリノス』(一九二一)、『魂と舞踏』(一九二一)、『神的なる事柄について』(未完)の対話篇三部作はカトリーヌ・ポッジ、『固定観念』(一九三二)はルネ・ヴォーチエ、『わがファウスト』(一九四五)や詩集『コロナ/コロニラ』はジャン・ヴォワリエの存在なくしては書かれなかった。これにエミリー・ヌーレのヴァレリー論のために書かれた代表的な批評テクスト「ある詩篇の思い出　断章」(一九三七)を加えてもよいかもしれない。こうした女性たちとの関係は知られていなかったわけではないが、ミシェル・ジャルティの決定版とも言える浩瀚な伝記が刊行され、カトリーヌ・ポッジ、ルネ・ヴォーチエ、ジャン・ヴォワリエに関する書簡が出版された今日、問題の射程を改めて見定める必要がある。

その具体的な作業は本書に収められた論考に譲るとして、最後に強調しておきたいのは、ヴァレリーにおける「恋愛書簡」の問題が、伝記的枝葉末節のような細部に関わるものでは決してないという点である。すでに確認したように、ヴァレリーは「方法」を、一方では自然科学を経て産業や軍事に到る「技術」の問題として見据えながら、他方でそれを詩や芸術における制作学《ポイエティック》として探り、さらには精神事象の「操作の理論」を求めて、逆に曖昧なものの領域と対峙することになった。いわば文・芸・理の三つの領域を踏破しながら、「方法」へと還元しえないある空虚な場をたえず見つめつづける緊張に身を委ねること——ヴァレリーの営みとはそのようなものであった。一九二〇年以降、この孤高の人テスト氏は女性という他者に身を開き、知性と情動の両面にわたる濃密な関係を生きるようになる。これはヴァレリーを考える上で、本質的な展開である。そのとき、あの空虚な場に立ち現れていた曖昧なものはエロスの備給を受け、マラルメや友人たちと過ごした特権的な生の時間の記憶を引き継ぎながら、女性との関係を通して追求されるべき「不可能な」課題となって姿を現す。もはや「ひとりの人間」に「できること」——あるいは「できないこと」——が問題ではない。ふたりの男女が知的かつ情動的な関係によって実現すべき、現実世界ではありえない特異な瞬間を現出させることが問題なのである。

「恋愛書簡」とは、そうした不可能な試みの記録にほかならない。

ヴァレリーと女性たち

鳥山定嗣

一九四五年七月にポール・ヴァレリーが没してから七十五年の歳月が経とうとしているいま、この作家が幾人かの女性たちに対して抱いた愛の諸相が明らかになってきた。とりわけ今世紀に入ってからヴァレリーと女性たちとの関係に関する書物が数多く出版されている。二〇〇三年に刊行されたフランソワ＝ベルナール・ミシェルの著書『愛にご用心――ポール・ヴァレリーのミューズと女たち[1]』をはじめ、二〇〇六年にカトリーヌ・ポッジとヴァレリーの往復書簡『炎と灰[2]』（ローレンス・ジョゼフ編）、二〇一四年に『ジャン・ヴォワリエへの手紙[3]』、二〇一七年に『ネエールへの手紙[4]』（ミシェル・ジャルティ編）というように恋愛書簡が相次いで刊行された。さらに二〇〇八年には、ヴァレリーが最晩年の愛人に捧げた詩百数十篇を集めた『コロナ／コロニラ[5]』（ベルナール・ファロワ編）とともに、ミシェル・ジャルティによる浩瀚な評伝『ポール・ヴァレリー[6]』が刊行されている。日本においても、清水徹の著書『ヴァレリーの肖像』および『ヴァレリー――知性と感性の相剋』をはじめ、[7]『ヴァレリー研究』[8]に掲載された「ド・ロヴィラ夫人関連資料」の解読・翻訳（恒川邦夫・今井勉・塚本昌則共訳）[9]や上記三巻の「恋愛書簡」に関する松田浩則の書評、[10]また清水徹・松田浩則・田上竜也による「〔鼎談〕ヴァレリーのエロス」[11]、さらに『ヴァレリーにおける詩と芸術』に収録された森本淳生と松田浩則の論考[12]など、ヴァレリーと女性たちとの関係に近年ますます注目が集まっている。

本書の各論に入る前に、ヴァレリーの「恋愛書簡」の宛先となった女性たちを紹介しよう。

シルヴィ・ド・ロヴィラ

「R夫人」――ポール・ヴァレリーの伝記の最も興味深いページのひとつを飾るこの名は、青年ヴァレリーに最初の「恋愛」を知らしめ、この作家の人生を左右する決定的な「危機」の引き金となった「偶像」の名として記憶される。二〇〇〇年にモンペリエ大学医学部教授アンドレ・マンダンが行った調査報告により、[13]長らく謎に包まれていた「R夫人」の本名や素性がその写真とともに明らかにされた。シルヴィ・ド・ロヴィラ（一八五二―一九三〇）。ブロンデル・ド・ロクヴェールの娘としてモンペリエに生まれ、結婚してシャルル・ド・ロヴィラ男爵夫人となった彼女は、一八八七年に夫に先立たれ、ヴァレリーが彼女に出会った頃は二児を養う未亡人であった。濃褐色の豊かな髪をシニョンにまとめあげ、華やかなドレス姿で馬車に乗り、普通貴婦人が出入りしないようなカフェにも姿を現して煙草をくゆらせるモダンな女性であったようだ。[14] また教会の慈善事業にも熱心に携わり、彼女が広大な葡萄畑を所有していたファブレーグ村の教会のステンドグラスには、聖シルヴィが夫と子供たちに囲まれた姿で描かれているらしい。

ロヴィラ夫人

ヴァレリーが初めて夫人を見かけたのは、一八八九年七月、モンペリエの南にある海岸パラヴァスへ向かう列車のなかであった。海水浴の後の帰りの列車のなか、「行きに見かけた伯爵夫人さん《プティット・コンテス》と隣り合わせになる」[15]。当時ヴァレリーは十七歳、夫人は三十六歳であった（ちなみに夫人の息子はヴァレリーの二歳下）。二十歳近く離れたおとなの女性の「目尻の小皺」と「手」を見つめ、「何世代にもわたるサロンの貴族的教育によって育まれた贅沢と安楽と礼節のたまもの」というべき「体つき」に嘆息した青年は、二年後の一八九一年一一月、「彼女の姿をまた見る……心臓に恐ろしい衝撃」と深刻な言葉を記す。

その後も予期しない出会いが幾度か続くうちに、一方的な恋情が欲望とともに膨らんでゆく。「本能に身を委ね」るべきか、あるいは「禁欲」すべきか、「惨めな肉の問題[16]」に悩み苦しんでいた十九歳の若者は、夫人の「ドレス」のひらめきに、後ろ髪からのぞく「うなじ」の白さに、また思わせぶりな「眼差し」に惑乱する。肉体の疼きは抑えがたく「娼婦を抱きながら、彼女を抱いている気持ちになる」が、「凍った胸の谷間」に「涙」がつたい落ちる[17]。想像力のたくましい内気な青年は夫人に声をかけることもできないまま、彼女の住所が記された新聞記事（モンペリエのノートル＝ダム教会で催された記念事業に関する記事）を切り抜いて保管したり、さらには恋文をしためたりする。しかも文学的な効果を狙って推敲を重ねたその恋文は結局投函せず、とはいえ破棄することもできないまま、内気な「言葉の花束」を抽斗にしまっておく[18]……。そのような徹頭徹尾「内面の劇」あるいは「ひとり芝居」であった。「僕は自分で自分に〈恋愛〉劇を演出して見せたのだ[19]」――と自己分析してみても夫人の「幻」が消えることはない。それどころか強迫観念は激化の一途をたどり、「悪魔的な」その顔は「メドゥーサ」と化し、魅惑的な「うなじ」は「蛇」のようにくねる[20]。いつしか「宿命的にまた会ってしまうのを怖れる[21]」ようになる。

こうしたロヴィラ夫人への一方的な恋情、妄想、惑乱がヴァレリー青年期の危機「ジェノヴァの夜」の引き金になったことはよく知られていよう。一八九二年一〇月四日から五日にかけてジェノヴァを襲った嵐の夜、サン・フランチェスコ坂にある親戚の家に滞在していたヴァレリーは、外界と内面の激動が共鳴して緊張が極点に達するようなその夜、自己の存在全体が震撼するような「危機」を体験する。もうひとつの大きな要因は芸術・文学上の苦悶、特にマラルメとランボーの詩およびワーグナーの音楽に対する劣等感であったと言われるが、ヴァレリーはその後、文学を放擲する決意をする。とはいえ、清水徹が指摘したように、[22]何らかの啓示の一夜にすべてがまるごと変化したわけではなく、感情的要因に文学的要因が絡みあって昂じた内面の「嵐」はむしろ長い期間にわたり、激発と鎮静と再発をくり返すなかでヴァレリーは徐々に変化していったと見るべきだろう。

後年に至るまでヴァレリーはロヴィラ夫人の夢を見たという。一九三一年の『カイエ』に記された夢では、「私はP通りを歩いていた。窓が開く。高いところに白い服を着たR〔夫人〕が現れ〔……〕私を優しく見つめながら輝く鍵を投げてくる」。門番から彼女の部屋を教えてもらうが、その鍵では開かない。もう一度尋ねようとして外へ出ると、すべては消えてゆく……。[23]また一九四〇年の「不眠」の夜、次のような回想を記している――「〔一八〕九一―九二年の精神の重病というべき愛を思い出した〔……〕マダム・ド・ロヴ〔ィラ〕。私は気も狂わんばかりとなり、何年もの間おそろしく不幸だった――話しかけることさえ決してなかったこの女性についての想像のせいで。[24]」

こうしたヴァレリーの「恋愛劇」をロヴィラ夫人はどこまで知っていたのだろうか。ヴァレリーが先述の夢を見た前年の一九三〇年、シルヴィ・ド・ロヴィラは七十七歳で世を去り、モンペリエのサン・シャルル病院の墓地に埋葬された。

ヴァレリーの作品との関わりについて略述すれば、一八八九年夏に夫人を見かけてからその幻影が脳裏を離れなかったと思われる一八九〇年代まで、つまりヴァレリーの初期作品の大半にロヴィラ夫人の影が潜んでいると言っても過言ではないだろう。代表的なものをいくつか挙げれば、『旧詩帖』所収の「ヴィーナスの誕生」（初稿は「波から出る女」）、「水浴」、「挿話」、「夏」、「ながめ」、また初期詩篇の「幕間劇」、「水浴するみだらな女」、「秘密の稲光を挿しこもうか……」とはじまる無題の詩など。[25] さらに未定稿のまま残された『葬いの微笑』に登場する「プシュケ」にも「繊細で蒼白、倒錯的で不安をそそるプシュケ」と形容されたR夫人の反映が認められる。[26]

一八九四年、危機が鎮まりかけた頃、ヴァレリーはレオナルド・ダ・ヴィンチの手記にならって『カイエ』を書き始める。毎日未明に起床し、明瞭には定義しがたい心的領域を知的に探究し分析することにより、崩壊しかけた自己を立て直そうとした。「愛」を「心的現象」にすぎないとみなし、「女」という偶像に惑乱した自分の弱さを知的に調教しようとした。一言で言えば、「知性《ヌース》」による「愛《エロス》」の抑圧である。かくして「テスト氏」が誕生し、知性の専制がしばらく続く。が、二十八年後、ヴァレリーにふたたび大きな転機が訪れる。

　歴史的に自分を眺めてみると、私の内密な生活にはふたつの凄まじい出来事が見出される。〔一八〕九二年のクーデタと、一九二〇年の途方もない、際限のない、計り知れない何か。
　九二年に私は自分自身に雷を投じた。二十八年後、今度は雷が私の上に落ちてきた――君の唇から。[27]

カトリーヌ・ポッジ

その「唇」から雷撃を与えたのはカトリーヌ・ポッジ（一八八二―一九三四年）、ヴァレリーの「恋愛書簡」のなかで唯一『往復書簡』を編むことのできる相手であり、彼女が書いた手紙や日記や作品などを通してその強烈な個性が浮かび上がる人物である。(28)

18歳のカトリーヌ・ポッジ

父サミュエル・ポッジはパリ大学医学部教授、著名な外科医にして近代婦人科学のパイオニアであり、『失われた時を求めて』のコタール医師のモデルと言われる。母テレーズ・ロート＝カザリスはリヨンの富豪の家の出身で、マラルメの友人の医師兼詩人アンリ・カザリスと縁戚関係にあった。裕福で教養ある家庭に長女として生まれたカトリーヌは、当時の上流階級の習わしどおり家庭教師について語学やピアノを習うが、それだけでは飽き足らず、独学で古典語、哲学、神学、数学、諸科学を学び、オックスフォードの女子カレッジに留学するなど知的好奇心のきわめて旺盛な女性であった。一九〇九年、エドゥアール・ブールデと結婚し長男クロードを出産するが、劇作家として成功した夫の不倫を知って自殺未遂。以後、一九二一年に離婚が成立するまで夫と別居し、モンペリエの家に母親と一緒に暮らす。一九一二年夏、結核の症状が現れ、病苦と闘う日々が始まるなか『日記』を再開する。[29] 一九一八年には父親がかつての患者により銃殺されるという事件に衝撃を受けるが、一九一九年バカロレア一次試験に合格し、翌年パリに上京。その頃ヴァレリーと出会う。

一九二〇年六月一七日、プラザ・アテネ・ホテルに宿泊していた彼女は、ルネ・ド・ブリモン男爵夫人の仲介でヴァレリーと知りあう。ポッジ三十七歳、ヴァレリー四十八歳のことである。「美人ではない」と評されるポッジだが、「身長百七十五センチ」「体重四十五キロ」[30] という長身痩軀にマドレーヌ・ヴィオネの「黒のチュニック」をまとい、それに「十万フランの真珠のみ」という出立ちであった。[31] 当時ヴァレリーは一九一七年に『若きパルク』を刊行して以来、『魅惑』詩篇群を矢継ぎ早に発表して名声を博していたが、一九一九年に再刊された初期評論『レオナルド・ダ・ヴィンチの方法序説』に通暁していたポッジは、話題が科学のことに移るやまもなくヴァレリーの注意を引きつける。ふたりはカルノーの熱力学第二法則やアインシュタインについて語りあい、夜も更けた別れ際、ヴァレリーは発表したばかりの「海辺の墓地」を彼女の前で「ゆっくりと、すこし歌うような声[32]」で朗唱した。

この運命的な出会いから三カ月後、ポッジはヴァレリーをベルジュラック近郊のラ・グローレの別荘に招く。九月一四日から一〇月六日までの滞在中、ヴァレリーはラ・フォンテーヌ『アドニス』再版のための序文を執筆するが、この間にふたりは結ばれる。たがいに「もうひとりの自分」を見出したと信じたふたりは、「知性《ヌース》」と「愛《エロス》」が渾然一体となったような高揚を味わい、奇跡的に結ばれた自分たちに文学的・神話的な呼称を与える。「カリン[33]〔Karin〕」（カトリーヌ）が「リオナルド」（ヴァレリー）に呼びかければ、彼は彼女を「ベアトリーチェ」と呼び、ふたりはさらに自分たちを「オルフェウスとエウリュディケ」になぞらえる。他者のうちにもうひとりの自分を見出そうとするナルシス的な愛に共鳴したふたりは肉体的かつ精神的な合致を追求する。ポッジが一九一五年以来取り組んできた哲学的試論『自由について《デ・リベルターテ》』の草稿をヴァレリーに渡すと、彼も『カイエ』の一部を彼女に委ね、膨大な断章を分類整理するという仕事を任せる。が、知的な共同作業の夢がそう簡単には実現しない一方、肉体関係も長くは続かない。というのも「私の性は野性動物でちっぽけなゲームなどできない[34]」と日記に記すほど烈しい欲求を秘めていたカトリーヌも、結核を患って以来、今度身ごもったら命を落とす危険があると婦人科医の父から警告を受けていたからである。彼女は「一九二〇年一〇月から一九二一年五月まで[35]」、体調不良と異常な喀血ゆえにヴァレリーの子を妊娠したと信じた（その後、喀血は肺結核のためと判明する）。

蜜月は短く、ラ・グローレ滞在から一年後、最初の大きな破局が訪れる。「呪われた一九二一年一〇月二三日[36]」、パリから南仏に帰るポッジが駅まで見送ってほしいと頼むと、ヴァレリーは家庭の夕食の時刻に遅れるという理由でそれを断った[37]。その後も諍いは絶えず、ふたりの関係は次第に取り返しのつかないものになってゆく。南仏のヴァンスにポッジが購入した別荘「ラ・コリネット」に、ヴァレリーが懐中に短刀を秘めて訪ねたこともあったらしい。ヴァレリーに出会う前から「あなた宛の手紙[38]」を書いていたというポッジは、彼の妻ジャンニーを「マドモワゼル・ゴビヤール[39]」と呼び、自分こそ真の妻と自負するほど自意識と独占欲が強かった。ヴァレリーの方は、知と愛の結合という理想を愛人に語る一方、決して家庭を捨てることなく妻子を大事にしつづけた。それればかりかポッジの軽蔑する社交界への出入りもやめることがない。働く必要もないほど裕福な環境に育ったポッジと、私設秘書という職業によって一家を支えるヴァレリーはそもそも生活水準が異なっていたが、そうした経済的な格差だけでなく、精神の深部においても相容れないところがあった。ふたりの「結びつき」は、ヴァレリーにとっては「常に肉体的」、ポッジにとっては「ほとんど神秘主義的」なものであったと言われるが[40]、宗教的な魂を持つポッジが霊肉一致を信じ、それを実生活でも実践しようとするのに対し、ヴァレリーは知的営為と残余の生活を截然と分け、神秘主義に傾倒しつつも知性の純粋さを至上とする懐疑的精神の持ち主であった。一九二四年六月、敗血症に罹り、長期間の療養を余儀なくされたポッジはついに耐えきれなくなり、一九二五年一一月、ヴァレリーの妻ジャンニーに関係を暴露する。病状悪化により精神的にも不安定になったせいか、ポッジは自分固有のものと信じる着想をヴァレリーに「盗まれた」と思うまでになる。[41]「剽窃」の真偽はさておき、最終的な破局は遠くない。約八年に及ぶふたりの関係は、一九二八年一月二四日の朝、ポッジのもとを訪れたヴァレリーに彼女が何の説明もないまま訣別を告げるというかたちで終局を迎える。その後もヴァレリーは関係修復を試みるが音沙汰はなく、一九三四年一二月三日、カトリーヌ・ポッジはパリで逝去する。享年五十二。

ポッジとヴァレリーの往復書簡『炎と灰』(42)には、二百四十通ほどのポッジの手紙と九十通ほどのヴァレリーの手紙が収録されているが、それらはポッジの遺言による「焼却」を免れたものである。ポッジ自身の証言によれば、ヴァレリーとの往復書簡は「二千から三千通」(43)に及ぶ。他方、ポッジの遺言執行人による調書によれば、焼却処分されたのはヴァレリーの手紙「九百五十六通とデッサンと写真」およびポッジの手紙「三百八十通」であった（ポッジの要請に応じてヴァレリーは彼女の手紙を返却していた）。

カトリーヌ・ポッジの作品として生前発表されたのは、自伝的短篇『アニェス』（一九二七年『NRF』誌、「CK」と署名）と詩一篇「こんにちは《アウエー》〔Ave〕」（一九二九年『NRF』誌、署名は「カリン・ポッジ」）のみであり、その他は死後出版である。一九三五年、「こんにちは《アウエー》」を含む六篇の『詩』が刊行されるが、そのうち三篇「さようなら《ウアレー》〔Vale〕」、「スコポラミン」、「夜《ニュクス》〔Nyx〕」はアンドレ・ジッド編纂『フランス詩選集』所収となり、詩人としてのポッジの名を後世に残すことになる。(44)ポッジはまた詩の翻訳も手がけており、マラルメの火曜会に出入りしていたドイツ詩人シュテファン・ゲオルゲの詩やギリシア語のオルフェウス詩篇をフランス語に訳している。(45)また同じく一九三五年、ポッジの哲学的試論『自由について《デ・リベルターテ》』が『魂の肌』と題して刊行される。松田浩則が指摘したように、ノヴァーリスへの共鳴を窺わせるこの著作においてポッジは「我感じる、ゆえに我あり」という命題を掲げたが、「皮膚」の主題や「ふたつの身体」論（「肉と血」からなる第一の身体と「快楽と苦痛」と呼ばれる第二の身体）はヴァレリーの思想との関連においても重要である。[46] そのほか先述の『日記』二巻と『書簡』（ヴァレリーのほかに、ライナー・マリア・リルケやジャン・ポーランとの往復書簡、エルンスト・ローベルト・クルツィウスのポッジ宛書簡）が刊行されている。[47]

　ポッジはヴァレリーの作品にも影を落としている。「アドニスについて」の末尾に記された「一九二〇年、ラ・グローレ」や対話篇『エウパリノス』のエピグラフに掲げられた「プロス・カリン〔Προς χάριν〕」は彼女のための印にほかならず、[48]『魂と舞踏』や『神的なる事柄について』（未完）に登場する踊り子アティクテにもカトリーヌの反映が認められる。そのほか『魅惑』所収の韻文詩（「ナルシス断章」、「足音」、「秘密のオード」）、散文詩集『アルファベット』の「C」（詩集は未完だが、巻頭の三篇A・B・Cは一九二五年『コメルス』誌に掲載された）、散文詩「ロール〔ペトラルカがうたった「ラウラ」のフランス語名〕」（一九三一年『NRF』誌）、一九二一年に初稿が書かれた「天使」（死後出版）、『物語のかけら』中の「ラシェル」、さらには彼女に直接送られた詩篇（「賢女に捧げるオード」、「ベアトリス〔ダンテがうたった「ベアトリーチェ」のフランス語名〕」、「沈黙」など）やオルフェウスをめぐる作品の素描など、ポッジとの関わりが認められる作品は多数ある。[49]

カトリーヌ体験の後、愛に渇き苦しむヴァレリーの心を占めたのは、彼の彫像を制作したルネ・ヴォーチエ（一八九八―一九九二）である。スイスの画家の家系――祖父バンジャマン・ヴォーチエ、父オットー・ヴォーチエともに画家――に生まれたルネは彫刻家となり、ヴァレリーのほか、作家ポール・モラン、指揮者シャルル・ミュンシュ、ヴァイオリン奏者ジャック・ティボーなどの胸像制作を手がけた。「優雅でほっそりとした美貌の持ち主、髪は黒く、丸顔で整った顔立ちはきりりとして、しかもどこか幼さを残していた」(50)と伝えられるこの若く美しい女性彫刻家にヴァレリーは夢中となり、「もはや愛さずには、また愛されることなしにはいられない」(51)くなる。『ネエールへの手紙』(52)には一九二五年から一九三八年までヴァレリーがルネ・ヴォーチエに宛てた手紙百六十通が収められており、ルネの手紙は未刊行とはいえ、それまで謎に包まれていた女性との関係がずいぶん明らかになった。一九二五年五月二六日、講演のためル・アーヴルを訪れたヴァレリーを、当地に夫と暮らすルネが駅まで出迎えたのが最初の出会いである（ルネの夫エドゥガール・ラウル＝デュヴァルはル・アーヴルで輸入業を営む大企業の経営者であった）。まもなくルネから胸像制作のモデルになってほしいと依頼されたヴァレリーは、当初多忙のためポーズをとる暇がないと返事している。彼の心はまだカトリーヌに占められており、ルネへの想いが芽生えるのはもうしばらく後、胸像制作が本格的に始まる頃のことである。一九三一年一月、ヴァレリーは五十九歳、ルネは三十二歳。当時、ルネは夫と離婚調停中であり、ふたりの子どもとともにル・アーヴルを去り、パリにアトリエを構えて住んでいた。

何度かポーズを取るうちにルネの仕事ぶりに瞠目し、いつしかポーズの時間が待ち遠しくなる。愛の結晶作用は刻々と進行する。粘土の塊から自分の顔を造形してゆくルネの一挙手一投足に見入り、「粘土」を捏ねるルネの「指」が自分自身の身体に触れるかのように感じる――「胸像の首筋が触れられるとモデルの全身がふるえるのです」[53]。視覚が触覚に直結する官能的惑乱。ルネの作品は一九三一年一〇月三一日、ヴァレリー六十歳の誕生日の翌日、秋のサロン展で展示される。現在はヴァレリーの国葬が行われたパリのトロカデロ公園の一角にあるが、彫像に「眼を入れない」ことに固執した彫刻家の意志により、その眼窩は空洞の深さをたたえている。

片想いは募る一方であり、ヴァレリーが抑え切れぬ心中をついに吐露すると、ルネの方も離婚の苦しみのことなどを打ち明ける。そのようにして必死に恋情を訴える老人と決して靡くことはないけれども優しく接する女性との一風変わった関係が親密さを増してゆく。ヴァレリーはルネを「偶像」として熱愛し、神話的な名をまとわせる。「エイレーネー〔Eiréné〕(ギリシア神話における「平和」の女神)」や「イレーヌ〔Irène〕」をへて最終的に「ネエール〔Néère〕」に定着するが[54]、「ルネ〔Renée〕」のアナグラムであるこの名は、アンドレ・シェニエ、ルコント・ド・リール、テオドール・バンヴィルなどが詩に詠みこんだギリシア神話の香気ただようナンフの名(ネアイラ)である[55]。

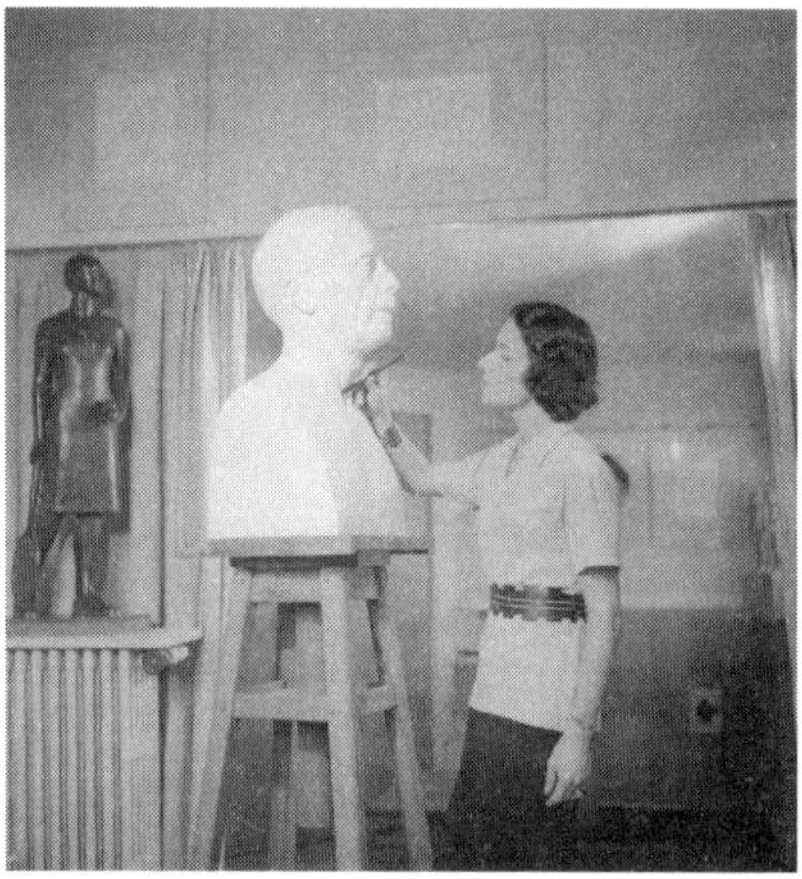

アトリエにてヴァレリーの胸像を制作するルネ・ヴォーチエ（1935年，ボリス・リプニツキー撮影）

ヴァレリーとルネ・ヴォーチエ（1931年，ボリス・リプニツキー撮影）

エミリー・ヌーレと

だが、「生まれつつある愛[56]」の悦びに浸りえたのも束の間、一九三一年一〇月、ルネから別の男性への思慕を告白され、自身の老齢を痛感、重い衝撃を受ける（その男性ルネ・タッサン・ド・モンテギュは将来フランス石油会社の重役となる人物で現代美術の愛好家でもあり、ルネとはほぼ同年齢だが既婚の身であった）。ヴァレリーの心はルネの心の浮き沈みに翻弄される。思いつめた末、おそらくは命を絶とうとまで考えたという趣旨のルネの手紙に熱い涙を流す一方、その数カ月後、関係が好転したので自分の幸せを祈ってほしいという手紙を受け取って絶望する[57]。報われぬ恋情を打ち明けあい、その苦しみを共感しあうという関係はもはや成り立たない。ヴァレリーはそれでもルネに手紙を書きつづけるが、一九三五年四月、どれほど想いを伝えようとも聞き入れてくれない「石のルネ[58]」の冷たさに断念したか、あるいはむしろ「もうひとりの女」――ヴァレリーを敬愛するエミリー・ヌーレ[59]――の出現によって心が移っていったか、ついにルネに「別れ」を告げる。その後もしばらく手紙のやりとりは続くものの、一九三六年に二通、一九三八年に一通のみである。

ルネに関連するヴァレリーの作品としては、書簡集の付録にも収録されている『わが胸像』と、ヴァレリーが「錯綜体」という概念をフロイト的な「無意識」に対置されるべき観念として提起したことで知られる対話篇『固定観念』(一九三二年)が筆頭に挙げられる。「私は激しい苦悩の虜となっていた」という一文によって始まるこの作品には、海辺を舞台に交わされる「医師」と「私」との軽妙洒脱な会話の裏に、ルネへの「狂おしい情愛の深い痛み」が刻みこまれている。[60]また、散文詩集『アルファベット』の「R」[61]や未完の劇作品「ストラトニケ」[62](後妻ストラトニスを息子アンティオコスに奪われる王が主人公)も、ルネへの報われぬ愛の悲哀を主題とした作品である。さらにワーグナーの『ニュルンベルクのマイスタージンガー』における類似の主題(老齢のハンス・ザックスが心中ひそかに愛するエーファを精神的息子ともいうべき騎士ヴァルターに譲る)もヴァレリーの琴線に触れるものであった。『固定観念』以後、ヴァレリーはそれまでみずからに課してきた原則、すなわち自分自身の内面を告白するような個人的色彩の強いものは作品から排除ないし抑圧するという原則を破ることになる。[63]

ジャンヌ・ロヴィトン

ヴァレリーの最後の愛人となったのは「当代最後のロマネスクな人物[64]」と称されるジャンヌ・ロヴィトン（一九〇三―一九九六）。褐色の髪にウェーブをかけ、ダークブルーの瞳を輝かせる彼女は男性を誘惑する術を心得た――とりわけ作家を誘惑するのが好きな――「自由な女」であったらしい[65]。ヴァレリーのほかに、ジャン・ジロドゥーやサン＝ジョン・ペルスなどとも関係を持ち、さらに女性（フェミニズム活動家イヴォンヌ・ドルネス）とも深い仲にあったと言われる[66]。

出生にも秘話があり、父親の不確かな私生児としてパリに生まれる。「芸術家」の母親ジュリエット・ルイーズ・プシャールはその後フェルディナン・ロヴィトンと結婚し、当時十歳のジャンヌも養父の姓を名乗る。はじめ弁護士を志すが、三十二歳のとき「ジャン・ヴォワリエ」という男性の筆名を用いて小説家デビューする。二十四歳のとき、流行劇作家ピエール・フロンデと結婚するが、九年後に離婚（夫は自作の小説のなかでジャンヌの「素行の悪さや出生の秘密、さらには養父との近親相姦的な関係」をほのめかしている[67]）。法律関連の出版社を立ち上げて成功した養父の財力に加え、結婚および離婚によっても資産を得たジャンヌは、一九三六年の秋、ヴァレリー家と同じパリ一六区に豪奢な邸宅を構える。

ヴァレリーがジャンヌと初めて出会ったのは一九二五年、彼女がモーリス・ガルソン弁護士事務

ジャンヌ・ロヴィトン（筆名ジャン・ヴォワリエ）

ベデュエにてジャン・ヴォワリエと

所に勤務していた頃のことだが、決定的なきっかけは一九三七年の末、コレージュ・ド・フランスにおけるヴァレリーの「詩学講義第一講」にジャンヌが姿を現したことである。ときにヴァレリー六十六歳、ジャンヌ三十四歳。その後まもなく手紙のやりとりが始まる。『ジャン・ヴォワリエへの手紙』[68]には一九三七年末から一九四五年までヴァレリーが送った手紙四百五十二通が収められているが、最初に手紙を出したのはジャンヌの方であった。積極的に働きかける彼女はまもなくヴァレリーをアソンプション通りの自邸に招き、ふたりの距離は急速に近づく。ジャンヌの心は窺い知れないが、ヴァレリーの方はたちまち年若い女への愛に溺れてゆく。

すでに六十代半ばを過ぎた老人と三十歳以上年下の女性との間に成り立つ「愛」とはどのようなものであったのか。ヴァレリーは「私が君に与えることのできないもの」、「私への愛のために君が君自身に禁じなければならないもの[69]」を痛感せずにはいられないが、ふたりの間に性的な関係がまったくなかったとは考えにくい。ジャンヌ宛の手紙に添えられた詩には女性の秘所をうたうなどかなりきわどいものが散見し、少なくとも口づけや愛撫を交わしたであろうことは想像に難くない。が、ヴァレリーが求めたのは、彼自身の言を信じるならば、単なる「性愛」ではなかった。「時々、触れあっていたいという狂おしい思いがあまりにも激しく私の心を捉えるので、両手がひきつり目に涙が浮かんできます。情愛〔Tendresse〕がこみあげてきて息苦しくなります〔……〕それはよく知られた性的衝動とはまったく別のものです。性的衝動はお決まりの方式によって満たされうるもの、要するに単純なサイクルに従うものにすぎません……[70]」。年齢差と性的な交わりの不可能に直面したヴァレリーが希求したのは「情愛」と名づけられるような何かであり、カトリーヌ体験において垣間見た「ふたりでひとつ」という夢は「生と生がうみだす作品」[71]の理想へと膨らんでゆく。この「至高の作品としての愛」という理念は、森本淳生が指摘するように、ヴァレリーにおける「不可能な文学」の問題へと接続されてゆく[72]。

他方、ジャンヌの「愛」は常に複数の相手を前提とするものであり、自分を他の男と「共有[73]〔partage〕」することをヴァレリーに提案するほどであった。それに対してヴァレリーは「ほんのわずかな不純物でも結晶体は壊れてしまう」と説き、「二重帳簿はダメ」と諫めるが、それでも「苦々しくも曖昧な状況」を断念することはできない。「自由な女」ジャンヌは相手を喜ばせることに長けた女性であった。その手練手管に操られたと言ったら言い過ぎかもしれないが、ふたりの愛が明白な不均衡の上に成り立っていたことは疑う余地がない。毎日のように手紙を書かずにはいられず、返事の途絶えがちなジャンヌからの手紙を待ちわびるヴァレリーは、久しぶりに優しい手紙をもらうと「君からのすてきな手紙が私にどんな効果を及ぼすか、君が分かってくれたら！〔……〕一挙に四十歳も若返ったような気がします[74]」と感激するありさま。複雑な関係に慣れたジャンヌは、コレージュでの講義の後、車を運転してヴァレリー夫妻を自宅まで送ったり、女友達としてヴァレリー家に立ち寄るなど、つきあいもそつなくこなすのであった。

作家として成功する野心のあった彼女がヴァレリーの協力を必要としていた時期はふたりの短い蜜月であった。小説家デビューした「ジャン・ヴォワリエ」を第二のコレットにするべくヴァレリーは助力を惜しまない。『光の日々〔*Jours de lumière*〕』（一九三八年）や『無防備都市〔*Ville ouverte*〕』（一九四二年）の草稿を読み、それに修正の手を入れるばかりか、フェミナ賞を狙っていろいろと画策までしたらしい。作品の共同作業はいわば「ふたつの頭をもつ状態」で「おのれに＝たがいに口づけし、おのれを＝たがいを味わい、おのれに＝たがいに語りかける〔**se baise soi-même, se goûte et se parle**〕」「神話的動物」として一体となる行為であり、[75] 松田浩則が指摘したように、その源には「文学作品という子ども」を産み落とす願望があった。[76] だが、ヴァレリーの熱意と策謀もむなしくヴォワリエのフェミナ賞受賞はかなわず、作家としての将来につまずいた彼女は執筆活動への熱意を失い、おそらくはそれと同時にヴァレリーとの距離も開いていったと思われる。

決定的な「斧の一撃[77]」は一九四五年四月一日、「復活祭」の日曜日――それはまた四十二歳を迎えるジャンヌの誕生日でもある――、毎週日曜日を「愛に捧げられた日」として心待ちにし、久しぶりにアソンプション通りの邸宅を訪れたヴァレリーに向かって、ジャンヌはロベール・ドゥノエル（ベルギー出身の出版者、ジャンヌとほぼ同年齢）と結婚する意向を告げたのである。絶望のどん底に突き落とされたヴァレリーは、以前から胃と気管支を悪くしていたが、ほどなく胃潰瘍を患って病床に臥し、七月二〇日、七十三歳でこの世を去る。

「ロマネスクな女」のその後をもう少し記せば、既婚であったロベール・ドゥノエルと愛人関係を結んだジャンヌは彼と再婚する約束を交わすとともに、ドゥノエル出版社の筆頭株主にまでなっていた。その後まもなく暗殺事件が起きる。一二月二日、パリのアンヴァリッドでふたりが乗っていた車のタイヤがパンクし、ジャンヌがタクシーを呼びに行っている間にドゥノエルは何者かに銃殺された。政治的な犯行の可能性も囁かれるこの事件（当時ドゥノエルは対独協力の廉で出廷を命じられていた）は確かな証拠のないまま迷宮入りする。ジャンヌにも容疑がかけられたが罪に問われることはなく、その後ドゥノエル出版社を引き継いだ彼女はまもなく相続した遺産の大半を商売敵のガストン・ガリマールに売却した。他方、ヴァレリーとの関係では、一九七〇年代にアソンプション通りの自邸をフランス政府に売却してヴァレリー記念館にしようと計画していたらしいが、政府が難色を示したうえヴァレリー家からも反対の声が起こり、計画は頓挫する。彼女はその後ヴァレリーから受け取った手紙と詩（後述する『コロナ』と『コロニラ』）を競売にかけることになる。

この危険な愛人はヴァレリー晩年のミューズでもあった。「ジャン・ヴォワリエに」捧げられた「ナルシス交声曲」（一九三八年）、未完の劇『わがファウスト』、私的な詩集『コロナ』、『コロニラ』をはじめ、『物語のかけら』の「カリプソ」や散文詩「天使」、さらには『旧詩帖』所収の「夏」（一九四二年における改作）などにジャンヌの影が認められる。

『わがファウスト』の若き秘書「ルスト〔Lust〕」の着想源にはすでにルネ・ヴォーチエが存在したが、(78) その後ジャンヌの存在が大きくなっていった。また「『ファウスト』第三部／ルストの独白」と題する素描がジャンヌに送られる一方、ジャンヌ宛の手紙の一節が若干の修正を加えて「ルスト」第四幕の草稿に見出されるというように、作品創造は公私の境界のあいまいな次元で進行したことが窺われる。[79]

ジャンヌに捧げられた愛の詩を集めた『コロナ／コロニラ』（二〇〇八年、ファロワ社）には、主要な詩二十三篇からなる『コロナ』と、より軽やかな戯れの詩を百篇余り集めた『コロニラ』が一巻にまとめられている。[80]『若きパルク』と『魅惑』の後、ヴァレリーは韻文詩から対話篇や劇作品や散文詩へと傾斜していったが、最晩年におけるこの詩作熱の再燃——「詩」と「愛」の結びつき——はジャンヌの存在なくしては起こりえなかったであろう。一九三九年の『カイエ』にヴァレリーは次のように記している。

> 奇妙なことに、私がいま作ることのできる詩句はもはや〈エロス〉——〈落日〉に捧げられたものでしかありえない——さらに奇妙なことには、十五歳から三十歳の間、愛によって、愛について詩を作るなどという考えは決して思い浮かべることもなかった——そのような考えは私を不愉快にしたであろう——芸術と愛の私〔le moi d'amour〕との間に直接的な関係を認めることなどなかったために。[81]

ヴァレリーの恋愛書簡はまさしく「愛によって」また「愛について」書く「愛の私」のエクリチュールにほかならないが、それはこの作家の作品創造とも深く関わっているにちがいない。

【注】

（1）François-Bernard Michel, *Prenez garde à l'amour. Les muses et les femmes de Paul Valéry*, Bernard Grasset, 2003.

（2）Catherine Pozzi et Paul Valéry, *La flamme et la cendre. Correspondance*, édition de Lawrence Joseph, Gallimard, 2006.

（3）Paul Valéry, *Lettres à Jean Voilier. Choix de lettres 1937-1945*, Gallimard, 2014.

（4）Paul Valéry, *Lettres à Néère 1925-1938*, édition établie, annotée et présentée par Michel Jarrety, Coopérative, 2017.

（5）Paul Valéry, *Corona & Coronilla*, Éditions de Fallois, 2008. 邦訳『コロナ／コロニラ』、松田浩則・中井久夫共訳、みすず書房、二〇一〇年。「コロニラ選」、田中淳一・立仙順朗共訳、『三田文学』第八九巻、第一〇二号、二〇一〇年、九八―一一七頁。

（6）Michel Jarrety, *Paul Valéry*, Fayard, 2008. 邦訳『評伝ポール・ヴァレリー』（水声社より近刊）。

（7）清水徹『ヴァレリーの肖像』、筑摩書房、二〇〇四年。『ヴァレリー――知性と感性の相剋』、岩波新書、二〇一〇年。

（8）日本ヴァレリー研究センターの機関誌。https://www.paul-valery-japon.com

（9）『ヴァレリー研究』第三号、二〇〇三年、二三―四四頁。同第四号、二〇〇七年、五九―七一頁。

（10）『ヴァレリー研究』第六号、二〇一六年、三二―四四頁。同第七号、二〇一七年、八九―九九頁。同第八号、二〇一九年、二〇―三三頁。

（11）『三田文学』第八九巻、第一〇二号、二〇一〇年、一三〇―一五八頁。

（12）森本淳生「ヴァレリーにおける他者関係の希求と「不可能な文学」」、松田浩則「ヴァレリーとポッジ――エクリチュールの相克」、『ヴァレリーにおける詩と芸術』、三浦信孝・塚本昌則編、水声社、二〇一八年、九五―一一一頁、一三一―一四八頁。

（13）André Mandin et Huguette Laurenti, « Mme de R. », in *Bulletin des Études Valéryennes. « Valéry, en somme »*, nos 88-

89, Université Paul Valéry, 2001, p. 17-28.

（14） François-Bernard Michel, *Prenez garde à l'amour. Les muses et les femmes de Paul Valéry*, p. 62. Michel Jarrety, *Paul Valéry*, p. 94-95.

（15） 「フランス国立図書館草稿部所蔵「ド・ロヴィラ夫人関連資料」――解読と翻訳の試み――翻訳篇（上）」、恒川邦夫・今井勉・塚本昌則共同訳、『ヴァレリー研究』第三号、二〇〇三年、一九―三〇頁（フォリオ三一）。以下「ド・ロヴィラ夫人関連資料」と略記する。同資料の読解についてはまた、松田浩則「ヴァレリー、あるいはロヴィラ夫人の変貌」、『神戸大学文学部紀要』第二七号、二〇〇〇年、四五五―四八四頁を参照。

（16） 一八九〇年一二月九日ピエール・ルイス宛の手紙。*Corr. G/L/V*, 361.

（17） 「ド・ロヴィラ夫人関連資料」（下）、『ヴァレリー研究』第四号、二〇〇七年、六八頁（フォリオ六六）。

（18） 「ド・ロヴィラ夫人関連資料」（上）、三八―四二頁（フォリオ四〇―四三）。詳しくは、今井勉「抽斗にしまった手紙――「ロヴィラ夫人関連資料」から恋文草稿を読む」、『東北大学文学研究科研究年報』第五三号、二〇〇三年、一五四―一七六頁を参照。

（19） 一八九一年七月一三日ジッド宛の手紙。*Corr. G/V*, 140.

（20） 「ド・ロヴィラ夫人関連資料」（上）、三七頁（フォリオ三九）。

（21） 一八九二年四月二七日ジッド宛。*Corr. G/V*, 213.

（22） 清水徹『ヴァレリー――知性と感性の相剋』、三一―三九頁。

（23） *C*, XV, 53 / *C2*, 501.

（24） *C*, XXIII, 589-590 / *C2*, 534.

（25） « Intermède » (Œ, I, 106), « Luxurieuse au bain » (Œ, I, 302), « *Plongerai-je l'éclair secret dedans ? que n'ai-je...* » (*ŒPl*, I, 1604).

（26） 『葬いの微笑〔Sourire funèbre〕』については、清水徹『ヴァレリーの肖像』、二四―五一頁を参照。

（27） *C*, VIII, 762 / *C2*, 460.

（28） ヴァレリーとカトリーヌ・ポッジの関係については以下を参照。恒川邦夫「「ヴァレリーの愛」その後」、『仏語仏文学研究』第六号、東京大学仏語仏文学研究会、一九九一年、一四五―一五七頁。清水徹『ヴァレリーの肖像』、四一四―四一五頁、および、『ヴァレリー――知性と感性の相剋』、九一―一一七頁。松田浩則「ヴァレリーとポッジ」、『ヴァレリーにおける詩と芸術』、一三一―一四八頁。

（29） Catherine Pozzi, *Journal 1913 – 1934*, nouvelle édition, revue et complétée, établie et annotée par Claire Paulhan avec, pour les notes, la collaboration d'Éric Dussert, Editions Phébus, 2005 [Éd. Ramsay, 1987]. それ以前に十歳の頃書き始めた『日記』がある。*Journal de jeunesse 1893-1906*, édition établie par Claire Paulhan avec la collaboration d'Inès Lacroix-Pozzi, éditions Claire Paulhan, 1997 [Verdier, 1995].

（30） *J*, 27, 300, 304.

（31） *J*, 144.

（32） *J*, 145.

（33） ギリシア語の「カリン〔χάριν〕」（「カリス〔χάρις〕」の対格形で「優美」、「恵み」、「感謝」等の意味をもつ）に由来するか。カトリーヌはこの語を署名に用い、仲間内でもこの愛称で呼ばれた。

（34） 一九一三年の日記。*J*, 52.

（35） *FC*, 518.

（36） C, VIII, 348 / *C2*, 429.

（37） *FC*, 201.

（38） *FC*, 66.

（39） *FC*, 573.

（40） Michel Jarrety, *Paul Valéry*, p. 468.

（41） 松田浩則「ヴァレリーとポッジ」、『ヴァレリーにおける詩と芸術』、一四四―一四五頁を参照。

（42） Catherine Pozzi et Paul Valéry, *La flamme et la cendre. Correspondance*, édition de Lawrence Joseph, Gallimard, 2006.

同書に関しては松田浩則による「書評」がある。『ヴァレリー研究』第七号、二〇一七年、八九―九九頁。

（43）　*J*, 731.

（44）　André Gide, *Anthologie de la poésie française*, Gallimard, « Bibliothèque de la Pléiade », 1949.

（45）　Catherine Pozzi, *Très haut amour. Poèmes et autres textes*, édition de Claire Paulhan et Lawrence Joseph, Gallimard, « Poésie », 2002.

（46）　松田浩則「ヴァレリーとポッジ」、『ヴァレリーにおける言葉と芸術』、一三九―一四六頁を参照。

（47）　Catherine Pozzi et Rainer Maria Rilke, *Correspondance 1924-1925*, édition établie et présentée par Lawrence Joseph, La Différence, 1990. Catherine Pozzi et Jean Paulhan, *Correspondance 1926-1934*, édition établie, introduite et annotée par Françoise Simonet-Tenant, éditions Claire Paulhan, 1999. Ernst Robert Curtius, « Lettres à Catherine Pozzi (1928-1934) », présentées et annotées par Lawrence Joseph, in *Ernst Robert Curtius et l'idée d'Europe*, Honoré Champion, 1995, p. 329-392.

（48）　*FC*, 81, 241.

（49）　*FC*, 220, 467-469, 665-674.

（50）　彫刻のモデルになった作家ポール・モランの言葉（清水徹『ヴァレリー――知性と感性の相剋』、一二〇頁から引用）。

（51）　一九三五年四月一日のルネ宛の手紙。*LN*, 186.

（52）　Paul Valéry, *Lettres à Néère 1925-1938*, édition établie, annotée et présentée par Michel Jarrety, Coopérative, 2017. 同書に関しては松田浩則による書評がある。『ヴァレリー研究』第八号、二〇一九年、二〇―三三頁。

（53）　一九三一年九月一三日の手紙。*LN*, 31.

（54）　松田浩則、前掲書評、『ヴァレリー研究』第八号、二二―二三頁。

（55）　André Chénier, « Néère » (*Œuvres complètes*, 1819). Théodore Banville, « Idylle [dialogue entre Néère et Myrrha] » (*Les Stalactites*, 1846), Leconte de Lisle, « Néère » (*Poèmes antiques*, 1852), etc.

（56）　*C*, XV, 307 / *C2*, 503.

(57) 一九三二年二月の手紙および同年五月二四日の手紙。*LN*, 71, 97.
(58) 一九三五年四月九日の手紙。*LN*, 191.
(59) エミリー・ヌーレとの関係については、清水徹『ヴァレリー――知性と感性の相剋』、一三五―一四一頁を参照。
(60) Michel Jarrety, *Paul Valéry*, p. 803-805. 清水徹『ヴァレリー――知性と感性の相剋』、一二二―一二六頁。
(61) Michel Jarrety, *Paul Valéry*, p. 807. 清水徹『ヴァレリー――知性と感性の相剋』、一二八頁。
(62) 田上竜也「ポール・ヴァレリー『ストラトニケー』(抄訳)」、『慶應義塾大学日吉紀要 フランス語フランス文学』第四二号、二〇〇六年、八一―九五頁を参照。
(63) Michel Jarrety, *Paul Valéry*, p. 807.
(64) セリア・ベルタンの著作『ロマネスクな女の肖像――ジャンヌ・ロヴィトン』の帯を飾ったフランソワ・モーリアックの言葉。« Elle a été le dernier personnage romanesque de ce temps. » *Cf.* Célia Bertin, *Portrait d'une femme romanesque Jean Voilier*, Éditions de Fallois, 2008, p. 247.
(65) Michel Jarrety, *Paul Valéry*, p. 1012.
(66) Célia Bertin, *Portrait d'une femme romanesque Jean Voilier*, p. 46-56. Michel Jarrety, *Paul Valéry*, p. 1138.
(67) 次注に挙げた書簡に関する松田浩則の書評、『ヴァレリー研究』第六号、二〇一六年、四三頁を参照。
(68) Paul Valéry, *Lettres à Jean Voilier. Choix de lettres 1937-1945*, Gallimard, 2014.
(69) 一九三八年四月六日の手紙。*LJV*, 16.
(70) 一九三九年五月末あるいは六月初旬推定の手紙。*LJV*, 111.
(71) 一九四〇年五月八日推定の手紙。*LJV*, 198.
(72) 森本淳生「ヴァレリーにおける他者関係の希求と「不可能な文学」」、『ヴァレリーにおける詩と芸術』、一〇五―一一〇頁。
(73) 一九四〇年一二月三一日の手紙。*LJV*, 223.

（74） 一九四一年九月五日推定の手紙。*LJV*, 266-267.

（75） 一九四一年八月二〇日の手紙。*LJV*, 255-256.

（76） 松田浩則、前掲書評、三九―四〇頁、および、「ヴァレリーあるいは『愛の子ども』」、『ヴァレリー研究』第五号、二〇〇九年、九―三二頁を参照。

（77） 一九四五年四月一三日の手紙。*LJV*, 471.

（78） 松田浩則「《書評》Paul Valéry, *Lettres à Nèère (1925-1938)*」、『ヴァレリー研究』第八号、三三頁。

（79） 同前、四一―四二頁。*Cf. LJV*, 239, 262. *ŒPl*, II, 1413.

（80） Paul Valéry, *Corona & Coronilla*, Éditions de Fallois, 2008. ヴァレリー『コロナ／コロニラ』、松田浩則・中井久夫訳、みすず書房、二〇一〇年。訳者の松田浩則が指摘したように、フランス国立図書館所蔵の原資料と照合すると、ファロワ版には『コロナ』所収詩篇の選定および配列という点で問題がある（同邦訳書、七―四六頁を参照）。

（81） C, XXI, 909 / *CI*, 293.

抽斗にしまった手紙——ロヴィラ夫人問題を考える

今井 勉

「ド・ロヴィラ夫人関連資料」

一八九二年秋の「ジェノヴァの夜」——すべては心的現象にすぎないという直観のもと、情念に左右される古い自我が精神の全面統御に向かう新しい自我へと生まれ変わる革命の夜——という神話の原因を作った女性。一度も言葉を交わしたことのない、十九歳年上の貴族の未亡人に対する絶望的な恋愛がなかったら、『レオナルド・ダ・ヴィンチの方法序説』も『テスト氏との一夜』も『カイエ』もなかったかもしれない——そんな反実仮想を誘う伝説的な女性。ヴァレリーのテクストのなかでは、「R夫人」と、そのイニシアルだけで指示されることの多いマダム・ド・ロヴィラ〔Madame de Rovira〕は、ヴァレリーの生涯を語る上でつねに最大級の価値を付与されるキーパーソンである。

ロヴィラ夫人の伝記的な情報は二〇〇〇年五月の国際シンポジウムにおいて初めて明らかにされた。[1] シルヴィ・ド・ロクヴェール、一八五二年モンペリエ生まれ、七一年シャルル・ド・ロヴィラ男爵と結婚、子供ふたり、八七年未亡人、実家のあるミュジョラン城の広大な葡萄畑を管理するかたわら、教区の奉仕事業に熱心な慈善家でもあった。一九三〇年没。断片的ながら実際のロヴィラ夫人に関する情報が伝えられたことは新鮮な驚きであったし、何より、公開された夫人の肖像写真──その白いうなじ──は衝撃的だった（本書二一頁参照）。

改めて思うに、写真というイメージを見て私たちが一方的にあれこれと想像する経験は、おそらく、ヴァレリーがロヴィラ夫人のイメージを見て一方的にあれこれと想像した経験と、一方的であるという一点において共通である。この想像的一方向性は、後年のヴァレリーが現実世界においてポッジやヴォーチエやヴォワリエといった女性たちと実際につきあい、彼女たちと手紙を頻繁にやりとりして往復書簡を成立させもする現実的双方向性とは、まったく異なるものである。ロヴィラ夫人への恋愛は徹頭徹尾一方向的な想像恋愛であり、手紙を書くとしても、それは往復書簡が成立しえない片道書簡であり、投函されずに抽斗のなかにしまったままの未遂書簡で終わるのだ。

この特異な未遂恋愛書簡が収められているのがフランス国立図書館所蔵の「R夫人関連資料」[2] である（本稿では姓を明示して「ド・ロヴィラ夫人関連資料」と呼ぶことにする）。さまざまなメモやデッサンなど五十枚のフォリオからなる資料は、かつてはパリの図書館に赴いてマイクロフィルムで閲覧するしかなかった（特別な許可をもらえばオリジナルも閲覧できた）が、現在ではインターネット上の電子図書館〈ガリカ〉でダウンロードが可能である。所在はヴァレリー青年期のメモ類を集めた「昔のノート」（全四巻）の第四巻フォリオ三一番から八〇番までである（本稿では引用末尾の括弧内にフォリオ番号を記すこととする）。日付の記された複数のフォリオから、この資料がカバーしている一方的な恋愛劇の時間は一八八九年夏から一八九二年夏までのおよそ三年間であることが分かる。[3]

本題に入る前に「ド・ロヴィラ夫人関連資料」をめぐる先行研究について触れておきたい。おそらくは遺族への気兼ねからかフランス本国ではヴァレリーの恋愛に関する研究があまり進んでいなかったように見えるのに対して、手稿が整理された一九八〇年代の早い時期から同資料に向きあい、研究の道を切り開いたのは日本のヴァレリー研究者、清水徹と松田浩則である。清水の一九八五年の論文「ナルシスの出発――初期のヴァレリーの想像的世界[4]――」は詩作品の生成と関連づけながら「ド・ロヴィラ夫人関連資料」を読みこんだ画期的な仕事であった。清水は、青年期ヴァレリーの未完の詩篇「葬いの微笑」の二種の草稿の大きな差異の背後にロヴィラ夫人への「異様な愛[5]」の影響を看取し、「葬いの微笑」の謎の「核心的な要素のほとんどすべて[6]」が「ド・ロヴィラ夫人関連資料」のうちに辿りうることを示している。

清水の先駆的な仕事のあと、同資料所収の断片群の精密な読解にもとづいて、ヴァレリーによって偶像化されるロヴィラ夫人の形象がさまざまに変貌する様子を丁寧に追い、そこにヴァレリー的なナルシス神話の展開が重なる見通しを示した松田の二〇〇〇年の論文「ヴァレリー、あるいはロヴィラ夫人の変貌」[7]が続く。松田は、ヴァレリーの想像界でロヴィラ夫人という「現代的なヴィーナス」の形象が美化される一方で、そこに終始「暗く、不気味な陰」[8]がまとわりつくイメージの重層性をきわめて説得的に解き明かしている。

こうした先達の醸成した研究基盤の上に立って、恒川邦夫・塚本昌則に筆者を含めた共同作業「フランス国立図書館草稿部所蔵「ド・ロヴィラ夫人関連資料」——解読と翻訳の試み——」が二〇〇三年と二〇〇七年、上下二回に分けて『ヴァレリー研究』誌上に発表された。[9]これは、「ド・ロヴィラ夫人関連資料」の全貌を把握するために不可欠となる「基礎資料」[10]を日本語で提示しようとする初の試みであった。ヴァレリーの直筆は時にかなり読みにくく、判読困難な場合も多い。私たちの解読もそこかしこに不確定部分を残したままではあったが、要所に注を付し、日本語で読める基礎文献として意義あるものにしようと努力した。関心を持たれる方々には是非、〈ガリカ〉で公開されている原資料と照らし合わせながら、ご参照いただければ幸いである。

本稿では、この「ド・ロヴィラ夫人関連資料」のなかでもひとつの山場を形作っていると思われる部分——仮に「恋文草稿」と呼んでおくことができる部分——にスポットを当てたい。断片的なノートが多い同資料のなかでも恋文草稿は比較的よくまとまった部分であると同時に、そこにはヴァレリーにおけるロヴィラ夫人体験あるいはロヴィラ夫人問題なるものの本質的な意義が露呈しているように思われたからである。[11]

ひとり小説の始まり

恋文草稿の分析に入る前に、まず、ロヴィラ夫人との出会いとその後の経過を知る上で目安となるテクストを紹介し、合わせて、「ド・ロヴィラ夫人関連資料」の解釈上の難しさの一端に、あらかじめ触れておくことにしたい。同資料の最初のフォリオ〔三一〕を読んでみよう。ここには三つの日付とメモが見える。

〔一八〕八九年七月八日
試験の日。夕方パラヴァスに行った。素晴らしい光。深い青。煌めく太陽……燦然たる太陽の反射。心地よい海水浴……〈至福〉の一時間のあと、砂地に身を横たえ、水面を伝ってくる楽団の音に耳を傾け、タバコを吹かす。

帰りの車両のなかで、行きに見かけた伯爵夫人さんの隣に座る。夢想に満ちたけだるさ。視線を集中させる。彼女は私に気づいたようだ。目尻に小皺がある。それにしても何という手、何という肉付きだろう！　何世代にもわたる贅沢と安楽、躾とサロン教育、貴族教育の賜物だ。横に、粗野な男たちに囲まれた商売女がひとり。さきほど昇降口で泣いていた女だ。これほど獣じみた女を見たことがない。汽車は一軒の家の前を通り過ぎた。家の壁に「死んだ動物、不用になった動物買い取ります」と書かれている……

伯爵夫人さんはまだしゃべっている！――到着――別れ――このひとり小説の終わり。楽しい午後。

〔一八〕九一年七月四日

かつての伯爵夫人さんに手紙を書く。我が身の愚かさの限りを尽くした、何とも奇妙な従順さをもって――一縷の望みも抱かずに。

〔一八〕九一年一一月

彼女の姿をまた見る……心臓に恐ろしい衝撃。

筆跡やインクの状態からこのページのメモには断層があることが分かるが(12)、ロヴィラ夫人をめぐる恋愛事件の経緯をたどる上でひとつの目安になるテクストであることだけは確かである。ただ、解釈は必ずしも容易ではない。

八九年七月八日のメモは、おそらく最初の出会いを物語る記述なのであろう。ヴァレリーは前年の八八年七月にバカロレアに合格し、同年秋からモンペリエ大学法学部に通い始めているから、この八九年七月八日の試験は、法学部第一学年の学年末試験を指すはずだ。試験を終えたヴァレリーは、モンペリエの南十キロほどに位置するパラヴァスで海水浴をし、タバコを吹かし、水面の彼方のオーケストラに耳を傾ける。フランス革命百周年の記念日が近い日付でもあり、何か祝賀的な行事が催されていて、楽団の演奏が聞こえてきたのかもしれないし、あるいはたんに海の波の音を表す比喩なのかもしれない。その帰り、行きに見かけた「伯爵夫人さん」をふたたび、今度は間近から目にする。「夢想に満ちたけだるさ」とは書き手ヴァレリーのそれなのであろう。試験の疲労と海水浴の疲労が重なってうとうととまどろむ夢見心地のけだるさのなかで、貴婦人がヴァレリーのヴィジョンのなかで鮮明さを増していく。気になってたえず夫人の様子を窺い、彼女の注意を引いてしまうほど、じっと彼女を見つめる。貴婦人の「手」や「肉付き」への讃嘆には、この女性をたぐいまれな美術品として品定めする眼差しがある。

ところが、伯爵夫人さんのすぐ「横に、」突如、極端なコントラストをなす存在が闖入者のように出現する。ひとりの「獣じみた」「商売女」がそれである。直後に車窓から見える「死んだ動物、不用になった動物買い取ります」という文言から、原文 « une catin avec quelques brutes » は、松田の解釈にならって「動物を何匹か連れた売春婦[13]」と訳すのが自然かもしれない。この部分を私たちは「粗野な男たちに囲まれた商売女[14]」と訳したが、そうすると、ロヴィラ夫人と売春婦の対照、聖性と獣性の対立が際立つ代わりに、そこへ男たちの暴力的な欲望の気配も濃密に漂うことになり、露骨な肉欲の眼差しが貴婦人へと向かいはしないかと心配になる。松田が指摘するとおり、このテクストの解釈上の困難さは、こうした「通常なら相反しあうものの共存[15]」から来るだろう。ここに描かれているのは、貴婦人と娼婦という異なるふたりの実在者なのではなく、むしろ、けだるさのなかでヴァレリーが幻視した「夢」の情景であり、想像界のなかで同時的に分裂した同一者の二面なのかもしれない。だから、夫人と接した、そのすぐ「横に」と書かれているのであり、貴婦人と売春婦はヴァレリーのヴィジョンのなかで接しているのである。そのような解釈もまったく可能な、虚実綯交ぜの振幅を含んだ断章が「ド・ロヴィラ夫人関連資料」には多いということにはあらかじめ十分な注意を払う必要があり、松田が的確に指摘しているとおり、この資料の読解は必然的に「推論や仮定に満ちたものになることを、前もって断っておかなければならないだろう[16]」。

その意味で、この八九年七月八日付のメモの最後の部分、駅で夫人の姿を見送り、別れたあとの、「このひとり小説の終わり」という表現には格別の注意を払っておかなければならない。ここで用いられている「ひとり小説」は、一青年の一途な片思いを描いたひとり芝居という意味に近いものであり、しかもそのひとり芝居においては、主人公たる作者の実際経験の現実性もその想像界の虚構性も同一テクスト空間のなかで連続的に綯交ぜとなって描き出されており、そこではいわば現実を含みこんだ想像界の劇がまったく自由に記述されていると理解しなければならない。「ド・ロヴィラ夫人関連資料」が「このひとり小説」から始まると同時に、ヴァレリーのドラマを再構築しようとする私たちの試みもここから始まるという意味では、「このひとり小説の終わり」は「終わり」どころか、まさしく「始まり」にほかならないのだ。

一八九一年七月四日

　このように、出発点の断章からして、「ド・ロヴィラ夫人関連資料」の解釈上の難しさに直面せざるをえないのであるが、明るい貴婦人の表象と表裏一体をなす暗い売春婦の表象の深層にわたる考察については松田の卓越した論考に譲ることとし、恋文草稿の分析を主目的としている本稿は、とりあえず、最初の日付から二年後となる次の重要な日付、九一年七月四日の簡素な数行をめぐる考察に移るとしよう。二年前の夏、パラヴァスへの行きと帰りに車中で見かけた「かつての伯爵夫人さん」に宛てて、「一縷の望みも抱かずに」——つまり、読まれる当てもないままに——「我が身の愚かさの限りを尽くした」手紙を書いた、とそこに記されているこの手紙こそ、抽斗にしまったまま投函されずに終わった恋文のことにちがいない。

　ヴァレリーは八九年秋から大学を休学して一年間の志願兵役に就き、九〇年秋に除隊してモンペリエ大学法学部第二学年に復学した。翌九一年は、ルイスの強力な指導のもとで『ラ・コンク』誌への寄稿を続け、「ナルシス語る」をはじめとする詩篇を次々と発表するという、文学活動において旺盛な一年であった。春にはマラルメに手紙で指導を乞い、「ナルシス語る」が評価されて大いに喜び、九月から一〇月にかけてパリに滞在した折にはルイスの紹介で初めてマラルメの面識も得ている。作家ヴァレリーにとってきわめて豊かであったこの年の七月四日、学年末試験の準備に励まなければならないはずのヴァレリーは悶々として、読まれる当てのない恋文を練っている。

ジャルティ『評伝ポール・ヴァレリー』によれば、モンペリエの街なかのあちらこちらで時折、ヴァレリーはロヴィラ夫人の姿を見かけ、ある時は明るいドレス姿の夫人の軽やかな身ごなしに、またある時は黒い喪装のようなドレス姿の敬虔な佇まいに魅了され、一方的に想いを募らせていたらしいことがわかる。その想いには、アイドルを一途に慕う、純粋な偶像崇拝に近い感情があったのだろう。ある日、新聞を開き、ある記事に目をとめたヴァレリーは、それを切り抜いて大切に保存する。一八九一年三月二五日、モンペリエのノートル＝ダム教会で開催される、お告げの祝日と教会の聖別記念を兼ねた慈善事業の詳細を伝えるその記事の末尾に、「募金はロドルフ・フォルキエ、ド・サンタンドレ、ド・ロヴィラ、ジョゼフ・シカール各夫人によってなされる。このご婦人方は、式典に参加できないが慈善事業には参加したいという方々のために、自宅で寄付を受け付ける予定」（五七）とある。教区の一市民として夫人の家の門をたたき、想いを伝えることができるかもしれない千載一遇のチャンスを、ヴァレリーは見送るだろう。「ド・ロヴィラ夫人関連資料」のなかに挿入されたこの新聞記事の切り抜きは、一青年による一女性への偶像崇拝の事実を物語る歴史的な証拠資料として貴重な価値を保つだろう。

こうした対象の神聖な美化への想いを窺わせる資料がある一方で、もっと世俗的で「陳腐なポルノグラフィー」（五〇）に近い情景を自嘲的に記した断章もある。ロヴィラ夫人が教区の慈善事業に熱心な篤志家であればあるほど、肉欲はいっそう背徳的なものとなるが、そのような後ろめたさは熱情の度合いを高める効果を持ったかもしれない。教会のミサの聖体奉挙のオルガン演奏が鳴り響くなか、ヴァレリーは前方に座るロヴィラ夫人のあらわになったうなじを夢見心地で凝視する。「ミサにて。聖体奉挙が私に幻覚を引きおこす――そしてあの剥きだしになった、ほんのわずかばかり現れたうなじをじっと見つめながら――私は白い肉体にすべての考えを集中させる――馬鹿者！――」（四九）

八九年七月八日の最初の出会いの折にも、パラヴァスからの帰りの汽車のなかで、「ひとり小説」の主人公はけだるい夢想の延長上で、じろじろと夫人を見つめ、その手、その肉付きに感嘆していたが、ここでは、教会の神聖な空間のなかで、オルガンの音楽に導かれたように、あるいはそれを口実として、夫人の、今度はその白い首筋をじっと見つめる。実際、ロヴィラ夫人の肖像写真を見ると、毛皮のコートらしき襟巻き部分からすっと伸びたその首筋は、いかにも白く長い。うなじ（首筋、襟首、襟足……日本語は豊富である）はヴァレリーのテクスト世界において鍵となる特権的な身体部位であるが、特に女性のうなじのイメージの原点にはロヴィラ夫人の白い「蛇のようなうなじ」（三九）が不動のイメージとして固着しているのかもしれない。うなじについては清水が「ヴァレリー的エロティスムの一常数」[17]であると言い、「『蛇の素描』のなかで、智慧の樹にかくれた蛇は金髪のイヴの「挙措のかずかずの秘密に満ちて謎めいたうなじ」をじっと見つめているし、『雑集』のなかの「聖歌Y」には「俺はおまえの豊かな円い襟首を捕えるだろう」という一行がある。他に、『エミリー・テスト夫人の手紙』、『若きパルク』等々と、エロティスムの集中点としての「うなじ」を語る箇所は多い[18]」と指摘している。ジャルティもまた、ヴァレリーにとって「つねに、女性の体のなかで一番エロティックな部分はうなじ[19]」であると断言している。イメージの連合において、うなじは蛇へ、蛇はメドゥーサへ、メドゥーサの目はロヴィラ夫人の目へと重なっていく。

「一八九一年頃には、ロヴィラ夫人は一個の理想化された形象となり、接近不能な純粋な偶像となるため、執着することがますます苦しみを募らせる結果となる。彼女の人格は少しずつ美化され、つきまとって離れない幻影のようになっていく。ドレスと眼差しが心をとらえ、自由を奪う。ついにはメモに「ド・R夫人の眼差し」(三二)とだけ記されるようになる。詩篇「ナルシス語る」の作者にとって、自分の美しさに見とれる観照が逆転して、死のヴィジョンになる。伯爵夫人さんはたちまち〈メドゥーサ〉になるのだ[20]」とジャルティは書いている。ロヴィラ夫人問題の中心テーマとなる「眼差し」あるいは「メドゥーサ」については、このあと恋文草稿を観察する際にもくり返し触れることになるだろう。

　遠回りをしてしまったが、青年ヴァレリーの片思いによるひとり芝居という意味での「このひとり小説」の恋愛劇のなかで、ひとつの頂点をなすのが「かつての伯爵夫人さんに手紙を書く」と記された九一年七月四日という日付であることは間違いない。実際には、この同じ日付でジッド宛に、自分が「ある眼差し」にすっかり魅惑されていることを告白した手紙が書かれている。「ある眼差しが僕をあまりに愚かにしたので、僕はもはや存在しないのです。水晶のように美しい〈世界〉像を僕は失ってしまいました。僕はかつての王、自分自身から亡命した男なのです。[21]」「ド・ロヴィラ夫人関連資料」にはこのジッド宛の手紙の文面の異文が見られる。「ある眼差しが僕をあまりに愚かにしたので、僕はもはや存在しないのです。自分がふたたび筆を取ることがあるだろうか、筆を取っても、いったい自分に何が書けるだろうかと自問するほどです。このうえなく深い動揺が僕の心から離れず、僕は自分が感じていることをきちんとした言葉で表現することができません。」（四七裏）ロヴィラ夫人に向けた手紙を書こうとし、実際に書いてはみたものの、その手紙は投函されなかった。ヴァレリーはジッド宛の手紙で二度、抽斗にしまった手紙について言及している。「僕は、無用となった手紙を何通も抽斗にしまったまま、彼女のおかげで身動きもなりません。[22]」（一八九一年八月ジッド宛）「彼女に宛てて書きさえしたではないか！　その手紙は机の抽斗のうちにあります。[23]」（一八九一年九月一一日付ジッド宛）

フォリオ三一に記された第三の日付の項目、すなわち「一八九一年一一月　彼女の姿をまた見る……心臓に恐ろしい衝撃」とあるメモにも少しだけ触れておこう。一〇月下旬にパリ滞在から戻ったヴァレリーは、法学部第三学年（最終学年）に進む。おそらくモンペリエの街角でロヴィラ夫人の姿を短期間のうちに何度か立て続けに目にしたのであろう、こんな記述が見られる。「昨日僕はド・R夫人をまた見た。それで一日中おかしくなってしまった。今もまだおかしい。まったく狂気の沙汰だが、根本は悪くない。〔……〕僕が信じているのはひとつの純粋に磁気的な関係だ。引きあうものがあるのだろうか。たぶん、彼女に聞いてみなければなるまい、でももしそれで違うということになったら！」（三六）「磁気的な関係」のように「引きあう」といった表現には、出会いが運命的なものであると納得したい書き手の願望が反映されているようにも思われるが、ヴァレリーはこうした偶然についてその後くり返し考えることになるだろう。いずれにせよ、ロヴィラ夫人の面影は九一年と九二年を通じて、ヴァレリーの脳裏に固定観念的なイメージとして強くとどまり続けていることは疑いようがない。

そのような状態のうちに書かれたと推測される恋文草稿は、生成過程をたどると三つの段階[24]から成っていることがわかる。本稿ではそのすべてを並べて分析することはせず、削除や訂正が最も多い第一段階と、推敲が最も進んだ第三段階とを主な観察対象とする。全体は、内容的に言って、おおよそ、次のような五つのパートに分けられる。各部分の核となる表現を第三段階から選んで示すと次のとおりである。

① 導入。「あなたは私にとってひとつの優雅な幻です」
② 手紙の理由。「言葉の花束」「未知の男からの捧げ物」
③ ロヴィラ夫人の肖像。「あなたの微笑」「海から上がってくるあなたの優美さの思い出」「あなたの柔らかいドレス」
④ 願い。「それで私は何を求めるでしょうか」「あなたの貴い手で書かれたたったひとつの言葉」

⑤　哀訴。「熱情の夜のこの瞬間」「嘆願する男の激情の夜」「どうかご寛容に」

以下、恋文草稿のエクリチュールを、抹消や加筆修正など、書き手によるパフォーマンスの細部に注意しながら観察してみたい。

抹消される眼差し

まず①。導入の挨拶である。

［~~あなたの好奇心は、マダム、いつか満たされるときがくるでしょう~~］ごきげんよう、私をご存知ないマダム、あなたは私にとって［~~長い闇~~］何時間も待ち望んだあかつきについに姿を現した優雅な幻のような存在です。あなたの軽やかな、完璧な優美さが生来臆病な私の精神をとりこにしたのです。

［~~私はあなたの眼差しが私を一瞥することすら望んでいません~~］

（四〇、抹消されている箇所は［~~あなたの~~］のように示す。以下同様。）

今晩、静かな灯火の下で、私はふたたびあなたのことを考えています。ごきげんよう、私の

ことをご存知ないマダム、あなたは私にとってひとつの優雅な幻――〔何時間も〕〔長い間〕
ずっと待ち望まれていた幻のような存在です。（四三）

第一段階のフォリオ四〇から第三段階のフォリオ四三へと推敲が進む過程で、夫人の登場を示す比喩が「優雅な幻〔une délicate apparition〕」を核とした簡潔な表現に落ち着いていくことが見て取れよう。

ところで、長い間待ち望んだ末に「優雅な幻」がついに姿を現すというこの物語には、文芸的なレフェランスが幾重にも織りこまれている。一九世紀の後半から世紀末にかけて、「幻（現れ）」は文学や絵画において流行したモチーフである。絵画ではギュスターヴ・モローの『あらわれ〔L'Apparition〕』が想起される。モローはユイスマンスの小説『さかしま』の主人公デゼッサントの偏愛する画家であり、ヴァレリーにとって『さかしま』は八九年以来お気に入りの書物であることから、この手紙冒頭の「幻」にモローの絵画とユイスマンスの文学の記憶がともに反映していることは間違いあるまい。この他にもフローベールの小説『感情教育』におけるアルヌー夫人の出現――「それはまるで幻のようだった〔Ce fut comme une apparition〕」――や、あるいはまた、松田が指摘しているとおり、マラルメの詩「あらわれ〔Apparition〕」における「おまえ」の出現[25]――「私はさまよっていた、古い敷石に目を釘付けにして／そのとき、髪に太陽を湛えて、通りで／夕方に、おまえが私に笑いながら現れたのだ〔Et dans le soir, tu m'es en riant apparue〕」――も重なってくるだろう。

「優雅な幻」の美的形象が文芸的なレフェランスの網の目に支えられるかたちで選択されていることとは別に、この導入部には草稿分析上きわめて興味深い点がひとつある。それは、最初にいったん「私はあなたの眼差しが私を一瞥することすら望んでいません〔Je n'espère pas même un regard de vos yeux〕」と書かれてから、それが線で抹消されているという事実である。この一文そのものの意味は、夫人に対する自分の想いが一方的なものであり、そんなわがままな青年の想いに無理に応えてくれる必要などないのですという謙譲あるいは卑下の念の表明と解釈することができる。つまり、抹消せずに残しておいたとしても特に問題のない一文であるように思われる。しかし、ヴァレリーはこの一文の全体を線で消している。この明確な抹消の身振りには、ロヴィラ夫人の両の目が放つ「眼差し」の矢に対する受け手の抵抗力のなさ、あるいは、ロヴィラ夫人の眼差しを想像しただけで、書き手としての主体の安定性を失ってしまうほどに精神が錯乱し、その眼差しがいわば一個の禁忌となっている事態が読み取れはしないだろうか。

　先に挙げた九一年七月四日付ジッド宛の手紙でも「ある眼差し」の力によってすっかり「愚か」にされてしまったエピソードが語られていたが、それを裏付けるように、「ド・ロヴィラ夫人関連資料」にはストレートに「眼差し（ド・ロ〔ヴィラ〕夫人の）〔Regard / (de Mme de R.)〕」とだけ記された印象深いフォリオがある（三二）。資料全体のうち第二のフォリオに記されたこの言葉は、あたかも「このひとり小説」の全体を形容するサブタイトルとなっているかのようである。そして、ジャルティも触れていたとおり、資料の至るところに現れる「眼差し」はしばしば「メドゥーサ」の形象とともに現れる。髪の毛が蛇で、見る者を石と化す、あのギリシア神話の怪物である。「彼女はいささか悪魔的だ、一篇の詩のまわりを回る七月の美しい蠅のように。どうして彼女はあの愛らしいメドゥーサの顔をこちらに向けるのか。もし僕のことを知りたいと思わないのなら。――言葉がない。」（三九）九一年の「七月」、一篇の詩のまわりを回る「美しい蠅」は「メドゥーサ」となってヴァレリーを悩まし、メドゥーサの眼差しは思わず抹消したくなるほど執拗にまとわりついてくる。[26]

言葉の花束

続いて②。突然の手紙の理由が語られる部分である。

｛あなたに手紙を書くなんてだいそれたことです。［しかし］なぜ私はあなたに捧げるこうした言葉の花束をそっと編むのでしょう。きっと、マダム、あなたはそこに甘美で、不可思議な、そしてちょっと悲しいものがあると思われるでしょう――｝｛きっと、マダム、あなたはやはりこれは一風変わった恋愛だと思われるでしょう｝［どうしてこんな不思議なことが風変わりで、詮無いことでないと言えるでしょうか］なぜ私はあなたに捧げるこんな言葉の花束をそっと編むのでしょうか。あなたはきっと苦笑なさるでしょう。なぜなら、そこには何かしら［ナイーヴな］青臭い大胆さと、私にも分からない何か奇妙で甘美なものがあるからです。――あなたの優しさを頼みにする見知らぬ男のこんな贈り物には。そして今夜は熱い神頼みの夜となって、万物に向かって、あなたが男に返事を下さるだろうか――ひと言でも――と問いつづけるでしょう。

（四〇、斜線などで全体的に取消線が引かれている箇所は［　］でその範囲を示す。以下同様。）

愛情のこもった言葉の花束をそっと編む私は、書きながら頬を染めています。あなたは多分、苦笑されるでしょう、私の憂愁［そして私にかけた魔法］など念頭になく、まるでご自身の魅力を疑っていらっしゃるかのように。［たしかに……］しかし、［あなたにあえて告白する］熱い神頼みに我を忘れ、あなたの優しさを当て込んでいるこの「未知の男」の捧げ物には、何かしら甘美な意外性がないでしょうか。（四三）

ミュッセをあれほど嫌ったヴァレリーがこんな文章を書いていたのかと、ちょっとした驚きを禁じえない部分である。第一段階における「何か奇妙で甘美なもの」の存在をストレートに断定する単純肯定文が、第三段階においては「何かしら甘美な意外性がないでしょうか」という穏やかな反語疑問文へと変化するなど、推敲の過程で、押し付けがましいひとりよがりな調子がいくらか緩和され、落ち着いた表現に収束していったことが見て取れよう。とりわけ第一段階には、文を書いては消しながら「言葉の花束」を編んでいくヴァレリーの筆の息遣いが感じられて微笑ましくさえ思われる。

自分を知らない女性への恋文という苦しい条件のなかで何とかして手紙の存在理由を探そうとしている書き手の姿は滑稽でさえあるが、全体にわたって抹消されることになる「きっと、マダム、あなたはやはりこれは一風変わった恋愛だと思われるでしょう」という一文には、書き手の冷静な判断も窺われる。つまり、この「言葉の花束」が「ひとり小説」のなかのおそらくは滑稽な一章であることを書き手は十分心得ているのだ。「かつての伯爵夫人さんに手紙を書く。我が身の愚かさの限りを尽くした、何とも奇妙な従順さをもって——一縷の望みも抱かずに。」——先に見た九一年七月四日のメモにおいて冷静に振り返られるはずの手紙は、その手紙が書かれている執筆時点においてすでに、「我が身の愚かさ」を意識したものとなっているのである。

ヴィーナス、プシュケ、そしてメドゥーサ

続いて③。夫人の肖像が描かれる部分である。ロヴィラ夫人の複数の形象が交錯して描きだされるこの部分は、恋文草稿のなかで最も印象深い箇所であると同時に、ヴァレリーにとってのロヴィラ夫人問題を考える上で決定的に重要な箇所でもある。

私は詩［~~と哲学~~］を読みすぎたので、どんな人の慣れ親しんだ眼差しや微笑でも、それだけでは満足できないのです。［~~私は望む／しかし／私の想像力はあなたを刻々と再創造したいのです~~］私にはあなたの微笑を刻々と想い描くことが必要なのです。そして、［~~まだ~~］髪を濡らして、あまりに沢山の波を見たので、まだ呆けたような［~~濡れそぼった~~］目つきをし、血の気がすっかり引いた顔で、［~~波から~~］海から上がってくるあなたの姿態の思い出に身を浸す必要があるのです。

私はまたあなたの身ごなしの純粋な優雅さと明るい色のドレス、道行く人々にあなたの上品な化粧の香りを振りまきながらはためく明るい色のドレスが好きです——なぜなら、女性の装いは私たちの［~~世紀~~］時代で生活に現れる唯一の芸術表現だからです。

（四〇および四三裏、／　／は挿入語を示す。以下同様。）

私は詩を読みすぎたので、どんな人の微笑にも［~~自分のうちに~~］十分な光を見出すことができません。［~~しかしあなたの微笑が現れ、私がそれを知ってからというもの、私から離れません~~］しかしあなたの微笑は私を夢から目覚めさせ、いつまでもとどまっています……　髪を濡らして、あまりに沢山の波を見たので、まだ呆けたような目つきをし、血の気がすっかり引いた顔で海から上がってくるあなたの［~~華奢な~~］優美さを好ましく思い出します。

そしてまた、あなたの身ごなしの純粋な優雅さと、［そして］／はためきの下で／［はためき］そのすがすがしい香りの施し物を道行く人々に振りまいているあなたの柔らかいドレスが私を魅了します。なぜなら女性の装いは、私たちの時代の生活が提供する、唯一芸術の外観をそなえたものだからです。（四三）

ここは恋文草稿には珍しく、第一段階から第三段階への変化がほとんどない点から、すでに書き手のなかで形象化が十分に進んでいた箇所であることがわかる。ロヴィラ夫人の肖像は、海と陸のふたつのスナップショット――波を見すぎて「呆けたような目つき」をしている海辺の夫人像と、「ドレス」をはためかせながら街を歩く夫人像――によって、活き活きと描き出されている。ここには、ふたつの神話的な形象が見て取れよう。

まず現れるのが、ヴィーナスの形象である。このヴィーナスはふたつの姿を見せて、ヴァレリーを魅了する。「あなたの微笑」が強調されたあと、「髪を濡らして」、「呆けたような目つきをし」、「海から上がってくる」夫人の優美な姿態についての思い出が語られる。これは幻視の映像なのだろうか、それともやはり、ヴァレリーは、あの八九年七月八日の最初の出会いの日に、パラヴァスの浜辺で、夫人の海水浴姿を目にしたのであろうか。喚起されているイメージはまさに波間から上がってくるヴィーナスのそれであり、ボッティチェリの絵画『ヴィーナスの誕生』のそれである。ヴァレリーは前年九〇年一二月号の「モンペリエ学生総連会報」に「波から出る女」を発表し、この恋文草稿を書くひと月前の九一年六月号の『レルミタージュ』誌にそれを再録している。この詩はのちに大幅に改稿され、その名も「ヴィーナスの誕生」と改題されて『旧詩帖』に収められるだろう。詩が先か、ロヴィラ夫人の海水浴姿が先か、もはや判然としないが、手紙冒頭部の「優雅な幻」と合わせて、ここでも絵画と文学へのレフェランスは濃厚である。

そして舞台は海から街に変わる。海から上がってくる夫人の肖像に続いて、今度は、明るく柔らかなドレスの裾をひらひらとはためかせながら、そして「上品な化粧の香り」を道行く人々に惜しげもなく施しながら、街なかを颯爽と歩いていく夫人の肖像が描き出される。あの新聞記事の切抜きの直後に置かれた「ド・ロヴィラ夫人関連資料」の断章には夢か現か判然としない次のような記述が見られる。「ひと晩中、彼女はド・モンカルザ夫人とともに僕につきまとった。あまたある女たちをふたつに単純化したもの。——だが、一方はお人形さんじみて化粧が濃すぎるために存在感が乏しいのに対して、甘美な、色あせた、もの凄まじいロヴィラ夫人の方が素晴らしい。その人の前では、差異のもつ偉大な力を感じる。——「彼女はまさに現代のヴィーナスだ」＝もはや単なる海から生まれた女ではなく音楽から生まれた女。——彼女には時間の相貌と戯れる言い知れぬ柔軟さがある——若い娘から成熟した女へと——並外れた能力をもって移っていく。」(五八) ドレスをまとったこの「現代のヴィーナス」を松田とともに「着衣のヴィーナス」[27]と呼ぼう。

古代的な裸のヴィーナスと現代的な着衣のヴィーナス——まずこのようにヴィーナスのふたつの形象をともなって描き出されるロヴィラ夫人の肖像のうち、この後者の現代的な着衣のヴィーナスは、そのドレスのひらひらと舞い上がるイメージもあってか、ヴァレリーの想像界において、しばしば「蝶」の形象をとって現れ、使われる名前の方もヴィーナスからプシュケへと移り変わって呼ばれることが多いように思われる。次に示す断章が書かれたのは、ロヴィラ夫人へのリビドーの高まりが募ったある瞬間であったろうか。

「すべてが僕を苦しめる、芸術、ふたつの愛、肉体、未来。それらはすべておそらく実在しないものだ。あの小柄な、白い肌の、やがては死すべき運命にある、プシュケを頭に戴いた女、彼女はぐずぐずして、僕のもとに高く掲げたランプを残したまま姿を見せない、ランプが彼女のやってこない道を照らしている！　そしてこの母、彼女の痛みと激しい不安が僕を苛む、それほど僕は未だ彼女のか弱い、年とった、いとおしい体のなかにいるのだ。この女性、僕には関心を示さないが、彼女は僕が何とかして手に入れたい美術品、彼女のスカートは僕のまわりをひらひら飛んでいる、まるで性悪の酔っ払いみたいに――捕まえられる可能性はまったくない――夢に出てくる黒い蝶みたいに、なんとか捕まえたいと思っても遠ざかるばかり。そしてこの時間――ああ！　僕はずっと教会のなかに閉じこもっていた。教会は廃墟となり、空は冷たい。空気だ！　水だ。水だ！」（三四）

この奇妙な断章については、「解読と翻訳の試み」のグループ構成員それぞれが脚注をつけている。[28]まず、恒川の注によれば、「プシュケ〔Psyché〕はギリシア語で「魂」を意味する言葉に由来するが、アプレイウスの『変身譚』（別名『黄金のロバ』）では嫉妬したアフロディテに追われ、エロスに愛され、救われるヒロインとして登場、理想を求める魂、愛に救われる魂の象徴とされる。

ジッド宛一八九一年九月（日にちは不明）付書簡に「プシュケと呼ばれる妙なる火」という言葉が見えるほか、ほぼ同時期に制作が進められていたと思われる「葬いの微笑」のヒロインとして登場する。本資料ではロヴィラ夫人に冠された異名の一つとして随所に出てくる。また、周知のごとく、後年の『若きパルク』のタイトルとしてピエール・ルイスが提案したのもこの名前である。」恒川の注にあるとおり、アフロディテはヴィーナスにほかならないので、ヴィーナスに追われるプシュケとはすなわち、肉に対する魂であり、ここでもロヴィラ夫人の形象が相反する様相を帯びて重層化していることが分かる。

恒川の注を挙げたついでに、このプシュケについての清水による解説も紹介しておこう。清水は「ただ闇のなかでしか夫エロス〔アモール〕と愛を交えることのできなかった神話の美女プシュケの境遇をいわば逆転させて、まるで闇のなかの存在のようにこちらの恋情とは切りはなされ、ただ夜の夢のなかでのみ自由に会えた夫人を〈プシュケ〉と名づけたのであろう」と指摘し、「そこに、当時のヴァレリーに最も持続的で深い影響を与えていたエドガー・ポーの作品中の女性の名前としての〈プシュケ〉（「私の魂サイキとともにさ迷うた」――『ウラリューム』）が重なり、青白く、退廃的な、死へと運命づけられたポー的女性像の特徴が加えられる(29)」と述べている。実際、「ド・ロヴィラ夫人関連資料」にはこんな記述が見られる。「彼女は繊細で、青白く、退廃し、不安をそそるプシュケだ。素晴らしい壺のような黒い上半身と蛇のようななじをもって。」（三九）プシュケは死と深い関係にあり、「葬いの微笑」においても、プシュケの瞳孔の拡大によって死の徴候が暗示されている。[30]

続いて、筆者の注によれば、「魂を意味すると同時に蝶の一種をも意味することからプシュケは、その象徴として蝶の形象をとることが多い。ここでも、プシュケである女が「黒い蝶」のイメージで語られている。」そして、塚本の注によれば、「一九一一年の『カイエ』に、女性の眼をした蝶の夢が記されている。ヴァレリーのなかで、女性と蝶が強く結びついていたことをうかがうことができる。「見知らぬ街をさまよい、女の巨大な目を持った蝶にしつこくつきまとわれる。そいつは敵だ。それは私を恐れさせ、その美しさで私を魅了する。その毛深くて絹のような目を見ると私はすっかり怖気づいてしまう。[31]」」「夢に出てくる黒い蝶」から「女の巨大な目を持った蝶」まで、プシュケの形象は時に不気味な調子を帯びて現れてくることに注意しよう。「蛇のようなうなじを持った、プシュケ」像から「メドゥーサの顔」まではあと一歩のところである。実際、上に引いたフォリオ三九の「彼女」は前半ではプシュケと呼ばれているが、後半ではメドゥーサと呼ばれるようになる。

恋文草稿に限った場合、その生成過程を見るかぎりにおいては、ヴィーナスとプシュケの形象は洗練されていく一方で、先に触れた眼差しの抹消に明らかなように、メドゥーサの形象が前景から後退しているように見えることは確かである。それはもちろん、見た者を石と化すメドゥーサの恐ろしいイメージを後退させることが見知らぬ女性へのラブレターのレトリックとして礼儀にかなうからという常識的な判断が働いたことによるものではあるだろう。しかし、ヴァレリーにとって、ロヴィラ夫人という存在はみずからの知性の安定性、「水晶のように美しい〈世界〉像」を一気に崩壊させにやってきた点では恐ろしい悪魔である。その点を考慮に入れれば、舞台上から後退したかに見えるメドゥーサの眼差しは、舞台前景を華やかに乱舞するヴィーナスやプシュケと同等かそれ以上に、ヴァレリーにおけるロヴィラ夫人体験の中心的な形象として特権的な位置を占めていると考えるのが妥当であろう。あるいは、ヴィーナスやプシュケの形象がいかんともしがたくメドゥーサの形象に接近していくと言うべきかもしれない。現代のヴィーナスはその白い蛇のようなうなじからメドゥーサと化し、夢のなかの黒い蝶のようなプシュケは女の巨大な目をもった蝶となってメドゥーサと化し、夢のなかでヴァレリーを魅了しつつ苦しめ恐怖させるのだ。ヴァレリーが一枚の紙に「眼差し（ド・ロ〔ヴィラ〕夫人の）〔Regard / (de Mme de R.)〕」（三二）とだけ記したそれは、一九一年から九二年を通じて彼にとりついて離れない「メドゥーサ」のそれなのである。

ところで、一九世紀末においては、幻（現れ）と同様、メドゥーサもまた流行していた。ジャルティによれば、ヴァレリーは、当時有名な美術写真家だったアドルフ・ブローンによる、ウフィツィ美術館所蔵のダ・ヴィンチ作と推定されている『メドゥーサの顔』の写真を見ていた可能性があるという。また、「ヴァレリーがメドゥーサを持ち出すのには文学作品の影響があることも疑えない」として、ユゴーの「神」という詩の一節――「しどけない衣の夢に現れるメドゥーサたち」――を引き、「これはまさに彼の情熱をあおるために書かれたような詩である」と指摘している。さらに、ネルヴァル訳によるゲーテの『ファウスト』を目にしていた可能性が高いことに触れ、

「そこにもシルヴィ・ド・ロヴィラの姿が点綴されているように思われる」として、ファウストが遠くに「青白い、美しい娘」の姿を認めた際のメフィストフェレスの忠告の言葉を引用している──「そっとしておきなさい！　あんなのにかまったらいいことはありませんよ。あれは命のない、魔法の幻影、偶像です。彼女と会うのはいけません。あれにじっと見られると、男の血が固まって、ほとんど石みたいになってしまいますよ。メドゥーサの話を聞いたことがありますか。[32]」見る者を固まらせる「あの愛らしいメドゥーサの顔」（三九）のイメージは、文学と絵画の多様なレフェランスによって増幅され、どこまでもヴァレリーを追いかけてやまない。

文学のエチュード

ヴィーナス、プシュケ、そしてメドゥーサという神話的形象をめぐる散歩が長くなってしまったようだ。恋文草稿③のテクストに戻ろう。ロヴィラ夫人を形容するイメージがさまざまに変貌していくことからも分かるように、ここでもう一度確認しておくべきなのは、ヴァレリーのロヴィラ夫人体験というものが想像力のドラマにほかならないということである。全体的には大きな変化の見られないふたつの段階のうち、それでも第一段階では、「私の想像力はあなたを刻々と再創造したいのです」、「私にはあなたの微笑を刻々と思い描くことが必要なのです」と記されていた点に注意しよう。「ド・ロヴィラ夫人関連資料」の最初のページに記されていた「このひとり小説」（三一）

とは、ヴァレリーの想像力によって再創造された虚構の物語世界を示す言葉にほかならない。

　この点についてヴァレリーは、九一年七月一三日付のジッド宛の手紙で、端的にこう書いている。「新しく起こったこの事態において最も顕著なことは、その〈ドラマ〉の全体が自分のものだった（「ものだった」？　いや「ものだ」と言うべきですね）ということです。僕は〈恋愛〉のスペクタクルを自分に演じてみせたのです……しかしそれにしても今回はすべてが私に吠え立てました。瞑想に親しんだ純粋精神は、すっかり噛みつかれて、逃げ去ってしまいました。[33]」「新しく起こったこの事態」とはロヴィラ夫人への愛の高揚にほかならない。その〈ドラマ〉はヴァレリーの内面で起こった彼自身の〈ドラマ〉だったとヴァレリー自身が認めている。たしかに、ヴァレリーが、実際のロヴィラ夫人を見かけ、その身ごなしの優雅さに心奪われたことは事実だろうし、その点に関しては現実体験だったことは間違いないだろう。しかし、それから先の展開は、徹頭徹尾、ヴァレリーの想像界の〈ドラマ〉だった。清水はこのドラマを「徹底的にヴァレリーの内部にのみ閉ざされたエロスと想像力の奇怪な嵐[34]」と呼んでいる。そこはもはや実体験の場ではなく、イメージが自由に飛び交う表象の世界、虚実綯交ぜとなった想像界、すなわち文学の世界である。

　結局のところ、ヴァレリーにとって、ロヴィラ夫人への想像恋愛は、ひとつの文学の場、あるいは文学のエチュードの場にほかならなかったのではないだろうか。もちろん、少ない資料から性急に結論を導き出すのは危険であるが、少なくとも恋文草稿を見るかぎり、自分を知らない女性への恋文という奇妙な形式で「ひとり小説」の世界を仮構し、自分の想像界のドラマを、自分の求める美になるべく忠実に描いてみようとする文学への意志は、この③の箇所をひとつの山場として恋文草稿全体に見られるように思われる。文芸的なレフェランスの多さも、そうした文学の模索との関係で理解されるべきものであろう。

そして④。私が求めるものは、ただ、あなたの貴い手で書かれたたったひとつの言葉です――切々とそう訴える部分である。文学的に凝った表現への意志は、ここにおいて、よりいっそう顕著に現れる。

〔それから何でしょう。私は［直観を］かくも暗晦な真実、かくも甘美な、しかしいくらか／非常に／苦しい確信を説明しようとして、いくつかの混乱した理由を探しているのです。〕［あなたはひとりの］おお、甘美なる姿態、骨董品の華奢な小像、すべてピンクとブルーの［ザクセン焼きの繊細な］セーヴル焼の明るさのなかに絵付けされた王女たちの優美さのように――ひと言でいいですから、私に応えて下さい、私が夢を見続けることが容易になるように。あなたの憂愁からふとこぼれおちた、あなたの貴い手で書かれた、たったひとつの言葉――それが思い出にならないでしょうか。そこには人生の諸々のイメージに続いて、ひとつの新しい秘密のイメージがないでしょうか。いまひとつ別の甘美な思考の対象ではないでしょうか。［存在の目的は……の王国を広げることではないでしょうか］そして人生にはすべて思い出の［青い］黄金の庭を広げる以外に何か別の定めがあるでしょうか。

（四三裏）

それで私は何を求めるでしょうか。思考の黄昏のなかにくれなずんだ、聖なる森の［~~縁、奥~~］窪地にたむろしたニンフの群れのような、いくらか暗晦なまま残された妙なる真実があります……

おお、甘美なる姿態、骨董の華奢な小像／――／ピンクとブルーのセーヴル焼のなかに絵付けされた王女たちの優美さのように――私がどんなにあなたの唇と語りあい、沢山の甘い言葉を愛撫のようにあなたに捧げたいと思っていることか。ひと言でいいですから、私に応えて下さい、私の憂愁が長びいて、あなたのこと［~~について~~］をなお夢見ることが容易になるように。あなたの貴い手で書かれたたったひとつの言葉――それが思い出にならないでしょうか――わたしはその思い出をあなたに捧げます！　人生［~~のために~~］は思い出の庭を広げる以外に何か別の定めがあるでしょうか。

（四〇裏）

恋文草稿の文章の流れのなかでは一番激しい部分であり、詩的な感嘆の叫びと懇願から構成されるクライマックスである。ここでは、文章の質が、第一段階から第三段階へと進む過程で明確に転換している。それはいわばマラルメ化とでも言うべき詩想の跳躍である。第一段階では「かくも暗晦な真実、かくも甘美な、しかしいくらか苦しい確信」といういささか散文的な部分が、第三段階では、「聖なる森の窪地にたむろしたニンフの群れのような」という比喩表現を従えて「いくらか暗晦なまま残された妙なる真実」を修飾するに至る。この新たな比喩のイメージが、マラルメの『半獣神の午後』における逃げ去るニンフたちのイメージを思い起こさせることはもちろんである。そればかりではない。第三段階において現れる「思考の黄昏のなかにくれなずんだ、いくらか暗晦なまま残された妙なる真実〔d'exquises vérités qui demeurent un peu obscures dans le crépuscule de la pensée〕」というフランス語原文に仕組まれたp音の連続（プ／オプスキュール／クレピュスキュール／パンセ）による音楽性は、明らかに詩的言語によってもたらされた効果にほかならない。こうした技巧によって散文的な表現から高度に詩的な美的文体へと彫琢されていくさまは、やはり、恋文草稿における文学のエチュードという側面を強調していると言えるのではなかろうか。

最後に⑤のパート。手紙を結ぶ哀訴のくだりである。

私にとって、マダム、この／熱情の／時から、激情の長夜と待つという甘い苦しみが始まります。いささか芸術家気質の魂は〔~~全霊をもって共鳴します~~〕〔~~不安に~~〕不安に容易に捕えられます。〔~~少なくとも好奇心を持って下さい~~〕……今日のところは手紙には半分だけ署名して、あとはあなたの気まぐれにすべてを委ねます。さあ今度はあなたが口を開いて下さい、少なくとも好奇心を持って下さい、あなたは幻想にはとても寛大な方のはずです……　（四三裏）

熱情の／夜の／この瞬間に、マダム、この手紙とともに始まるのは、嘆願する男の激情の夜と待つという甘い苦しみです。今日のところは、この〔手紙〕紙に半分だけ署名して、あとはあなたの気まぐれにすべてを委ねます。

どうかご寛容に、〔そして〕あなたを崇拝する　P・V　（四〇裏）

「いささか芸術家気質の魂」、「幻想〔chimères〕」といった、この手紙が「ひとり小説」であること、文学のエチュードであることを直接的に証明するような表現は第三段階へ推敲が進む過程で消え去り、文学性の色が薄まっているように見えるかもしれない。しかし、このことはむしろ、手紙としての全体の効果を考えたヴァレリーの手直し、先に④で見たようなマラルメ的な文体への跳躍をはじめとする文学的意匠の洗練とのバランス調整と理解すべきところであろう。実際、ヴァレリーは、「ド・ロヴィラ夫人関連資料」の別の箇所で、「R夫人――「彼女」のために犯したあらゆる馬鹿げたふるまい！」のひとつとして、先に示した教会のミサの聖体奉挙で「剥きだしになったうなじ」に欲情するエピソードに続けて、次のように書いている。「ポーの一篇の短篇のようにして書きたい手紙〔……〕ある種の効果を産みだすように、書き、構成したいと願っている手紙。〔**La lettre que je voudrais composer comme un conte de Poë** [...] **La lettre que je veux** ***écrire*****, et organiser pour un certain effet** —〕」（四九）八九年一一月に「文学の技術について」を書いて以来、ポーの「効果」理論に心酔していたヴァレリーが「書く」という動詞を強調したのは、そこに、文を作ること、文学テクストを書くことという強い意味のアクセントを意識的に置きたかったからに違いあるまい。

若い頃のヴァレリーがポーの名前を呼び出すときには必ず「ポエ〔Poë〕」というようにトレマ付きの「エ〔ë〕」を用い、ポエムやポエティックあるいはポイエティック（制作学）の語源としてのポイエイン（作ること）をつねに喚起させていたことを思い起こそう。「効果」を狙って書かれた文学のエチュードは、もはや、特定の差出人を必要としない。だからこそ署名も半分だけでかまわないのであった。

おわりに

以上、ざっと見てきたとおり、恋文草稿は、全体として、「効果」を意識した、一定の構成と凝った文体意識を持つエチュードの場となっている。ユゲット・ロランティは、ジッド宛の手紙などで時折吐露されるヴァレリーの感情表現において、象徴主義的な夢想は未だ青年的なロマン主義にどっぷり浸っていたと述べ、みずからの恋情を語るヴァレリーの文体は、ヴァレリー自身が嫌うミュッセの『世紀児の告白』の文体に、皮肉にもきわめて近いと指摘している。(35)本稿の観察はむしろ、ロランティの指摘を裏返して、青年的なロマン主義に浸っているとされる表現のなかに散見される「象徴主義的な夢想」を強調するかたちとなったかもしれない。これは、「ド・ロヴィラ夫人関連資料」、とりわけ恋文草稿というコーパスを、文学のエチュードの現場として捉えたいとする考えによるものである。

最後に、ヴァレリーが激しい恋愛を文学制作の積極的な契機として捉えていることをうかがわせる、五十年後の『カイエ』の断章[36]に触れておきたい。まずテクストの前半部を掲げる。

〔一九〕四〇年八月

不眠。今夜『ラシーヌとシェークスピア』の一部を読む。其処此処にとても好い味わいがある。註で『リュシアン・ルーヴェン』が引用されていたので、〔一八〕九一―九二年の恋愛の我が心的大病を思い出した。そして数年後、〔一八〕九四年に〔ジャン・ド・〕ミティが上梓した「ルーヴェン」が、あの極度に澄み切った時期に、ルーヴェンとシャストレール夫人の恋愛描写の素晴らしい洗練によって、どれだけ私の心を打ったか、そんなことを思い出した。〔……〕そして、今夜は思い出をふたたび見出す――(私としては非常に珍しいことだが)――ド・ロヴィラ夫人の思い出だ。この、話しかけたことすらない女性を想像することによって、数年もの間、気狂いになり、不幸になったのだ! こういうことと組んで文学をやることは絶対できない。――(この場合と他にもいくつかある――もっとも、これはずっと最近のことだが。)私にとって文学は、愛情と嫉妬の想像的な毒に対抗するひとつの方法である。文学、あるいはむしろ、精神的なもののすべては、つねに、私の反=生、反=感覚なのだった。だが、こうした感覚はしかしながら強い知的刺激剤だった。――病は治癒を激しく掻き立てていた――〔一九〕二一年の『エウパリノス』も、二二年の『魂と舞踏』も、ぼろぼろの状態で書かれた。誰がそうだと気づくだろうか。

恋文草稿のなかに、「人生は思い出の庭を広げる以外に何か別の定めがあるでしょうか」（四〇裏）という一節が見られたが、半世紀後の眠れない夏の一夜、スタンダールの『リュシアン・ルーヴェン』の主人公とシャストレール夫人の繊細な恋愛描写の記憶に触発され、非常に珍しいことに、ロヴィラ夫人の思い出が甦る。ここで、ヴァレリーにとっての文学は、恋愛の毒に対抗して制作される、いわば解毒剤、危機を乗り越えるための治療だったと語られる。こうしたところから、清水徹が言うように、ヴァレリーの制作スタイルを「エクリチュールによる危機の乗り越え」(37)として規定することは、たしかに妥当である。

ただ、注意しておきたいのは、こうした恋愛体験が作家ヴァレリーによって、できれば避けて通りたい危機として忌避されているわけではなく、「こうした感覚はしかしながら強い知的刺激剤だった」という言葉に明らかなように、むしろ積極的な位相で捉えられているという点である。ヴァレリーは、恋愛という感情体験が新たな文学の重要な創造契機になるということを肯定している。自身がめざす文学を書くために、こうした刺激剤を積極的に用いようとするところがヴァレリーにはある。つまり、「エクリチュールによる危機の乗り越え」の位相を転倒した「危機によるエクリチュールの乗り越え」の位相があるように思われるのである。こうした位相は、テクスト後半部においていっそうはっきりと記されている。ヴァレリーは、一八九一―九二年のロヴィラ夫人、一九二〇年代のポッジ、一九三二年のヴォーチエ、そして現在進行形である一九四〇年のヴォワリエといった女性たちとの交渉のすべてを念頭に置きつつ、自分にとっての彼女たちの存在理由を次のように考察している。

> ここで、こうした生の航跡のなかに、私の性格に由来するものを明確にする必要があるかもしれない。私はこうした場合と状況のなかで運命に問うてみる。というのも、運命の働きのおかげで、出会いと経験の偶然が起こり、人間が一箇所に集められ、生命のエネルギーが交換され、精神の興奮を伴った自由と、さらに優しさが組みあわされるからである。しかし、結局のところ、私がつねに（とりわけ自分が最も愛着を抱いた女性たちにおいて）見出してきたものは、こういう傾向、つまり、自分にぞっこん惚れこんでいることが見てわかっている当の相手の男を試練にかけるという奇妙な傾向だった。彼女たちは、実行不可能なこと、自分の力を自分自身のために試すこと以外に関心のないようなことを要求してくる。だが、その力こそ、私は、自分のために欲しいのだ。――それでいて、私は試練のシステムに耐えることができない。そういうわけで彼女たちはすべてを傷つけるという次第だ。
>
> 四時になった。

ヴァレリーが惚れこんだ相手の女性はヴァレリーを試練にかける。結局、その試練のシステムに耐えることができず、ぼろぼろに傷ついた挙句、破局に至るにせよ、ヴァレリーは、自分を翻弄する彼女たちの力を「自分のために欲しいのだ」と言い切る。もし仮に、危機を避けて通りたいのであったら、こういうポジティヴな物言いはしないだろうし、そもそも、何度も苦しい恋愛をくり返したりなどしなかっただろう。生涯に何度か反復されるこうした試練の根源にあり、しかも、最も想像的であったがゆえに純粋結晶化したモデルケース――「この話しかけたことすらない女性を想像すること」によって生きた「このひとり小説」の日々――それがロヴィラ夫人体験だった。それは、ヴァレリーにとって過酷な試練であったが、全身全霊で文学を生きようとする作家にとっては、実存のぎりぎりのところで実践される、きわめて充実した文学のエチュードではなかったろうか。

【注】

（1） André Mandin et Huguette Laurenti, « Mme de R. », in *Bulletin des Études Valéryennes*, "*Valéry, en somme*", nos 88-89, Université Paul Valéry, novembre 2001, p.17-28.

（2） *Notes anciennes*, IV, BnF*ms*, ff. 31-80. (Source gallica.bnf.fr / Bibliothèque nationale de France. Département des Manuscrits. NAF 19116.)

（3） 資料に記された日付を列挙してみると以下のようになる。「八九年七月八日」「九一年七月四日」「九一年一一月」（以上三一）、「九一年九月四日」（三七表）、「九一年一二月三〇日」（三八）、「九二年四月五日」（五四）、「九二年七月七日」（五五）、「九二年五月」（五六）、「三月二五日」（五七）（切り抜きされた新聞記事のなかの日付。ジャルティは一八九一年の三月二五日としている）、「そしてまたしても彼女。九二年五月二日」（五九表）、「そしてまたしても八月三一日に」（五九裏）（この日付には年号が記されていないが、表に続くものと考えれば九二年と推定される）、「モンペリエ、一八九二年五月」（六三裏）。日付がもつ事実性を信じる限りにおいてであるが、「ド・ロヴィラ夫人関連資料」の断章群が執筆された時間的な幅は、最も古い「八九年七月八日」から最も新しい「〔九二年〕八月三一日」までの間と推定される。なお、九二年九月二三日付のジェノヴァからのフルマン宛書簡によれば、ヴァレリーはモンペリエを発つ前日すなわち九月一四日にもロヴィラ夫人の姿を見かけたとあるので、実際の目撃体験の時間の幅はもう少し広いと考えた方がよいだろう。

（4）　清水徹「ナルシスの出発——初期のヴァレリーの想像的世界——」、『明治学院論叢』第三七六号フランス文学特輯一八、明治学院大学文学会、一九八五年三月、四九—一一一頁。

（5）　同、七九頁。

（6）　同、八四頁。

（7）　松田浩則「ヴァレリー、あるいはロヴィラ夫人の変貌」、『五十周年記念論集』、神戸大学文学部、二〇〇〇年三月、四五五—四八四頁。

（8）　同、四六五頁。

（9）　「フランス国立図書館草稿部所蔵「ド・ロヴィラ夫人関連資料」——解読と翻訳の試み——翻訳篇（上・下）」、恒川邦夫・今井勉・塚本昌則共同訳、『ヴァレリー研究』第三号、二〇〇三年、二三—四四頁、および、第四号、二〇〇七年、五九—七一頁。なお、本稿での同資料からの引用文はこの共同訳を参照しつつ、自由に変更した点が多いことをお断りしておく。

（10）　同、恒川「まえがき」、『ヴァレリー研究』第三号、一三頁。

（11）　本稿は筆者の以下の旧稿に大幅な加筆修正を施したものである。今井勉「抽斗にしまった手紙——「ロヴィラ夫人関連資料」から恋文草稿を読む——」、『東北大学文学研究科年報』第五三号、二〇〇四年、一五四—一七六頁。Tsutomu Imai, « Lettre d'amour dans un tiroir — lire quelques manuscrits trouvés dans le *Dossier "Madame de R."* — », in *Valéry en ses miroirs intimes*, Fata Morgana, 2014, p. 35-57.

(12) 最初のふたつのメモ（一八八九年七月八日と一八九一年七月四日の記述）は同じ頃（おそらく一八九一年七月四日以降）に書かれ、一八九一年一一月の記述については、他の記述よりもあとに追記されたことが推測される。
(13) 松田、前掲論文、四七一頁。
(14) 恒川・塚本・今井、前掲「翻訳篇」（上）、三〇頁。
(15) 松田、前掲論文、四七一頁。
(16) 同、四五七頁。
(17) 清水、前掲論文、八三頁。
(18) 同、一〇九頁、注37。
(19) Michel Jarrety, *Paul Valéry*, Fayard, 2008, p. 95.
(20) *Ibid.*, p. 97.
(21) *Corr. G/V (1955)*, 107.
(22) *Corr. G/V (1955)*, 122.
(23) *Corr. G/V (1955)*, 127.
(24) 三つの段階から成る恋文草稿の執筆順序について述べておく。削除や訂正などの作業が最も多いのが四〇と四三裏であり、四〇の末尾が四三裏の冒頭と意味的にも字体的にもつながる表現であることから、ヴァレリーは次のような順序で書いたものと判断される。①四〇→四三裏、②四一→四二、③四三表→四〇裏。すなわち、ヴァレリーはまず①を書き、次に、それを並べて参照しながら②を書き、最後に、今度はこの②を参考にしながら、第三段階として、①で使った紙をそれぞれ手前に裏返して③（まず四三裏をひっくり返して四三表に冒頭文の推敲を続け、さらに、四〇をひっくり返して四〇裏に続きの文章）を書き記した、というのが紙の使い方の順序であり、実際の執筆の流れである。
(25) 松田、前掲論文、四六三頁。
(26) メドゥーサの眼差しのテーマは、作家ヴァレリーの想像界において意外に大きな広がりを持っているように思われる。たとえば、後年のエッセー「マネの勝利」におけるベルト・モリゾの肖像画をめぐる描写にもこのテーマとの連続性がうかがえる。

(27) 松田、前掲論文、四六一頁。なお、優雅な「女性の装い」の魅力は、それが現代生活のなかで最も芸術的な外観を備えているところにあるとするヴァレリーの説明には、恒川邦夫が指摘するとおり、「近くはマラルメの絵入新聞『最新流行』、遠くはボードレールの『現代生活の画家』に通じる〈モデルニテ〉(時代の空気・風潮)への眼差しが感じられる」(恒川・塚本・今井、前掲「翻訳篇」(上)、三九頁、脚注39)。

(28) 恒川・塚本・今井、前掲「翻訳篇」(上)、三二頁、脚注11、12、13。

(29) 清水、前掲論文、八三頁。

(30) 同、特に七七―七八頁を参照。

(31) C, IV, 581.

(32) Jarrety, *op. cit.*, p. 97-98.

(33) *Corr. G/V (1955)*, 110.

(34) 清水、前掲論文、七九頁。

(35) Huguette Laurenti, article cité, p. 22-23.

(36) C, XXIII, 589-590.

(37) 清水徹「ポール・ヴァレリーの自己神話化――いわゆる《ジェノーヴァの一夜》をめぐる方法論的散歩」、『日本フランス語フランス文学会関東支部論集』第八号、一九九九年、二四頁。

カリンとポールの物語——Ave atque Valeをめぐって

松田浩則

一九二〇年六月一七日、現在もなおパリのモンテーニュ通りにその瀟洒な姿を見せている高級ホテル、プラザ・アテネ[1]で始まったカトリーヌ・ポッジとポール・ヴァレリーの恋愛とその顛末はカトリーヌ自身により「カリンとポールの物語[2]」と名づけられたが、それは、一九二八年一月二四日にその終焉を迎えるまで危機の連続だった。そうした危機のせいで、ふたりが夢見た知性とエロスが一体となった共同体の夢はいったん成立したかに見えたものの、瞬く間に崩壊し、ふたりとも文字通り地獄の苦しみを心身両面で味わうことになるのだが、それゆえにというべきか、むしろそのおかげでというべきか、その中からふたりにとっての代表作となるような作品が次々と生み出されることになった。ヴァレリーがその詩集『魅惑』の最終稿に手を入れたのは、一九二二年四月、カトリーヌが所有する南仏ヴァンスの別荘「ラ・コリネット」においてであったが、その段階で、ヴアレリーは急遽、「ナルシス断章」に手を加えカトリーヌとの愛の姿を書きこんでいる。また対話篇の『エウパリノス』（『NRF』誌、一九二一年三月一日号）や『魂と舞踏』（『ラ・ルヴュ・ミュジカル』誌、一九二一年一二月一日号）にカトリーヌの影が見え隠れしていることはよく知られている。というのも、『エウパリノス』は謎めいた暗号の形で彼女にささげられているし、『魂と舞踏』の踊り子アティクテのなかに、踊りの名手であったカトリーヌはみずからの姿を認めることであろう。[3]一方カトリーヌの方は、みずからの作品を公表することにずっとためらいを感じていたのではあるが、ヴァレリーとの交流をきっかけに書き進められた中篇小説『アニェス』を一九二七年に発表するばかりでなく、死後の一九三五年に息子クロード（一九〇九―一九九六）の手で出版されることになる神秘的で宇宙論的な身体論ともいうべき『魂の肌』の考察を精力的に深めていく。とはいえ、ふたりの愛が生み出した最高の作品は、異論の余地なくカトリーヌの『日記』であり、ヴァレリーの『カイエ』であり、その大部分が焼却処分にあったとはいえふたりが交わした手紙ではなかっただろうか。そこではふたりの存在の激突がたがいの言語に比類のない緊張感を生み出しているのが確認できるだろう。

ところでカトリーヌは、ヴァレリーとの愛とその破綻を主題とする二篇の詩「Ave《アウエー》」と「Vale《ウアレー》」を残している。当初カトリーヌはこれらを「Ave《アウエー》 atque《アトクエ》 Vale《ウアレー》」（こんにちは、そして、さようなら）という題の一対〔diptyque〕の作品にしたいとの希望を持っていたのだが、それは実現せず、二篇の詩は最終的に個々別々の形で書かれ、発表されることになる。しかも、最初の計画とはちがって、

「Vale」の方が先に書かれた。「Vale」は一九二六年五月一一日に一気に書かれ、その後、若干の修正がほどこされたものと考えられるが、カトリーヌは生前この詩の出版を拒否し続けた。「Ave」の方は、その大部分は一九二八年の大晦日から翌日の元旦にかけて書かれたものであるが、ジャン・ポーランの強い要請もあって、一九二九年一二月一日号の『NRF』誌に掲載された。生前カトリーヌが公にした詩はこれが唯一である。これらふたつの詩は、彼女の死後、一九三五年七月一五日号の『ムジュール』誌に、他の四篇の詩（Scopolamine, Nova, Maya, Nyx）とともにはじめて一緒に出版される。そこでは、実際に書かれた順番とは違って、「Ave」が「Vale」の前に来ている。そしてその後に出版されたガリマール社の詩集でもこの順番が維持されることになる。

本論では、この二篇の詩を分析するばかりでなく、これらの詩の根底にあると思われる「ふたりでひとり」、「ひとりでふたり」という極限的な知性とエロスの共同体の試みの破綻の原因を探りつつ、「カリンとポールの物語」を揺るがすことになった相克の場面のいくつかを読み解いていきたい。

プラザ・アテネ・ホテルでの出会い

ヴァレリーと初めて会ったとき、カトリーヌの方は一九〇九年一月に結婚した劇作家のエドゥアール・ブールデ（一八八七―一九四五）と離婚の調停中だった。離婚は一九二一年に成立するが、クロードの親権や養育費の問題をめぐって、その後もしばらくごたごたが続くことになる。カトリーヌによれば、離婚の原因は夫の裏切りにあったとされているが、そればかりではなく、彼が得意とする風俗劇特有の軽妙さそのものを彼女が嫌っていたこともその一因と考えられる。その間、一九一二年に彼女は結核であることが宣告され、パリのブローカ病院の産婦人科医だった父親のサミュエルからは二度と子どもの産めない体であるとも通告される。また一九一六年六月一日には、心を寄せていたアンドレ・フェルネがロレーヌ戦線で戦死する。さらに一九一八年六月一三日には、父サミュエルが元患者のひとりに銃殺される。まさに、彼女は「悲劇と苦痛と恐怖の続いた年月」[4]を過ごしていた。

しかし、こうした度重なる不幸と喪失の経験を重ねながらも、カトリーヌは哲学や文学や宗教学を独学で学ぶばかりでなく、物理学や化学や生物学にも興味を持ち、当時の最新の学問の動向を追い、その研究成果を貪欲に吸収しようとしていた。そうした彼女の読書のなかには、ヴァレリーと出会う前年の一九一九年にNRF社から『注記と余談』とともに出版された『レオナルド・ダ・ヴィンチの方法序説』も含まれていて、彼女に強烈な印象を残していた[5]。ということで、一九二〇年六月一七日のヴァレリーとの出会いとそこで交わされた長時間にわたる会話は、彼女にヴァレリーとの知的共同体を夢見させるに十分なインパクトを与えるものだったと考えられる。ときにマドレーヌ・ヴィオネなどのオートクチュールに身を包み、パリの社交界で磨き上げられた優美さと過剰なまでの自尊心を保ちつつも、病と死の影におびえながら孤独のなかに生きていた彼女に新しい生き方が垣間見えたのである。カトリーヌはヴァレリーとの最初の出会いの様子を十一日経った六月二八日になってはじめて『日記』に記している。そこからは彼女を襲った尋常ならざる高揚感が伝わってくるので、まずはその点を確認しておこう。

> ポール・ヴァレリーは、食事をしている時間の四分の三の間、文字通りブリモン夫人にばかり話しかけていた。私はそのことに代数学的な冷ややかさと、考えていたよりずっと驚くべき無関心さをもって注目していた。おおポール・ヴァレリー、あなただけが予感している一世一代の決定的な言葉を言うのは、あらゆる人間のなかでこの私にほかならないと私は知っていたのよ。男爵夫人のブリモンの方に身をかがめてみなさいよ。本当にそれでいいの。じゃあ、あなたはスノッブなの。（それこそ厚かましいあなたの兄さん[6]からの唯一の遺産ということ？）私だって非世襲貴族の末裔ではないかしら。私は待てるわよ、おお、ポール・ヴァレリー、私には永遠の時間があるの[7]。
> （強調原著者、以下同）

プラザ・アテネ・ホテルのダイニング・ルームであたかも同席している自分の存在を無視するかのように、ヴァレリーがロマン派の作家ラマルチーヌの子孫にあたるルネ・ド・ブリモン男爵夫人にばかり話しかける様子を「代数学的な冷ややかさ」と「驚くべき無関心さ」で観察していたカトリーヌは、ふたりの会話のなかに割りこんでいくタイミングを、まるで獲物を待ち伏せする猛獣のように狙っている。そして、ヴァレリーの目をブリモン夫人から自分に向けさせられる機会がいずれ来ることを確信しつつ、ヴァレリーをけしかけるように、「男爵夫人のブリモンの方に身をかがめてみなさいよ」と命令文の形で心のなかでつぶやいた後、あたかも、十一日前のできごとを実況で生中継するかのように『日記』の文の時制は現在形に切り替わる。

その後、フレデリック・ウーセィの近刊本を話題にして、熱力学やネグ・エントロピーに関し「きわめてヴァレリー的な考え」を披露してヴァレリーの気を引くことに成功したカトリーヌは、次に、アインシュタインの時空間についての考えを披露する。すると、ヴァレリーは、「私がかつて経験したことのないほどの、驚くばかりのスピード、巧みさ、金の糸を捉えるほどの技量で私に答えてくれた」のである。こうして、ヴァレリーの関心を引き、その知性の切れ味の一端に触れたばかりではなく、物理学のことなど「明らかに何も分かっていない」ブリモン夫人を沈黙に追いこみ、会話から排除し、ヴァレリーを独占することに成功したカトリーヌは、高らかに勝利宣言を行う。

九時四五分頃、憔悴しきったルネは先に帰る。それで、私たち、ポール・ヴァレリーと私はサロンに入っていく、いつまでも終わることなく続く魅惑的な会話のおかげですっかり大きく弾みがついて、泳ぐようにして。

サロンに移ってからも会話は続く。ヴァレリーはカトリーヌに『NRF』誌の六月一日号に掲載された「海辺の墓地」の感想を尋ねてくる。『NRF』誌を一九一三年以来定期購読しているが、「手元に届くのがいつも遅いので、まだ読んではいない」と答えたカトリーヌは、「自分で自分の顔が怖くなる」ほど「極度に緊張」しつつあるのを意識しつつも、ヴァレリー本人からの質問を光栄に感じたはずである。そして、六月一七日の時点で読んでいなかった「海辺の墓地」を、日記執筆時の六月二八日にはきちんと読み終え、次のようなコメントを書くことで、ヴァレリーが質問し、感想を聞いてくるのにふさわしい女性、ヴァレリーの知性に伍していくことのできる女性であることを証明しようとする。

それらの詩句は、私がいかなる生きた人間から期待できるより以上のものだった。それらの詩句はギリシアにつながっている。そこには二カ所マラルメ的な欠陥がある、結晶のようになっているという欠陥だ。私としてはそれを取り除きたいと思っているが、そのふたつを除くと、その詩は美そのもの、精神に服を着せた音楽と形だった。おお、私の王国よ！　おお、私の唯一の王国よ！　私の心にして奥義よ……。

六月一七日以来の十一日間のうちに、ヴァレリーはカトリーヌにとって、そこに到達すべき、そしてそこで一緒に住むべき「王国」となっていたのである。このように熱烈な信条告白をしたカトリーヌは、ふたたび六月一七日の記述に戻り、恍惚の瞬間を描き出す。

一一時、最後まで残っていた会食者たちが上の階の自分の部屋へと戻って行った。直立した彫刻のような門番は非難めいたそぶりを見せる。もし、会食者たちが立ち去らず、門番が明かりを消すしぐさをしなかったなら、私たちはまだ話し続けていたでしょうか、私とあなたは。

この部分こそは、「カリンとポールの物語」のなかでカトリーヌがヴァレリーの精神の光を信じ、心酔しきっている稀有な場面のひとつであるように思われる。

実際、カトリーヌはこの最初の出会いの直後、彼女の死の翌年一九三五年に『魂の肌』として出版される『自由について』の原稿を、あたかも自分の身をゆだねるかのようにヴァレリーの手に引き渡すのだが、ヴァレリーもそれに呼応するように、なにより貴重なその『カイエ』の一部をカトリーヌに渡してコメントを求めたり、長年にわたって書きためた『カイエ』の整理を依頼したりするようになる。一九二〇年の大晦日のカトリーヌの『日記』には、さらに一歩進んで、「あなたは私に『カイエ』をすべて私に与えようとまで考えていると言いましたよね(8)」という記述もある。たがいにたいする知的信頼感が一気に醸成されたのである。

ラ・グローレ

「カリンとポールの物語」の始まりの部分でのもうひとつのハイライトは、一九二〇年九月一五日から一〇月六日までのヴァレリーのラ・グローレ滞在である。

ラ・グローレはドルドーニュ県のベルジュラック近郊にあるポッジ家の領地であるが、元来はカトリーヌの父方の祖母イネス・エスコ＝メスロンの生家(9)が所有していたものである。ラ・グローレをこよなく愛したサミュエルは、一八世紀に建てられたペリゴール風の家屋を改修したり、さらには増築したりして整備に努めたが、カトリーヌもまたそんな父の思いを引き継ぐようにして、ラ・グローレに特別な思いを寄せていた。ヴァレリーとパリで出会った翌日の六月一八日、カトリーヌは療養のためピュイ・ド・ドーム県のラ・ブルブールに旅立っているが、このように、日頃は母親とともにモンペリエに住みつつも、頻繁にパリに上京したり、フランス国内ばかりでなくスイスの療養所に出かけたりしなければならないという移動の多い生活を余儀なくさせられていたカトリーヌにとって、ラ・グローレは安らぎの場であり、親密な友人たちを招き入れる場でもあった。後者の点に関しては、ラ・グローレ滞在中にヴァレリーが書いた「ラ・フォンテーヌの『アドニス』について」の冒頭部分がよく知られている。

この『アドニス』論は、とある美しい田舎で書かれた。とても広大で、はるか遠くの方で大木や緩やかな起伏で囲まれているので、その田舎は、陽光にだけ捧げられ巨大な木々で閉じられたその広がりの果実として、最も奥深い平和を実らせているように思われた。[10]

さらには、同じくラ・グローレ滞在中にヴァレリーが描いた寝室のペン画[11]（図1）の右下の暖炉の前に「ルコント・ド・リール[12]の肘掛け椅子」が置かれていること、そして、ペン画の一番下に「ラ・グローレ、この寝室にはジェラール・ドゥヴィル氏[13]とポール・ヴァレリー氏があいついで宿泊した」という記述があることなどからも、ラ・グローレが友愛の場所であったことが伝わってくるだろう。

ところが、ヴァレリーはこのように平和な田園のなかでカトリーヌばかりでなくその母親のテレーズにも手厚いもてなしを受けたのだが、彼はラ・グローレに来るしばらく前から体調をくずしていたのである。ヴァレリーは九月二二日頃と推定されるジッド宛の手紙のなかで、窮状を訴える。

> 僕は厚遇され、面倒もみてもらい、次から次と先を見越して手を尽くしてもらい、車で散策させてもらっている。——ただ、いかんせん！　そこにいるのは僕なんだ。相も変わらず僕がいるというわけなんだ。つまり、こうした奇妙な状態が続いているということだ。自分が存在しないという感覚に突然捉えられたり、我慢できないほど両手が熱くなったり、脈拍が早くな

図1　ラ・グローレ滞在中に書かれたヴァレリーの『カイエ』。ヴァレリーが泊まった寝室が描かれている

ったり、ふっとめまいを覚えたりというぐあいなんだ。そういったことの一切は、惨憺たる状態の胃袋と僕の一八番ともいうべき神経系の乱れとによって造られ、オーケストラ化され、突然引き起こされる。本当に調子が悪い、悪い[14]。

体調の悪さが、はたしてヴァレリー自身が考えるように、彼を生涯苦しめることになる胃腸障害とそれに密接に関連した神経系の病によるものなのかどうかは分からない。ヴァレリーはジッド宛の手紙で一切言及してはいないが、ここに六月一七日に突然彼の生活に出現したカトリーヌへの恋情が大きく作用していることは疑いの余地はない。実際、ラ・グローレ滞在中のヴァレリーの『カイエ』では、直接カトリーヌを名指しすることはないものの、エロスをめぐる考察がいくつかなされている。[15] 執筆日は記されていないが、次のような記述が見られる。

愛――

愛と絡みあった知力、あるいは知らぬままに愛に取って代わってゆく知力なら、このはじめて経験する惑乱から何かを作り出すことができる。

生身の人間対生身の人間。源泉対源泉。干渉しあうふたつの活動領域。問題となっているものはもはやふたつの性ではない。ふたつの自我の純粋なる差異だ。

近くにいるということは大変なことだ。[16]

カトリーヌを人間としても、精神としても、自分に匹敵する存在ととらえているヴァレリーの姿が見えてくる。しかしヴァレリーはそこに留まらず、ふたりの愛をオルフェウスとエウリュディケ、さらにアドニスとヴィーナスといった神話的な存在の姿を借りて表現しようとする。「ヴィーナスとアドニス」と題された断章では、「ある人間から、彼の最高度の事件、最善状態、釣り合いの取れた最強の努力を何が抽き出すかといえば、その人間の「愛している」ものがそうなのだ[17]」とある。

こうした気持ちの高まりのなかでふたりは決定的な段階を迎えたものと思われる。ラ・グローレ滞在中に書かれた『カイエ』のなかで唯一鉛筆で書かれた断章には次のようにある。

五[18]――一一・三〇――二六日　日曜日　「蛇」のために

「さあ、もう、行きなさい。行クノダ、今ヤ、コトハ終ワリヌ！　お前たちがたがいの身に、これほどの／大いなる／善をなし終えた今、お前たちに残されているのは、もう、我が身にふりかかる禍いを最小のものにしようと努めることだけだ」、最も深遠なる「叡智」、暁と満たされた肉体の、なつかしくも冷ややかで、軽快な明晰さはそう語った。

――おたがいから離れなさい、探りたがりの肉体よ。[19]

「五――一一・三〇――二六日」の部分は、マイクロフィルムの資料を見ると「五」の右上にかすかに「h」(heures「時」の省略と思われる)と思われる文字が書かれているので、「二六日の五時から一一時三〇分まで」という意味だと推定できる。また、「五」の下には、縦方向に「二七」「九」「二〇」と三つの数字が書かれているが、こちらは「一九二〇年九月二七日」の意味で、この断章を書いた日付けということになるだろう。つまり、この断章は「コト」が「終ワ」った翌日に書かれたと推定される。カトリーヌとの間に何があったのかには一切触れず、「事後」の身の処し方をのちの「蛇の素描」における蛇を想起するような皮肉をこめた命令口調で語っている。あるいは、ふたりの間に起こったことを「禍い」とするような何らかの作品の創造によって、みずからの動揺を「叡智」にとって換えようとしているというべきだろうか。

一方、カトリーヌの『日記』を確認すると、九月二四日には、「仕事机にいる私自身と私自身／この上級な健康と安心感[20]」とあり、ふたりの「私自身」が楽しそうに一体となって仕事をしているさまが描かれ、二五日には « Ich kann's nicht fassen, nicht glauben »（私にはどういうことなのか、分からないし理解できない）というドイツ語の一文が突如あらわれる。これは、ロベルト・シューマンの連作歌曲『女の愛と生涯』（一八四〇）の第三曲目の冒頭部分である。この作品はアーデルベルト・フォン・シャミッソーの詩によるものだが、彼の詩が、この後、「夢が私を惑わしているのかしら／どうしてすべての女性のなかから／私みたいな女の子の願いを聞いて幸せにしてくれたのかしら／／本当に私になのよね、彼がこう言ったのは／「僕は永遠に君のもの」って……」と続くことを考えれば、まさにこの時点で、カトリーヌは幸せの絶頂に達したと考えることができるだろう。そして翌二六日は、ヴァレリーの『カイエ』では、「コト」が起こった日とされていたが、この日、カトリーヌはたった一行、「精神の後の世界〔Le monde qui est après l'esprit.〕」としか書いていない。これを、精神の後、肉に溺れた世界と読むことはできるだろうか。いずれにせよ、二七日には「私は歓び〔Je suis la joie.〕」の一行が見える。さらに二八日には、二日前に書いた一行を「精神の後にやって来る世界」と書き直しつつ、「二重の統一体」が「たったひとつの太陽波のなかに閉じこもっている」状態が持続することを祈願している。

ラ・グローレという友愛の場においてふたりが過ごした時間は、たがいをかけがえのない存在として認めあうきわめて濃縮された時間、まさにカトリーヌが夢見た「絶対的な結婚[21]」、「血と魂による驚異的な天国[22]」が垣間見られた時間であった。

「絶対」の失墜

しかし、ラ・グローレ滞在の期間中に一気にその親密度が深まったふたりの仲は急速に綻びをみせることになる。一九二三年五月八日、カトリーヌはヴァレリーのラ・グローレ滞在を想起しつつ次のように書いている。


私は私の利益も幸福も顧みず、彼のことを絶対的に、狂ったように愛した。

それは一九二〇年のことだ。私は絶対に会いに行った。そこに行ったら自分は死ぬだろうと感じながら、会いに行った。〔……〕二週間、私は彼の腕のなかで幸せだった。

それはあそこの庭のなかでのことだった。

「あなたの空と田園の
大きさと甘美さが……」

私たちは人々やさまざまな事柄から遠く離れたところにいた。彼がそうしたもののなかに戻ると、すぐに破綻が始まった[23]。

「絶対」としてのヴァレリーとの命がけの恋愛はどうしてこんなにもすぐに破綻を見せたのだろうか。カトリーヌはヴァレリーが別天地だったラ・グローレからパリの「人々やさまざまな事柄」に戻ったことがその原因と見ているが、そうした「人々」のなかでカトリーヌが一番頻繁に攻撃対象としたのはミュルフェルド夫人（一八七五―一九五三）である。ヴァレリーが住むヴィルジュスト通りからほど近いジョルジュ・ヴィル通り三番地の自宅で彼女が開いていたサロンにはパリの高名の士が多数集まっていた。「右岸で最も知的な香」[24]が漂っていたと言われた彼女のサロンはアカデミー会員を輩出するサロンとしても知られていた。カトリーヌ自身、自分の母親が開いていたサロンばかりでなくパリの最も洗練されたサロンの数々に出入りしていただけに、サロンの魅力を知らないわけではなかったが、彼女に許しがたく思われるのは、絶対の人であるべきヴァレリーがきわめて下品としか思われないミュルフェルド夫人のもとで無駄な時間を過ごし、あまつさえそこに居合わせたご婦人方にお世辞を言われてうれしそうにしていることなのである。カトリーヌは何度もミュルフェルド夫人のサロンに足を踏み入れないようにとヴァレリーに約束させようとするが、ヴァレリーはそのたびごとに煮え切らない態度を見せることだろう[25]。

攻撃の頻度はミュルフェルド夫人に対するほどではないにしても、カトリーヌが最も辛辣な攻撃を浴びせたのは、当然と言えば当然のことだがヴァレリー夫人のジャンニー（一八七七―一九七〇）である。カトリーヌはあたかもジャンニーをヴァレリーの妻と認めることを拒絶するかのように、その『日記』のなかでしばしばジャンニーとその姉のポール・ゴビヤール（一八六七―一九四九）

のふたりをまとめて「メドモワゼル・ゴビヤール」（ゴビヤールのお嬢さん方）と呼ぶ。そしてふたりの姉妹を「これら倦怠の泉のような人間[26]」、あるいは「これらふたつの虚無」などと呼んではばからない。その「メドモワゼル・ゴビヤール」が、上腕二頭筋にできた腫瘍の摘出手術[27]の術後の経過が思わしくなく、パリのロンシャン通りの母親の家で療養していたカトリーヌを見舞いに訪れたことがある。その時の様子を彼女は次のように語る。

ママはいやいやながらふたりを家のなかに入れた。それほどまでに、清潔で世話好きな女性としてのママの自尊心が傷つけられた。ママは歩くところどこにでも洗練されて単純な耽美主義をまき散らす女性だが、そんなママが傷つけられた[28]。

「メドモワゼル・ゴビヤール」の何がそれほどまでの嫌悪感を引き起こすのか、明確には書かれていないが、敬虔なカトリック信者である彼女たちの一挙手一足投がポッジ家の女性たちを苛立たせたのだろうか[29]。

一九二四年秋の『コメルス』誌第二号に『エミリー・テスト夫人の手紙』が掲載されたことがきっかけとなって、ジャンニーにたいするカトリーヌの敵意は一段と強まったように思われる。カトリーヌは、その『日記』のなかで、「彼は私という人間なしではやっていけない[30]」、「彼は私に完璧に全面的に永遠に忠実であると思われる唯ひとりの男性である」、「私は彼にとってこの世で唯一の生きた存在である」などとヴァレリーとの間の堅固な絆を確信したような書き方をしてはいるが、エミリー・テストの「主人がいつもやり切れない気難しい人だとご想像なさってはいけません。ほんとうにご存知だといいのですが、人が変わったようになることがあるのです……たしかに頑固で無情なときもありますが、思いもよらない、言うに言えない優しさを見せるときもあるのです、それはもうまるで天から降ってきたような優しさです。あの人の微笑は拒むことのできない不思議な贈物のようですし、たまに見せてくれる優しさは冬のバラそのものです[31]」というような言葉を前にしてカトリーヌは動揺を隠せない。「『エミリー・テスト夫人の手紙』と題された自伝的エッセーは私を殺した[32]」と彼女は書くだろう。カトリーヌは夫婦の愛情の機微を語るエミリー・テストの言葉の背後にヴァレリー夫妻の信頼に基づいた世界を感じ取ってしまったのだろうか。知性とエロスが一体となった共同体をヴァレリーとの間で作り上げたと信じているカトリーヌにとって、それは侮辱と裏切り以外のなにものでもなかったはずだ。「あなたは私たちふたりだけが住む思考の世界に何かを入れてしまったのよ。／あなたはずっと外側にとどまっているのがお似合いの、この貧弱な、貧弱すぎる人物をあなたの作品に近づけてしまったのよ[33]」という言葉のなかに、絶望的なまでのカトリーヌの怒号がこだましている。カトリーヌにとって、ジャンニーはあくまでも部外者にとどまっていなければならないはずの存在だったのである。

さらに、もうひとり、カトリーヌの怒りを密かに買っていた人物がいる。ヴァレリーのパトロンのエドゥアール・ルベー（一八四九―一九二二）である。彼はアヴァス通信社の重役であったが、パーキンソン氏病のため車椅子生活を余儀なくされていた。ヴァレリーはそんなルベーのために、一九〇〇年からルベーが死去する日まで新聞や本を読み聞かせたり、株の注文を代行したりしていたが、ヴァレリーが有能な秘書ぶりを示せば示すほど、カトリーヌの目にはそれが奴隷のような仕事にしか見えなかった。知性とエロスが密接に絡みあった共同体の創造に自分とともに全力を尽くすべきもう一方の当事者が就くべき仕事としては物足りないというわけである。そういうこともあってか、ルベーが死去したとき、失職状態になり困惑したヴァレリーのためにカトリーヌは可能なかぎりの伝手を頼りに、雑誌編集長などの新しい職探しに協力したようである。

つまり、ふたりの愛に破綻が訪れたとすれば、それは知的な面での意見の衝突などが原因ではなく、カトリーヌの言うまさに「人々やさまざまな事柄」といった外的要因に基づく面が大きかったことがわかる。

「ベアトリス状態」の終焉

しかし、カトリーヌの『日記』を丹念に読んで行くと、こうした外的要因と密接に結びつくかたちで、より根本的な誤解と無理解がふたりの愛の根底に横たわっていたことが判明してくる。そうした意味で象徴的なのは、ヴァレリーがベアトリスという名前の女性をめぐって構想していた同名の抽象的小説ならびに恋愛論の頓挫である。ヴァレリーは一九二二年四月、ヴァンスの「ラ・コリネット」滞在中に書かれたと思われる『カイエ』のなかに次のような「ベアトリス」に関する考察を残している。

ベアトリス。これらの愛しあうふたりと彼らの愛のなかには、次のような奇怪なところがあった、――ふたりはどちらも自分たちの愛を、ふたりの間の特別な事柄、ひとりの個人とひとりの個人の愛としては感じず、ふたつの生命組織相互間における完璧な必然と感じ取っていた。(34)

しかし、ポッジの方は、一九二三年五月八日の『日記』で、そうした「ふたつの生命組織相互間における完璧な必然」としての愛、カトリーヌの言う「ベアトリス的状態〔état béatricien〕」にはもう到達できないと断言する。

ヴァレリーが知らないこと、それはベアトリスは精神と魂と肉体を同時に絶対的に与えたときにのみ存在しえたということだ。ベアトリスは一九二〇年の最後の週に死んだ。(35)

つまり、社交界に出入りし続け、ジャンニーと関係も保ち続けているヴァレリーは、ポッジに「全面的な贈与(36)〔don total〕」をしていないという判断である。こうした判断をもとに、カトリーヌはこれまでのふたりの愛の決算書を作成し、何がふたりの愛を阻害し、浸食しているのかを明らかにする。

　ヴァレリーはあたかも自分の精神と同様に私の精神を理解していた。私たちふたりの精神の間には本当に差異は感じられない。それはひとつの精神ともうひとつの精神の神々しいまでの加算であり、そこに優劣はない。だが、彼は私の魂を理解していない。魂などという言葉が慣習的なものであろうとなかろうと、その言葉をどうしても使わなければならない。私には感情面での鮮明さ、倫理面での厳密さを必要とする気持ちが抗いがたくあって、それはプロテスタントの家系[37]の遺産として私に残されたものであり、それは私の形そのものなのであるが、そんな必要性は彼とはあいいれない。あまりにもあいいれないので、その必要性を私が話しているとき、彼は私が何の話をしているのか全然理解してくれないありさまだ。

　しかし私は彼に説明しようと努めた。そのために、私にきわめて望ましくて美しいと思われるこの感情や性格の厳密さは、いわば、彼がこれまで知的な領域で望んできた厳密さと同じ厳密さなのだと彼に手紙で書いた。それは行動や行為の領域に移し替えられた厳密さ、受肉化した厳密さなのだ[38]。

　カトリーヌがヴァレリーの思想を知るきっかけとなったのは『レオナルド・ダ・ヴィンチの方法序説』を読んだことだった。「飽くなき厳密〔Hostinato rigore〕」を銘としていたというダ・ヴィンチの精神の機能作用を分析して見せたヴァレリーに感銘しつつ彼をリオナルド〔Lionardo〕と呼んだカトリーヌの目に、ヴァレリーは「全面的な贈与」を拒みつづけ、感情面や倫理面で厳密さに欠けるということである。カトリーヌにとって、何という皮肉であり失望であろうか。しかし、ヴァレリーが「全面的な贈与」に合意し、感情面や倫理面で厳密になろうとすれば、社交界への出入りをやめ、家族の生活を支えるための秘書の仕事をやめるだけでなく、ジャンニーと離婚する必要があった。そのような考えはおそらくヴァレリーの頭を一度もかすめたことがなかったのではなかろうか。そしてそのことをカトリーヌもかなり早い時期に見抜いていたということである。つまり、「カリンとポールの物語」は、一九二〇年六月に始まって、その半年後には解体の危機に瀕していたということになる。

いずれにせよ、厳密さを求めるカトリーヌの下す結論は当然のことながら曖昧さを排除するものとなる。そしてその結論は端的に肉体の拒絶、つまり肉体の贈与の拒絶というかたちであらわれる。ヴァレリーは先述した「ベアトリス」に関する考察のひとつのなかで、「私はあなたの身体とともにある——あなたの身体の絆のうちにある。私はあなたの身体に私の身体の合体を深々と与える」[39]と書いているが、カトリーヌはこの記述を読んでいるだろうか。読んだとすれば、ヴァレリーをひとりよがりと感じたことだろうか。こうして、たとえば一九二二年九月二九日の『日記』では、パリのイエナ・ホテルに滞在中のカトリーヌを訪ねてきたヴァレリーの要求を頑として受け入れなかった様子が描かれる。

郵　便　は　が　き

料金受取人払郵便

綱島郵便局
承　認
3062

差出有効期間
2021年4月
14日まで
(切手不要)

223-8790

神奈川県横浜市港北区新吉田東
1-77-17

水　声　社　行

御氏名(ふりがな)	性別 男・女	年齢 歳
御住所(郵便番号)		
御職業	(御専攻)	
御購読の新聞・雑誌等		
御買上書店名	書店	県 市 区　町

読　者　カ　ー　ド

この度は小社刊行書籍をお買い求めいただきありがとうございました。この読者カードは、小社刊行の関係書籍のご案内等の資料として活用させていただきますので、よろしくお願い致します。

お求めの本のタイトル

お求めの動機

1. 新聞・雑誌等の広告をみて（掲載紙誌名　）
2. 書評を読んで（掲載紙誌名　）
3. 書店で実物をみて
4. 人にすすめられて
5. ダイレクトメールを読んで
6. その他（　）

本書についてのご感想（内容、造本等）、今後の小社刊行物についてのご希望、編集部へのご意見、その他

小社の本はお近くの書店でご注文下さい。お近くに書店がない場合は、以下の要領で直接小社にお申し込み下さい。

◎

直接購入は前金制です。電話かFaxで在庫の有無と荷造送料をご確認の上、本の定価と送料の合計額を郵便振替で小社にお送り下さい。また、代金引換郵便でのご注文も、承っております（代引き手数料は小社負担）。

TEL：03（3818）6040　FAX：03（3818）2437

彼は私に会いに来た。私は彼に会いたくなかった。もう会いたくなかった。私は彼の精神を知っている。私の精神の方が彼の精神より面白い。要するに、私は私の精神の方からより多くのものを期待していた。彼の魂、そちらの方も私は知っている。それは美しくない。彼の肉体はというと……。私は拒絶した。私は辛抱強く、決然と、彼の涙にも、皮肉にも、才能にさえも屈することなく拒絶した。(40)

ここでもカトリーヌは「精神」と「魂」と「肉体」の三つの観点からヴァレリーを検証し、そのいずれにも不満を漏らしているのだが、これらの三項目は、一九二七年に出版されることになる『アニュス』のなかで、一七歳のアニュスが理想の恋人に値するような人間になろうとして書きつけた「建築家の見取り図のような(41)」努力目標で問題になっている三項目と一致している点に注目すべきだろう。つまりカトリーヌはこれら三項目のバランスのよい発展をアニェスに目指させることで、ヴァレリーへの痛烈なメッセージとしたと考えることもできるかもしれない。(42) しかし、ここで圧倒されるのは、涙まで流して執拗に懇願するヴァレリーをはねつけるカトリーヌの拒絶の力である。厳密さを欠く者と厳密さを貫く者との闘いは最初から勝負が決まっていたというべきだろうか。

しかしながら、厳密主義者のカトリーヌもまた揺らぐ。数日後にヴァンスからパリに向かうことになっていたカトリーヌは、あたかもパリに着いてから自分が置かれるであろう状況を予想しているかのように、自分の幸せがどこにあるのかを明らかにする。再度一九二三年五月八日の『日記』から引用する。

私は彼のものだ。私は間もなくパリに帰るが、私は彼のものでなければならないだろう。だが、それを遅らせるためならどんな悪知恵も許されるはずだ。だが、彼を失うことなしには、私はそれを拒否できないだろう。

以下が本当のところだ。もし私が彼の一番愛する存在、唯一必要とされる存在のままでいられるなら、そして彼が私の体を奪わないのなら、私は幸せだろう。[43]

「凡庸な愛人」

しかし、それでは、これほどまでにカトリーヌを追いこんでしまうヴァレリーの肉欲はどのような形であらわされていたのだろうか。

一九二二年の四月にヴァレリーがヴァンスの「ラ・コリネット」に滞在していたときには、「突然、暖炉の火が消えました。私は絶望的にあなたのことを愛しています。急いでください、あまり遅い時間に下に降りてくるようなことはしないでください。別れて過ごす一分一分が自殺なのです」[44]と、カトリーヌに早く二階から階下の自分の部屋に降りてくるようにと急かすような手紙や、

「あなたをふたたび抱き締めることもなく、全身の匂いを嗅ぐこともなく、まもなく、ここを去り、別れ別れになってしまったなら、私はいったいどうなってしまうのでしょう[45]」と、要求に十分に応えてくれないカトリーヌを非難するような手紙を書いていた。同年七月中旬には、さらに攻撃の調子を高めた次のような手紙も送っている。

今夜、私は打ちのめされ、死んだようになっています、私がそれをあなたに言うのは、実際、あなたを愛するのに絶望しているからです。私の愛は絶望的に極限的な炎を投げかけているのですが、それが照らし出すのは落胆した私の人生だけです。そして死んだような悲しみを見せている灰と戦うことはもうできないのです。私が愛したのは亡霊だけだったのではないかと恐れています。私が愛したのはかつて存在した女なのです。

こんなにひどいあなたに会ったとしても何になるのでしょう。あなたにキスしたときにあれほど冷たくあしらわれるぐらいならあなたに会ったとしても何になるのでしょう。あなたは顔をそむけ、いやそうにしますね。〔……〕

あなたの親切さはあなたの冷淡さ以上に残虐なのですよ[46]。

どれほどヴァレリーが嘆き、怒りをぶつけようとも、カトリーヌからすれば、精神と魂と肉体のすべての面における相互理解がないままでは性愛などは不可能なのである。にもかかわらず、「絶望的に極限的な炎」に燃えるヴァレリーは怒りがまだ収まらなかったのか、七月末に「賢女に捧げるオード〔Ode à la Sage〕」と題された詩をカトリーヌに送りつけている。一詩節が八音綴の詩句一〇行で構成され、全体で七詩節のこの詩は、ジッド宛の手紙によれば、「出版不可能で、本質的にプライベートな内容を含み、きわめて大胆[47]」とのことだが、ポッジはこれをどう読んだだろうか。第一詩節を見てみよう。

あなたが肉身の犠牲を払うより
あなたの不在の方をお好きなら、
あなたはもうとても貴重な精神にほかならず
精神のエッセンスになってしまいますよ……。
さあ、私に触れ、私を見つめてください！
私はあなたと同じくらい冷静ですよ、
私の魂は今はもう落ち着きました！
目覚めたとき、私はもう
顔が涙に濡れていることも
朝露で湿った墓石のようでもありませんから。

（一行―一〇行）

冒頭の四行は、このまま「肉身の犠牲」を避けて「不在」さらには沈黙を選ぶなら、「精神」だけのひからびた存在になってしまいますよという皮肉であり警告であろうか。精神と魂と肉体のいわば三位一体を主張するカトリーヌを逆なでするような書き出しである。気持ちも「落ち着き」、「冷静」になった自分は、以前は「あなた」に「肉身の犠牲」を嘆願するのに涙まで流したが、今の自分はそうではないと宣言しつつ、愛へといざなう。(48)

第二詩節では、一転、調子が変わり、愛の死が予告される。

夕暮れになるとミューズが
その竪琴に飽きてしまうように
あなたは神々に大きな愛を返してしまう
神々があなたの手のなかに置いた大きな愛を。
私はあなたの絶対的な眼を理解しました。
私は優しさの影をもうそこに
見ることもできないし、見たくもありません。
あなたの首に巻きついていた私の両腕は垂れ下がり、
私は吹く風に任せます
あなたの魅力的なチュニックが翻るのを！(49)

（一一一行―一二〇行）

ヴァレリーの論理に従えば、「絶望的に極限的な炎」に応えようとしないカトリーヌにこそあくまでも愛の死の責任があるということなのであるが、彼女はすぐにはこの詩に反発を示すことはない。反発しても、また余計な争いごとが起こるだけと考えたのかもしれないが、それ以上に、カトリーヌのなかにヴァレリーに対する愛情がまだ残っていたと考えるべきだろう。ヴァレリーに反発すると同時に魅惑されているカトリーヌが確実に存在しているのである。

ここまで、感情面や倫理面での厳密さに対する考えの不一致がふたりの愛をその根底から揺さぶっていたということを軸に議論を展開してきたが、もう一点、カトリーヌがヴァレリーと会った時点で、かなり結核の症状が進んでいて、息をするのも苦しく、絶えざる出血に悩まされていたということも考慮に入れておくべきだろう。病そのものにたいするカトリーヌの怖れとともに、その病を理解しようとしないヴァレリーへの恨みが彼女の行動をおおいに決定づけているからである。そうした点で、一九二四年五月一一日の『日記』はきわめて示唆的である。

私はきわめて凡庸な愛人だ。一九二〇年の秋からクリスマスまで、酔ったように私はあなたに身を捧げたけれど、今はもうそんなことはしない。端的に言うと、私は怖い。この恐るべき罰、毎晩、とても鮮やかなゼラニウムのような血を、痛みも感じさせず、苦闘でばたばたさせることもなく流しつづけるこの肺……。一冬中ずっと愛したために、愛の極限的な労苦や、彼の体重や、彼の名誉をすべて受け入れたために……、私は罰せられたのだと思った。

リオナルドはそんなとき、とても厳しかった。彼はとても要求が多く、かつ錯乱していて、弱々しいので、私はいわば永遠に彼に対する信用をなくしてしまった。ときどき、〔……〕彼のなかの何かが悪魔的だと思われることがあった。〔……〕

愛人というのは、抱擁の後、女を守ってくれる男のことだ。だが、私たちは夜中、体を寄せあって子どものように眠るのに、その後、なにか私に危険が訪れても、彼は私と一緒にその危険と戦ってはくれないのだ。(50)

ここでヴァレリーの最初のラ・グローレ滞在とそれに続く二カ月ほどの時間が、決してふたりにとって至福の時期だったわけではなく、それどころか、「ベアトリス状態」の死が明らかになった時期であることが再度確認されるが、肺からの出血をヴァレリーとの性愛ゆえの「罰」と感じるカトリーヌが痛々しい。彼女はその後、翌年の一九二一年にかけて発熱や出血が続き、自分が妊娠したのではないかと思う。それは最終的には想像妊娠であったことが明らかになるのだが、父のサミュエルからはもう二度と子どもの産めない体だと言われていたにもかかわらず、カトリーヌはヴァレリーの子どもを産むことが、知性とエロスの絡みあったふたりの共同体の完成を意味するのでないかと夢想し期待をおおいに膨らませたこともあった。しかし、大ブルジョワの家の娘が不倫関係にある男性との間に子どもを産むことによる社会的制裁と宗教的な「罪」の重さを無視することはできなかった。妊娠ではないかと疑った後、カトリーヌがしばらく母親の家を離れて女友だちの家を転々としたのは、みずからの気持ちを整理するための時期だったと思われるが、何よりもカトリーヌを傷つけたのは、ヴァレリーがこうしたカトリーヌの置かれた状況を理解していないということなのである。カトリーヌが妊娠問題で悩んでいるときも、その後、彼女が視力の低下を訴えたときも、上腕二頭筋の術後の経過が悪くて苦しんでいるときも、ヴァレリーは見舞いに来て、優しい言葉をかけはするが、その後、ヴァレリーはサロンに向かったり、講演などの仕事に出かけたり、家族との約束を律義に果たしに帰宅する。つまり、ヴァレリーはカトリーヌとともに「危険と戦って」くれる愛人ではないため、彼女は愛のさなかにあってさえ孤独で、放擲されたと感じざるをえないのである。[51]「きわめて凡庸な愛人」とカトリーヌは自分を定義するが、それは「正妻」になりえず、相互の「全面的な贈与」も不可能ななかで、ヴァレリーとの関係を決定的に断ち切らないための唯一可能な立ち位置だったのではないだろうか。それはヴァレリー以上に「飽くなき厳密」を求めたカトリーヌの描く切ない自画像なのだ。

カトリーヌとジャンニー

しかし、一九二五年一一月のある日、カトリーヌは曖昧きわまる自分の立場に我慢しきれなくなる。カトリーヌによれば、きっかけとなったのはヴァレリーが講演先のブリュッセルからパリのプラザ・アテネ・ホテルに宿泊している彼女に送った手紙だった。そのときカトリーヌは上腕二頭筋の手術後の危険な状態をやっと脱して、とはいえ、鎮痛剤でなんとか痛みを抑えながら、しばらくぶりにパリに来たところだった。問題の手紙は焼却処分されたのか残されていないが、それは「彼女を欲する手紙」だったという。彼女の怒りは頂点に達する。

どうしてあなたは以前のように、私から多くのものを要求するのでしょう、そのお返しは世界で一番美しい言葉だけだというのに。あなたは魂の極限的な名誉までを私に要求するのね、つまりあなたは私にそれになれというわけね。それは悪魔が神様とした賭けなのかしら、カリンがどこまで行くか見てやろうっていう。(52)

回復途上の、そして残念ながら決して完治することのない肉体を要求し、魂の名誉を極限まで堕落させようとするヴァレリーに反発したカトリーヌはジャンニーに手紙を書く。その手紙の正確な内容はわからないが、ヴァレリーとの関係をほのめかすものであっただろうと推定される。手紙を受け取ったジャンニーは翌日カトリーヌのホテルに駆けつけてくる。うまくかみ合わないあいさつの言葉を交わした後、「彼女は私を高く評価し、私を抱擁し、私を赦し、ふたりは信仰に関する言葉を交わす。彼女は出ていく」(53)とカトリーヌは書く。そして彼女は「ふたりは理解しあえるかもしれない……」という期待を抱く。というのも、この会見で、カトリーヌはジャンニーにヴァレリーと絶縁することを宣言したのではなく、今後はジャンニーに隠れてヴァレリーと手紙を交換したり会ったりすることはしないが、これまでのような関係を続けさせてほしいと許可を求めたと思われるからである。ところが、同日夕方になって、急にもう二度とヴァレリーに会えなくなるのではないかという不安にとらえられたカトリーヌはジャンニーに手紙を書き、ヴァレリー宛の手紙を同封したので、それをヴァレリーに渡してくれるようジャンニーに託す。それは、翌日ヴァンスに発つので、その前に数分でいいからホテルまで会いに来てほしいという内容だった。ところが、翌日姿を現したのはジャンニーで、ヴァレリーに渡すように依頼された手紙は燃やしてしまったので、ヴァレリーがカトリーヌに会いに来ることはないと伝えるとともに、これまでヴァレリーがカトリーヌに送った手紙をすべて焼却処分するようにと嘆願したのだ。この二度の会見は少なくともカトリーヌが期待していたような結果をもたらすことはなかった。それどころか、妻子ある男性との関係をその妻に明かすという社交界のタブーを犯した代償をカトリーヌは払うことになる。彼女のパリの友だちが彼女から離れていっただけでなく、マルチーヌ・ド・ベアーグ夫人のサロンやミュルフェルド夫人のサロンなど、いくつかのサロンへの出入りが禁止された。

ヴァンスに戻ったカトリーヌがパリにふたたびやって来るのは翌年の五月一二日である。その間、ヴァレリーは南フランスにしばしばやって来たが、ヴァンスに立ち寄ることは一度もなかった。またジャンニーの監視の目が光っていることを意識したのか、交わされる手紙の数も少なくなった。そんな数少ない手紙のなかに、ヴァレリーがモンペリエから送った手紙がある。一九二六年四月三日のものであるが、そのなかで、ヴァレリーはまだふたりの関係がうまく行っていた時を「『バラ』の時代」と呼び、さらに一九二五年秋の『コメルス』誌に掲載された『アルファベット』の「C」[54]を理解できるのは唯一カトリーヌだけだと彼女を喜ばせるような言葉を書いた後で、次のようなラテン語で手紙を閉じる。

Salve. Vale. Nunc Silentium.（こんにちは、さようなら、今は沈黙）
Silentium autem amicum esse potest![55]（でも友愛に満ちた沈黙もありますから！）

今ふたりは会うことも、手紙のやり取りもままならないが、それは「友愛に満ちた沈黙」なのだから、しばらくはこの状況に耐えようというヴァレリーの提案なのだろうか。いずれにせよ、カトリーヌはヴァレリーの煮え切らない態度に対して、ただの一言、「卑怯者」とのコメントを残している。ただ、ここで注目すべきなのは、一行目の「Salve. Vale.」である。使われている言葉に違いはあるものの、カトリーヌが構想していた一対をなすふたつの詩「Ave atque Vale」（こんにちは、そして、さようなら）のタイトルの意味とほとんど同じなのである。もちろん、「Ave atque Vale」に関しては、ローマの詩人ガイウス・ウァレリウス・カトゥルス（紀元前八四―五四）の詩（一〇一番）の一行 « atque in perpetuum, frater, ave atque vale » に由来するとの指摘が従来よりあり、それはそれで正しいと思うのだが、ヴァレリーの手紙で使われた表現がカトリーヌを刺激し、カトゥルスの詩の記憶を呼びさましたとも考えられないわけではない[56]。

Vale

ジャンニーとの会談から半年以上が過ぎ、みずからが引き起こした社交界などでの混乱もひと段落したと判断したのか、一九二六年五月一一日、カトリーヌはヴァンスを出発して、ニースからパリ行きの夜行列車に乗る。カトリーヌの証言によると、「Vale」はこの列車のなかで書かれたという。

アヴィニョンを過ぎて、私たちは横になった。真夜中頃、息が苦しくて疲労困憊してしまったが、イギリス人[57]の迷惑になるのがいやだったので、私は洗面所に移動した。床にすわり、セドル[58]を注射した。滅菌消毒済み注射針がガーゼと脱脂綿にくるまれていた。五カ月ぶりのセドルの注射だった。その後、いつもの落ち着いた気分になれた。私は絶望的にならずにリオナルドのことを考えることができた。列車のリズムに合わせて、一行一行ゆっくりと苦しみの形を発明しながら私は心のなかで歌を歌っていた[59]。

カトリーヌは、「Vale」が身体的かつ精神的苦しみと書く行為とが一体となったところから生まれたことを強調しているように思われるが、どのように読み解いていったらいいのだろうか。全体は六詩節二九詩句で、四詩句からなる第二詩節をのぞいて、残りの詩節はすべて五詩句で構成されている。また一詩句は一〇音綴（各詩節の第五詩句だけは四音綴）で、脚韻は abaab（第二詩節は abab）である。

まず、第一詩節を見ていこう。

あなたが私にくれた大きな愛
日々の風がその愛の陽射しを断ち切ってしまった
そこには炎があり、運命があったのに、
そこには私たちがいて、手と手を固く
　握りしめていたのに

一行目の「大きな愛〔La grande amour〕」が「賢女に捧げるオード」の第一三行目の「あなたは神々に大きな愛を返してしまう」の「大きな愛」の表現をそのまま使っているところから判断して、この詩そのものが「賢女に捧げるオード」への返歌となっているということが推定される。「賢女に捧げるオード」では「大きな愛」を「返してしまう」、つまり愛に疲れて愛を壊してしまうのはカトリーヌとされていたが、「Vale」では太陽のような「大きな愛」の放つ「陽射しを断ち切っ」たのは「日々の風」でにあるとされている。「日々の風」とは単調な日々の生活ということでもあろうし、社交界での生活や夫婦の生活を維持しているヴァレリー的な生き方へのほのめかしなのかもしれない。いずれにしても、同じ「大きな愛」という表現を使いつつも、愛の破綻の原因が逆転している。「Vale」において「大きな愛」の「炎」を消してしまったのは、ヴァレリーなのである。その点について、カトリーヌは六月三日の『日記』で明確に指摘している。

「あなたが私にくれた大きな愛……」、それはあなた自身でしたし、その火を燃やしていたときのあなたの精神的な意志でもありました。あなたがもう何にたいしても燃えることがなく、私の思考に向かってもはや熱を帯びた激しい動きをしないということは不当ではありませんか。(60)

ちなみに、Vale はラテン語でふつうに使われる「さようなら」を意味する単語だが、Valéry の名前を思い起こさせるだけにいっそう別れの歌としては格好のタイトルだったように思われる。
第二詩節だけは他の詩節とちがって四詩句よりなるが、その原因は明確ではない。単に未完成ということなのかもしれない。

私たちの太陽よ、その激しさは思考だった

ひとつになった私たちふたりの存在の球体よ
ひとつの魂がふたつに別れて生きる第二の空よ
ふたつの魂がひとつに溶けあう流謫の地よ

この詩節全体が四つのアポストロフ〔頓呼法〕でできていて、それぞれが同格の関係にあると考えられる。各詩句がきわめて難解で意味が不明なところもあるが、この詩節全体が「一」と「二」の分離と融合の動きのなかにあることだけは明らかである。一行目に太陽の「激しさ〔ardeur〕」が「思考」だとあるが、その「激しさ」はそのまま愛の情熱の激しさでもあり、知性とエロスの激しい合体の場としての太陽が理想とされている。二行目の「球体〔L'orbe〕」も太陽のことと考えられるが、「ひとつになった〔……〕ふたりの存在〔l'être sans second〕」とは、バラバラに分かれていたふたりがひとつになった存在と考えてはどうだろうか。三行目の「une âme divisée」に関しては、単に「分割されたひとつの魂」では分かりづらいので、「ふたつに分割されたひとつの魂」と考える。「第二の空〔Le second ciel〕」に関しては、何らかの宗教的な概念である可能性も捨てきれないが、カトリーヌ自身は、「透明な火でできた第二の空は歓びであり、生き生きとしていて、捉えるべき知的なものがある快楽そのものである」(61)と『日記』に書いている。この「第二の空」は、地上にいる私たちが日常的に目にする空や太陽ではなく、「大きな愛」を抱いた者どうしが目指すべき理想の空であり太陽ということになるはずだ。四行目は、前行を受けつつ、「ふたつに分割されたひとつの魂」がふたたび「ひとつに溶けあう」場としての太陽が考えられているのではないだろうか。「Le double exil」とは、分割された魂がそれぞれに流謫の地にいるということだが、その魂はまたひとつになるのである。こうした一連の動きは、あたかもふたつの身体に分割されたアンドロギュノスがまたもとの完全な充足された生を求めるエロスの動きをも連想させずにはおかない。なお、ここで問題になっている「太陽」に関しては、カトリーヌが一九一六年以来、死去する一九三四年まで欠かさず毎年元旦にその『日記』に書きつけたアンドレ・フェルネに宛てた祈願にほぼ毎回登場する「太陽」に近いように思われる。たとえば、一九二一年の元旦の祈りには次のような一節がある。

あなたを通して、私は神に向かいます。あなたゆえに、私は私に私の困難な現実を生きることを要求します。私たちはまだ存在しない太陽のなかで再会するでしょう、おそらくそれが必要なのです。無限の苦しみによって、認知することはないにしても発見できる一貫した意志の力によって、そんな太陽を創造するのに貢献しましょう。(62)

「大きな愛」を生きる資格のある恋人たちは、新しい太陽をともに夢見み、創造しようとする者たちでなければならない、ということだろうか。

第三詩節では、ヴァレリーの無理解そして臆病さが攻撃される。

でもあなたにはその地が灰や恐れと見えるのね
私たちの一度限りの抱擁の極限的な瞬間を
手の届かない、未知の世界へ運んだ魔法の天体に
あなたは目を向けたけれど
　あなたはそれが何か再認できなかった。

カトリーヌは第二詩節で希求の対象となった「太陽」にヴァレリーはしりごみしたために、ともに創造すべき「その地」が「灰や恐れ」にしか見えなくなったのだと非難する。ここで使われた「灰〔cendre〕」も第一詩節で使われた「炎〔flamme〕」もともに、一九二二年七月中旬に送られてきたヴァレリーの手紙で使われていた語である。そして、ここでも、「灰」にたとえられているのは絶対的な愛に向かおうとしないヴァレリーの曖昧な態度である。ひとたび「ベアトリス状態」に達したものの、あっという間に崩壊し、その法悦状態から放逐された当事者のひとりであるはずのヴァレリーは、追い出された楽園に目を向けても、それが何なのか再認できなかったというのである。カトリーヌは絶対的な愛の探究者として不向きであるとの烙印をヴァレリーに押そうとしている。

第四詩節ではヴァレリーの詩集『魅惑』に収録された詩「失われたワイン」のタイトルを詩のなかに織り込みながら、カトリーヌの愛なしではヴァレリーに明るい未来はないと警告する。

でもあなたが糧にしようと期待している未来は
消えてしまった宝以上に現存しない。
その未来がついに届けてくれる収穫物のすべてを
飲んだとしても、あなたは酔えないはず、
　失われたワインにしかね。

「消えてしまった宝」も「失われたワイン」(63)もともにヴァレリーが失ったカトリーヌの愛のことであろう。自分との愛以上の宝はなかったはずと、カトリーヌは断言するのである。

第五詩節でカトリーヌはみずからの「死後」に言及する。

私はふたたび天上的で野生的なものをまた見つけたわ
それは不安が欲望である天国。

はるか昔の過去は年々生長し
今それは私の体であるけれど、死後、
　それは私の分け前となるでしょう。

一度「大きな愛」が燃えさかる天国から追放されはしたけれど、ふたたび、別な天国を見つけたとカトリーヌは言う。ただし、それは安穏な暮らしを保証してくれる天国ではなく、「野性的」で、つねに「不安」を引き起こす天国で、アンドレ・フェルネへの祈りの言葉にもあったように、「無限の苦しみ」と「一貫した意志の力」がないと発見できないし、維持することもできないものなのである。また、「年々生長」する「はるか昔の過去」とは、過去の経験の総体が結集し沈殿するようにして現在の感覚に付加されることで私たちの感受性のネットワークが肌のように構成されるという『魂の肌』の中心的なテーゼのひとつの表現のように思われる。

最終の詩節でもまた、カトリーヌは今後のみずからの愛のあり方を語る。

かつてあなたの名前があったひとつの体のなかで
忘却された私の悦びが心臓の形になるとき
ふたたび私は私たちふたりの大いなる一日を

私があなたにあげたこの愛を生きることでしょう
苦しみのために[64]。

詩の冒頭で『大きな愛』は「あなたが私にくれた」とあったが、ここでは、「私があなたにあげた」ことになっている。愛における主従関係の逆転ともいうべきだろうか。カトリーヌは「苦しみ」を承知の上で、ヴァレリーなしで生きていく覚悟を示したといえようか。

ところで、詩が書かれて一年以上たった一九二七年八月二二日の『日記』のなかで、カトリーヌは第五詩節と最終詩節をまるごと書き写した後、次のような自註をつけている。

私はここで愛を殺したい――必要ならこの私も一緒に殺したいと願っている。私が殺すのは愛している私だけ。自殺したいわけではない。ただ、私は私の愛ととてつもなくもつれ合っているので、私から愛を引き離すと私は死ぬかもしれない[65]。

ヴァレリーと別れ、新しい愛へと向かうという意志を示した「Vale」のカトリーヌと、そのヴァレリーとの愛から引き離されたら死ぬかもしれないと思うカトリーヌとの間には小さからぬ距離があるように思われるが、ヴァレリーと決定的に別れる決断をすることはそれだけ彼女にとって難しいものがあったということだろうか。また、「愛」だけを、つまり、「愛している私」だけを私から「引き離」して殺す動きは、上腕二頭筋にできた腫瘍を摘出した手術を想起しないだろうか。難航をきわめた手術によってカトリーヌは命を落としかけたのだが、腫瘍のようにカトリーヌの心身双方と「もつれ合っ」たヴァレリーへの愛は存続させることも、そして摘出することもともに命がけだったのである。

時間をやや逆戻しにするが、一九二六年五月一二日早朝、パリのリヨン駅に到着したカトリーヌのその後の三日間の動きをカトリーヌにならって(66)物語風に追っておくと、彼女はロンシャン通りの母親の家に向かう前に、駅周辺を歩き回ってポストを探し、ヴァレリー宛の手紙を投函する。翌一三日朝、ヴァレリーがやって来ることを信じつつ、一〇時半に母の家を出たカトリーヌは、プラザ・アテネ・ホテルの地階の美容院に向かう。その後、イエナ広場に住む弟のジャンの家に行く。外交官としてプラハ勤務が決まっていたジャンは、前日ヴァレリーから贈られたという自筆サイン入りの『ロンブ〔*Rhumbs*〕』を自慢げに姉に見せる。その後、お昼に帰宅したカトリーヌは、ヴァレリーからの返事が届いていないことを確認した後で、パリに来る列車のなかで書いた「Vale」に手を入れる。そして午後四時、マリー・ド・レニエの家を訪ねたカトリーヌは、マリーから、ある夜会でヴァレリーと一緒になった時、「彼はあんたのことを考えながら私のことを見つめていたわ」と伝えられる。さらに、彼女から、「彼はあんたと会うのが怖いのよ、でもおそらく腹も立てているのよ。どうしてあんなことをしたの」とも尋ねられる。その後、帰宅し、ふたたび詩に手を

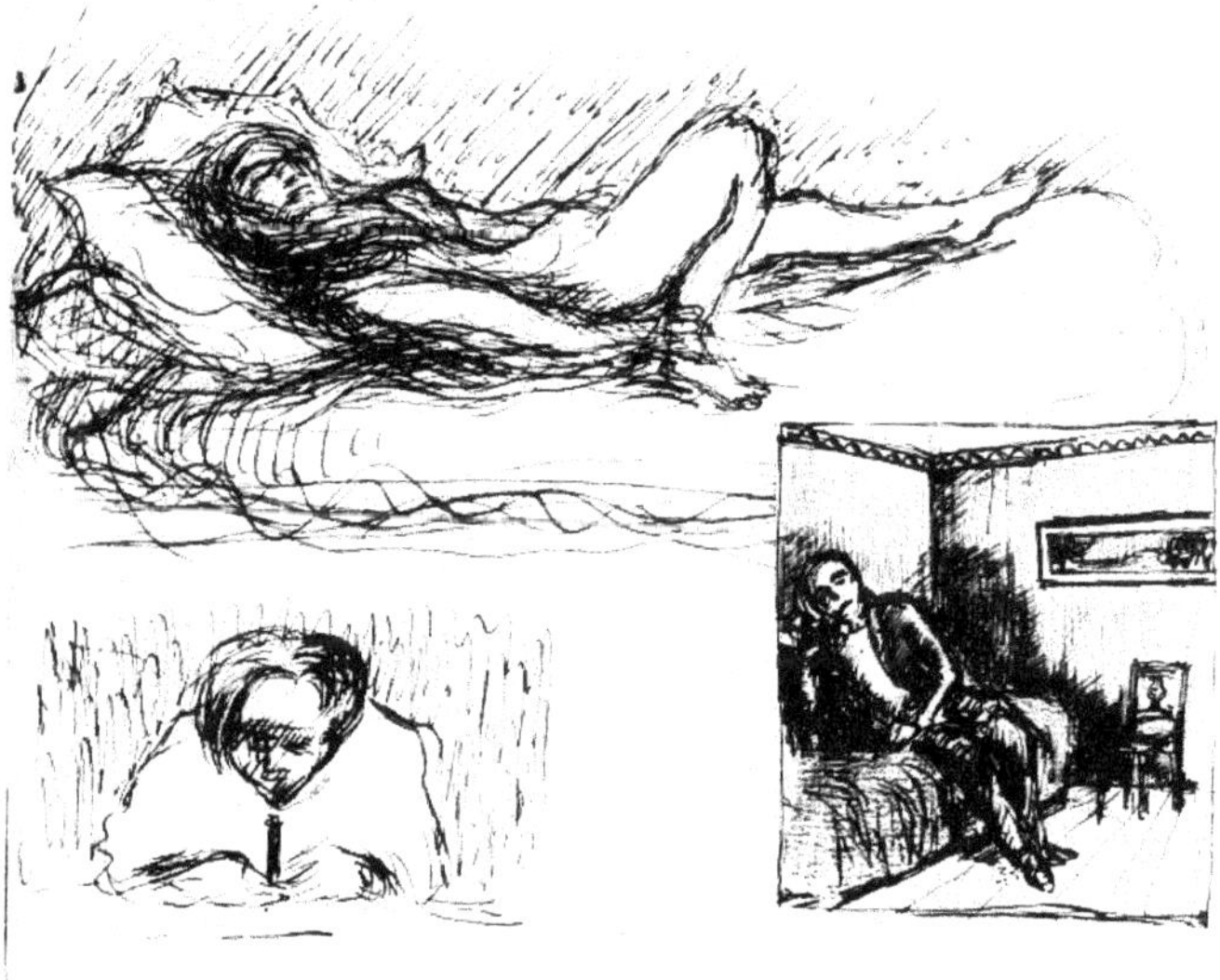

図2　カトリーヌの『日記』に描かれたヴァレリーによるものと思われるデッサン（1926年12月3日）

いれる。一四日午前九時、待ちに待ったヴァレリーから手紙が届く。それは、「会うのは……とても無理。手紙を書くといったって……、四千通も手紙を交わした後で、何か言うべきことがまだ残っているだろうか！　仕事で忙しい」というそっけない文面だった。カトリーヌはすぐにタイプライターに向かい、「せめて一時間でいいから会いに来てと懇願する混乱した一ページ」を英語で打つ。そして、会ってくれたら、その後は、「*You will get silence everlasting*」（あなたは永遠の沈黙を獲得できるでしょう）と付け加えて母親に速達で送ってもらう。この「沈黙〔**silence**〕」は四月三日のヴァレリーの手紙の末尾にあったラテン語で書かれた「沈黙〔**Silentium**〕」への返答であり目配せであろう。午後二時、カトリーヌが室内から通りをうかがっていると、見慣れた男の影が自分の方に向かってくる。見上げた男の眼とカトリーヌの眼が出会う。その後カトリーヌは、「私は彼の胸でとても長い時間うち震えていた……」。「Vale」が『日記』に清書されたのはこの記述の直後である。[67]こうして、「カリンとポールの物語」はもうしばらく続くことになる（図2）。

一九二八年一月二四日

カトリーヌがロンシャン通りの母親宅を訪ねて来たヴァレリーを追い返し、決別の意志を伝えたのは一九二八年一月二四日なので、「Vale」執筆からほぼ一年八カ月後ということになる。この一年八カ月の間に起こったことで、まず特筆すべきことといえば、カトリーヌが一九二七年二月一日号の『NRF』誌に中篇小説『アニェス』を掲載したことであろう。これによって、彼女が作家として生きていく決意を固め、ヴァレリーからの独立をより鮮明な形で表現したということになるだろうか。とはいえ、掲載誌がなかなか決まらず、マリー・ド・レニエからマルセル・プレヴォーへ、そしてヴァレリーから『コメルス』誌の出資者であるバシアーノ大公夫人へ、さらに『NRF』誌編集長のジャン・ポーランへと引き取り手のない原稿が次々に渡っていくのをカトリーヌは悲しい思いで見ていた。彼女は、一九二六年一一月四日、「願わくは、私は引き出しのなかにとどまっていたかった[68]」と嘆くだろう。またカトリーヌが「C・K」という名前で作品を発表したために、作

図3　カトリーヌの『日記』にヴァレリーが描いた水彩画（1927年11月24日）

者についてさまざまな憶測が飛びかった。それは予想されたこととはいえ彼女にとって愉快なことではなかった。とりわけ、『アニェス』の執筆にヴァレリーやヴァレリーの娘のアガートがおおいに関わっているという噂は彼女を傷つけた。だがそれでも、カトリーヌは「『アニェス』は私だ、全面的に私だ」[69]と断言するだろう。不安を抱えながらではあるにしても、それは立派な作家宣言である。

それ以外に付記することといえば、一九二七年六月二三日に、ヴァレリーがアカデミー・フランセーズに入会したということ、カトリーヌがバカロレアの試験の第二部に合格し、同年一一月に晴れてストラスブール大学理学部に登録できたということが主なところだろうか。この間も、カトリーヌがパリに滞在中、ふたりは会っていた（**図3～4**）。真偽のほどは確かめようがないが、ジャンニーがヴァレリーの友人たちに、カトリーヌとは会わないように依頼して回っているという情報がマリー・ド・レニエからカトリーヌの耳にも届いていた。

一九二八年一月二四日の朝に何が起こったのか、その日のカトリーヌの『日記』にはそれらしいことは何も書かれていない。あたかも気持ちが落ち着くのを待っていたかのように、彼女はそのほぼ三カ月後の四月二五日の『日記』で初めて、決別の引き金になったのは「取るに足りないいくつかの言葉」だったと明かす。そして、「小説家プルースト[70]……に敬意を払いつつ」と言いながら、具体的にどんな言葉だったのかを明らかにしている。とりわけカトリーヌに許しがたいと思われたのは、どうも、ジャンニーがヴァレリーに言った« Amuse-toi, mais pas trop »[71]（楽しんできて、でも、ほどほどにね）という一言だったようである。まさに「取るに足りない」この言葉の何が問題だったのか、カトリーヌは次のように分析する。

図4　カトリーヌの『日記』にヴァレリーが描いたカトリーヌの肖像画（1927年12月11日）

　これらの五単語は、すべてを自分に与えてくれたばかりの誰かに誰かが言う言葉なのよ。そしてすべてを与えた誰かは、まだ言葉を発したこの誰かに愛着を抱いていて、この誰かはすべてを与えた誰かが出かけるのを、何の恐れもなく許すのよ、微笑みのなかにわずかばかりの怖れだけはしのばせているけれど(72)。

ヴァレリーが夜会に出かけるのを見送る際のジャンニーの言葉を、ヴァレリーはわざわざ、しかもそれが愉快な言葉であるかのように、カトリーヌに伝えてしまったのだろうか。そして、これらの言葉の底に流れる夫婦愛を今度ばかりは耐えがたいとカトリーヌは感じたのかもしれない。朝訪ねてきたヴァレリーに、カトリーヌは「涙を流さず、優しく」問い詰めた後、「帰った方がいい」と告げたという。そして別れを告げた当座は、「一種の高度な正義感」にも捉えられ、「科学の徴のもとでの新生活〔Vita Nuova〕」が愛にとって代わってくれると高揚した気持ちにもなり、苦しみもしなかったという。

だが、何日もたたないうちにカトリーヌは苦しみ始める。

ああ、いったい誰がこの打ちのめされるような砂漠に優しさをもたらしてくれるのだろう。誰が私を助けてくれるのだろう。夜から朝、朝から夜への移行がスムーズに行ってほしい、友だちもなく、優しさもなく、たえず苦しみながら、軽くもあり重くもある体をしかるべきところに導き、着飾ったり、笑ったり、仕事をしたりしてはいるけれど。そんな私は、ただただ不可視な愛への愛によって強くなり、最も困難で最も見せかけだけの幸福へのトロピスムによってだけ運ばれている。とはいえどんな「幸福」だろう。

私の「幸福」、私はそれを彼の妻のところに返した。(73)

カトリーヌがジャンニーを「彼の妻〔sa femme〕」と呼ぶのはきわめて稀だということを勘案すれば、ここでカトリーヌはヴァレリーにおけるジャンニーの存在の大きさを、遅ればせながら、かつ不本意ながらもきちんと認めたということだろうか。こうして、友だちも去り、ヴァレリーも去ってカトリーヌは「砂漠」のような生活を余儀なくされる。彼女をささえているのは、「不可視な愛への愛」と「幸福へのトロピスム」だけだというが、「Ave」にそうした希求が表現されてはいないだろうか。

Ave

「Ave」の萌芽状態ともいうべき鉛筆書きの二行が書かれたのは、一九二八年七月一日の『日記』のなかにおいてである。日本語訳とともに原文のフランス語も示すと次のようになる。

私を失った愛する人よ、もし私が
〔Amour qui m'as perdu, s'il se fait que je meure〕
あなたの空の下に私の国があるのを見て死ぬようなことがあったなら

〔D'avoir vu mes pays exister sous ton ciel〕(74)

「あなたの空の下に私の国がある」とはどういうことなのか、必ずしも明確ではないが、冒頭のアポストロフの「私を失った愛する人よ〔Amour qui m'as perdu〕」の「私」が「男性」であることを見逃してはならないだろう。カトリーヌの不注意によって perdue とすべきところを perdu にしてしまったのか、あるいは、「私」を男女の区別を超えた存在として提示しようとしたのか明確な判断はできない。

ただ、同年大晦日から元旦にかけて書かれた三詩節一四行よりなる「Ave」の第三詩節の一行目は「Retrouvez-moi pour moi-même perdue」(我が身を失った私を見つけてほしい) とあり、「私」は「女性」である。同様に、『NRF』誌の一九二九年一二月一日号に掲載された「Ave」においても、その第三詩節の一行目は「Quand je serai pour moi-même perdue」(私が我が身を失う時) で、ここでも「私」が「女性」であることが確認される。「私」の性を問題化することは、少なくとも最終稿から判断するかぎり、カトリーヌの意図には入っていない。

「性」を問われなければならないのは、「私」の方ではなく、むしろ「愛〔amour〕」の方のように思われる。というのも、「Vale」では「大きな愛〔La grande amour〕」の「愛」が女性形であるのに対し、「Ave」の「いと高き愛〔Très haut amour〕」で、「愛」は男性形になっているからである。この点に関して、カトリーヌとジャン・ポーランの書簡集を編纂したフランソワーズ・シモネ＝トゥナンはカトリーヌの息子クロードの次のようなメモを紹介している。

「Ave」の固い祈願が差し向けられている「愛〔L'Amour〕」が男性形、つまりほとんどの言語が「存在〔l'Être〕」に与えている性で書かれ――「Vale」が語る「愛」が女性形の愛、つまり私たちが「大地〔la Terre〕」やそのさまざまな分割や、私たちが一体性を取り戻そうと努力するときに使う道に与えている性であることは偶然ではない。(75)

「ほとんどの言語」で「存在」が男性名詞で、「大地」が女性名詞というのは必ずしも正確な認識だとは思われないが、こうしたクロード・ブールデの考えを展開しつつシモネ＝トゥナンは、「Vale」の後に「Ave」を書いたカトリーヌが、「偶発的な愛の幻想や人間的な愛の詩の後に、神秘的な詩、「いと高き愛」の認識が続く」ように配慮したと考える。カトリーヌが「砂漠」のなかで希求した「不可視な愛への愛」と「幸福へのトロピスム」が地上的な愛を超えた神秘的な愛へと向かったということだろうか。

カトリーヌの『日記』によれば、彼女がジャン・ポーランに最初に「Ave」を送ったのは一九二九年二月四日である。詩を受け取ったポーランは二月七日、次のような謝辞を送っている。

親愛なる友、私はあなたの詩が好きです、再読してみたらさらにもっと好きになりました。

きわめて優美な高貴さ、精神にかくも優しい形而上学、こんなにも飾りけのない言葉のなかに隠された驚きの数々が私を魅惑しています。(76)

しかし、ポーランの讃辞にもかかわらず、カトリーヌは詩に納得していなかった。そのため、彼女は同年八月末、第四詩節と第五詩節に手を入れたのである。(77) 何が不満だったのだろうか。すでに二月四日の『日記』にそれを解明するヒントがあるように思われる。

夜、私は詩に手を入れた。翌朝、ふたたび手を入れた、そしてとうとう七時に終わった。それは昨日のことだ。私はそれを今朝ポーランに送った。私がぞっとするような悲しさのなかにあるのはそのせいなのかどうか分からない。誰かが、地獄《ヘル》が——Lがとは言わないが、Lとはレオナルドという意味で、リオナルドの意味はと言えば……、——その詩を読むだろう、読んで、そこに自分自身の姿が透けて見えるのに気づくだろう、そして最初の方の言葉で希望を持って死ぬだろうし、最後の方の行で一種の別れのあいさつを受け取ることだろう。「この幻影よりもっと確実ないかなる未来のなかで(78)……」

「地獄《ヘル》」も「レオナルド」もカトリーヌがヴァレリーに与えた綽名であるが、カトリーヌは「Ave」を読んでヴァレリーがそこに自分の姿を認め、彼女がまだ自分を必要としていると誤解、誤読をしてしまう可能性を感じ取っているのではないだろうか。つまり、「Ave」が「偶発的」で「地上的」な愛しか与えなかったヴァレリーに対する決定的な別れの通告になるどころか、彼女がまだヴァレリーに未練があるとヴァレリーが思いこむ可能性を怖れたのではないだろうか。「この幻影よりもっと確実ないかなる未来のなかで……〔En quel futur plus sûr que ce mirage〕」は二月四日に送った詩の最終第五詩節の第一詩句であるが、九月六日のポーラン宛の手紙で、「一週間前に修正した」とカトリーヌが言う新しい版からはこの一行が消えただけでなく、第四詩節と第五詩節に修正の手が加えられている。一二月一日号の『NRF』誌に掲載された詩は、これにさらに若干の句読点の変更を加えたもので、語句の修正は一切ない。こうした修正はヴァレリーの痕跡を可能なかぎり消すという方向でなされたとも考えられる。いずれにしても、九月六日と一三日のポーラン宛の手紙で、カトリーヌが詩の原稿を厳重に扱い、他人に見せないようポーランに求めているところから判断しても、この詩がもたらす衝撃の大きさをカトリーヌ自身前もって知っていたということ、そしてその衝撃はヴァレリーよりも彼女自身に大きく跳ね返ってくるであろうということを覚悟していたように思われる。『NRF』誌に掲載された「Ave」[79]の全訳を示すと次のようになる。

いと高き愛よ、なぜ私があなたに愛されていたのか、
どんな太陽のなかにあなたの住まいがあったのか、
どんな過去のなかにあなたの時代があり、

どんな時間に私はあなたを愛していたのか
　それを知らずに私は死んでしまうかもしれない、

いと高き愛よ、記憶を超える愛よ、
暖炉なしに燃える火よ、私のすべての光源だった火よ
　どんな運命のなかにあなたは私の生涯を描いていたのか、
　どんな眠りのなかにあなたの栄光は見えていたのか、
　　おお、わが住まいよ……

私が我が身を失い
　無限の深淵でばらばらになるとき、
無限に粉々になるとき
いま私が纏っている現在の衣が
　裏切ったとき、

私が千の体に分かれて宇宙に拡散したとき、
まだ掻き集められていない千の瞬間から

無にいたるまで箕《み》にかけられた天の灰から
　あなたは途方もない一年のために作りなおすでしょう
　たったひとつの宝を

日の光によって運び去られた千の体から
あなたは私の名前と姿とを作り直すでしょう、
それは名前もなく顔もない生きた統一体、
精神の心臓、おお幻影の中心
　いと高き愛よ。(80)

第一詩節と第二詩節では、「Vale」と同様に「太陽」が登場し、燃えさかる火のなかでの激しい愛が想起されているのだが、不思議なことに、「私」も「あなた」もその愛をよく理解していたわけではないことが明かされる。「私」が「あなた」に向けてたて続けに発する問いかけに答えはない。第三詩節以降は、死後、広大な宇宙空間で粉々になった「私」の体から、「あなた」が「私」のために新たな体を作り出すさまが歌われる。それは、病やその痛みに長年苦しめられたカトリーヌが夢見る、この世のあらゆる拘束からも重力からも解放された体なのではないだろうか。「Ave」の「あなた」は、「Vale」の「あなた」とは違って、この壮大な宇宙での生成劇を前にたじろぐことはない。それどころか、「私」がふたたび生きるために、「あなた」は積極的に加担することが期待されているのである。

「Ave」が『NRF』誌に掲載されて数日後の一二月五日、カトリーヌはアンドレ・フェルネの昔の友人たちからあいついで詩を賞賛する手紙が届いたと喜びつつ、「でも、「Ave」は「ひとりの男へのこんにちは」ではない！」[81]と反発している。カトリーヌが怖れていたように、ヴァレリー本人だけでなく、一般の読者もまた、この詩を読んでヴァレリーとの愛が作品の根底にあると読み取ってしまったことへの反発だろうか。友人からの手紙が残されていないので、この点の確認はできないが、カトリーヌの意図としては、「あなた」はヴァレリーその人ではないどころか、彼女の存在を地上的な拘束から引き離すだけの創造力と知力と勇気を兼ね備えた存在であり、ヴァレリーがまさになりそこなっただけでなく、なろうとさえしなかった「絶対者」なのである。その点で、あくまでも地上的な愛にこだわったヴァレリーの対蹠点に位置すべき存在である。ところが、カトリーヌが「Ave」に修正に修正を重ね、「あなた」はヴァレリーではないといくら主張しても、作品はカトリーヌの意志を裏切りつづけ、「あなた」とヴァレリーとを結びつける読みの可能性は依然として消えないままに残ってしまう。ある程度ヴァレリーの作品になじんだことのある当時の読者なら、「あなた」の行為のなかにまさに文壇や社交界の寵児だったヴァレリーが身に纏いつつあったオルフェウス的とは言わないまでも、万能の創造者の姿を見てしまうことも十分に考えられるだろう。彼女が抹消した詩句のなかにあった「この幻影」が地上的なヴァレリーの愛を指していたとしても、この幻影にとって代わる「未来」もまた、ヴァレリーの手で作られると読むことはあいかわらず可能なのである。カトリーヌによるヴァレリー摘出作業は前もって失敗を運命づけられていたようにも思われる。

しかし、カトリーヌの命の救済と新しい生の創造という観点で考え直してみると、カトリーヌは自分でそう信じるほど、ヴァレリーを「Ave」から排除しようとしていたわけではないのではないかと思わせる節もある。ヴァレリーへの不満や反発が根底にあったことは事実としても、「Ave」が「Vale」と相照らすようにして、ヴァレリーへの返答、返歌になることを願っていたのではないだろうか。というのも、先述したように、「Ave」の萌芽状態の二行が書かれたのは一九二八年七月一日だったが、その二日前、パリの国立図書館でモーリス・セーヴの詩集『デリー』の三七八番を読んだカトリーヌは、そのうちの四行を次のように『日記』に書き写しているからである。

でも、貴女は、貴女だけは持っている
私の宿命に幸福を与える可能性を
貴女は私にとって不滅の「ミルラ〔没薬〕」
死すべき私の命に群がるうじ虫たちと戦ってくれる。[82]

そして、この記述の直後にカトリーヌは、ヴァレリーに話しかけるようにヴァレリーの「ナルシス断章」の一行を引用し、セーヴの詩との関連付けを行っている。

これに匹敵するようなものを書いた人はいまだかつて誰もいない。でも、あなたが私にプレゼントしてくれた、たったひとつしかない手書き原稿をまとめた一冊の上にあなたは書きましたよね、「私を死者たちから守ってくれる唯一のオブジェよ、私はおまえを愛する」と——ただ今回ばかりは、偶然あなたはそれを自分自身には適用しなかったけれど。

このように、モーリス・セーヴの詩にもヴァレリーの「ナルシス断章」の一行にも、愛の力で相手を死から守るという発想が根底にある。半年近く前に別れたはずのヴァレリーに優しく語りかけるようにして、「あなたはそれを自分自身に適用しなかったけれど」とカトリーヌが書くとき、そこには、ヴァレリーが不治の病にかかり地獄に墜ちたと自覚しているエウリュディケのような彼女を死から救うために、オルフェウスとなって、みずから「ナルシス断章」で書いたことを実行に移さなかった不誠実さへの皮肉がこめられているのではないだろうか。「Ave」を構想しつつあった段階で、このような想いがポッジを捉えていたとしても不思議ではない。以上のことから、たしかに「Ave」はヴァレリーその人に向けて書かれた詩ではないにしても、カトリーヌを死から守るために全力を尽くさず、かつ、彼女の新しい命の創生を前にして手をこまねいていたヴァレリーに対するメッセージではありえたように思われる。

その後、一九三一年九月の末に書いた詩「スコポラミン」で、カトリーヌは新しい身体と新しい名前を求めて「太陽」に向けて旅立つ決然としたみずからの姿を描くだろう。そこではもう、ヴァレリーの助けを求めようとする気持ちはさらにいっそう希薄になっている。

私の血管を流れるワインは
私の心臓を溺れさせ、押し流す
そして私は空を旅するだろう
船長のいない心臓号に乗って
そこでは忘却が蜜のように溶ける。(83)

「私はあなたが痛い(84)〔J'ai mal à toi〕」と言い、「私は……私が痛い(85)〔J'ai mal...à moi〕」とも書いたカトリーヌにとって、「この旅は(86)」ヴァレリーからも、さらに自分自身からも脱出するための「別の運命に向けての」旅だった。

ラ・グローレ、ふたたび

度重なる危機を何度も迎えた「カリンとポールの物語」のエピローグを飾るにふさわしい逸話な

ら枚挙にいとまがないほどだ。ヴァレリーとの間で交わした手紙やヴァレリーが描いたデッサンなどをカトリーヌが遺言で焼却処分させたという話、ヴァレリーがカトリーヌの作品を「剽窃」したらしいという話、あるいは、一九二二年四月一日に初めてヴァンスの「ラ・コリネット」を訪れたヴァレリーがナイフを密かに携えていたという話。どれもみな愛の狂気をうかがわせるに十分な内容を含んでいる。

しかしここでは、ヴァレリーの最初のラ・グローレ滞在にまつわるエピソードをふたつ取り上げてみたい。まずひとつ目は、ラ・グローレに到着したばかりのヴァレリーの『カイエ』にカトリーヌが書きこんだ九行の詩句の話である。実はこれらの詩句は、CNRS（フランス国立科学研究センター）刊行のファクシミレ版の『カイエ』からは抹消されているし、プレイヤード版の『カイエ』にも掲載されていないので、フランス国立図書館の電子図書館〈ガリカ〉が公開しているヴァレリーの『カイエ』のマイクロフィルムを参照するほかないのだが、力強いポッジの筆致でそこに書かれているのは、英国詩人スウィンバーン（一八三七―一九〇九）の『詩とバラード　第一集』（一八六六）に収められている「ヘスペリア」の冒頭部分の九行である（一行目から四行目と八行目から一二行目）[87]（**図5**）。これらの詩句がCNRS版の『カイエ』から抹消された理由に関しては正確な事情はわからないものの、ミレイユ・ディアズ＝フロリアンが指摘するように、ヴァレリー本人から依頼されて、乱雑だった『カイエ』の整理をすることによって、その主題を明確にする上で多大な貢献をしたカトリーヌの働きを意図的に無視しようとする「不当」[88]な力が多方面から働いたとい

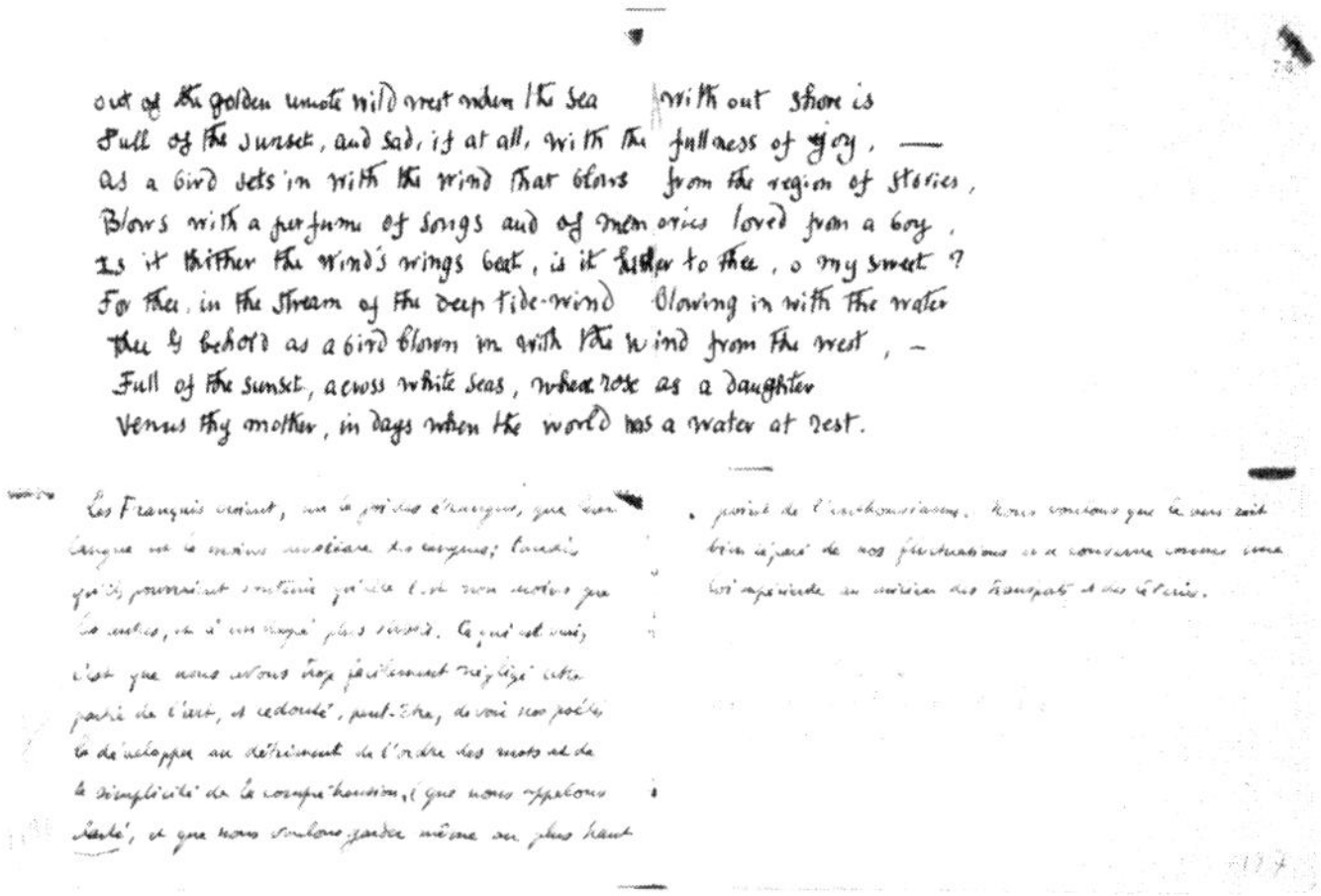

out of the golden remote wild west where the sea with out shore is
Full of the sunset, and sad, if at all, with the fullness of joy, —
As a bird sets in with the wind that blows from the region of stories,
Blows with a perfume of songs and of memories loved from a boy,
Is it thither the wind's wings beat, is it hither to thee, o my sweet?
For thee, in the stream of the deep tide-wind blowing in with the water
Thee I behold as a bird blown in with the wind from the west, —
Full of the sunset, across white seas, whence rose as a daughter
Venus thy mother, in days when the world was a water at rest.

図5　ヴァレリーの『カイエ』にカトリーヌが書きこんだスウィンバーンの詩句

うことは否めないだろう。その点の解明は別の機会にまわすことにして、ここでは、カトリーヌが書きつけたスウィンバーンの詩そのものを見てみよう。五行目から七行目が抜けているのは意図的なものなのか、ところどころ英語の原文と違う箇所がある点と考えあわせてみると、カトリーヌが原典を見て書き写したのではなく、英語が父親と同様に堪能で、英国詩人の詩を好んで暗記していた彼女が記憶を手がかりに書き記した可能性が高いように思われる。また、同じスウィンバーンの『詩とバラード』でも、愛欲に狂うファム・ファタルのドローレスではなく、救いの女神としてのヘスペリアに関する部分をあえて書いたカトリーヌの意図は何だったのだろうか、疑問はつきない。ところが、そうした疑問以上に私たちの興味を引いてならないのは、一九二八年七月一八日、ふたりが決別してほぼ半年後、ヴァレリーはカトリーヌにハガキをジュネーヴから送っているのだが、そこには、カトリーヌが引用したこれら九行のうちの三行が書かれていたという事実である。より正確に言えば、そのハガキには時候のあいさつも、別れのあいさつも一切なく、三行の詩句のみが書かれていたのである。しかも、引用された最後の一行はスウィンバーンの原文では《Is it thither the wind's wings beat ? is it hither to me, O my sweet ?》（風の翼が羽ばたくのはそちらの方か、それとも私に向かってか、おお私のいとしい人）だが、ヴァレリーはそれを《Is it thither the wind's wings beat, is it hither to thee, o my SAD ?》（風の翼が羽ばたくのはそちらの方か、それともあなたに向かってか、私のかなしい人）と書いているのである。ここで明確にしておかなければならないことは、《O my sweet ?》を《o my SAD ?》にしたのは間違いなくヴァレリー自身であるが、原文の《beat》の後の《?》を《,》にし、《to me》を《to thee》にしたのはヴァレリーではないということである。というのは、このふたつの変更（あるいは記憶、転記のミス）は、実はカトリーヌがヴァレリーの『カイエ』に一九二〇年九月に書きこんだときにすでに起こっていたのである。つまり、ラ・グローレ滞在中にカトリーヌが引用したときの「変更」をヴァレリーが八年近く後に踏襲してしまったということである。これはどういうことだろうか。カトリーヌは、ヴァレリーからのハガキを受け取って、「ヴァレリーはこれらの詩句を書き写したに違いない、なぜなら誤りがないから」[89] と無邪気に言っているが、書き写したとしても、ヴァレリーは原典を確認しつつ書き写したのではなく、『カイエ』に書かれたカトリーヌの書きこみを書き写したと考えないと筋が通らない。ということは、国際連盟の仕事でジュネーヴに向かう際、ヴァレリーはわざわざパリからカトリーヌの書きこみのある八年近く前の『カイエ』を持参していたということだろうか、それともカトリーヌの書きこみをすっかり暗記した上で、一箇所だけ変更を加えたということだろうか、どちらもありえないことではないにしても不思議な話である。そしてさらに不思議なことに、カトリーヌはヴァレリーのハガキを見て、書かれているのが、「(まさに自分が子どものころに暗誦していた)スウィンバーンの詩句」であると容易に認めたにもかかわらず、その詩句が自分がヴァレリーの『カイエ』に書きこんだものであることにはどうも気づいていない様子なのである。八年近く前に詩句を書いたことを忘れてしまったカトリーヌと、書かれたことを覚えていたヴァレリー……。ここでカトリーヌの迂闊さ、さらには不実ぶりを言い立てるのは間違っているだろう。カトリーヌにとっては、ヴァレリーが《O my sweet ?》を《o my SAD ?》にしたことの方に注意がいっていたのである。というのも、ポッジはこの書き換えから次のような結論を引き出している。「この書き換えはふたつのことを意味している。一点目は、私はまだ愛されているということ、二点目は、私が愛されるのは、彼が遠くにいるときだということ。」一九二八年一月二四日、一方的にヴァレリーに別れを告げた後も、カトリーヌのなかに愛の炎がまだわずかながら残っていたという証であろうか、あるいは、ヴァレリーのなかに残っている自分への愛情を確認してカトリーヌは自分を慰めているのだろうか。「彼が遠くにいるとき」とは、ヴァレリーがパリの社交界からもジャンニーのいる家庭からも離れて旅行しているときという意味だが、ここにもまだ、それらを捨てきれなかった不完全な恋人を恨む気持ちが残っていたというべきだろうか。いずれにせよ、ふたりの物語が始まったばかりの頃のなつかしい思い出を喚起することによって消えかけた愛の炎をふたたび燃え立たせようとするヴァレリーの試みは成功しなかった。

ヴァレリーはそれでもまだカトリーヌに未練があったのだろうか、二年半後、再度ラ・グローレの魔力に賭ける。ここで中心的な役割を果たすのは一九三一年一月一日号の『NRF』誌に掲載された散文詩「ロール〔Laure〕」である。ロール（ラウラ）は、もちろんのこと、ペトラルカが「カンツォニオーレ」などのソネットを捧げた女性の名であるが、同時にまた、ヴァレリーの母親の姉ラウラ・デ・グラッシのことでもある。コレラのため、一八四九年一〇月一六日、二四歳の若さでトリエステで死去した伯母はピアノの名手であったとヴァレリーは母親から聞かされていたようだが、一八七一年生まれのヴァレリーは当然彼女に会ったことはない。にもかかわらず、彼は「彼女と器官的＝心的な類似性をつねに感じていた」[90]だけでなく、彼女の死亡通知をずっと保管していたという。しかし、こうした複数のロールへの混沌とした思いを発想源とした「ロール」に関する書評を『フィガロ』紙で読んだカトリーヌは、直ちにその詩が自分自身に向けて書かれたメッセージであると理解する。

おお、それが私に向けてのものだということを誰が分かるだろう！　でも、もし、そこに正確な徴があるのなら、どうしてそれを知らないでいられるだろう――それはロールという名前をめぐっての詩なのだ。何度私はロールの役を演じたことだろう。[91]

ここでカトリーヌの言う「正確な徴」とは何だろう。ひょっとすると、彼女は**Laure**から、それをアナグラム的に内包する**La Graulet**に思いがいたったのかもしれない。ありえない話ではないだろう。しかしそれ以上に、カトリーヌが敏感に反応したのは、枯葉を焚く匂いである。カトリーヌは反発し、かつ魅惑されつつ『日記』に「ロール」を書き写し、枯葉に関する部分を強調する。

> ロールの昔のドレスのあまりにも甘美な匂い、真実のロールの、かつて肉身を持っていたロールの手や髪の毛のあまりにも甘美な匂いが虚無から立ち昇ってくる。その匂いは私の思考を打ちのめし、晩秋の日々に燃やす枯葉の苦々しい匂いと混じりあい、混濁しあい、私は心の底から魔法のような悲しさのなかに落ちこむ。[92]

そしてカトリーヌは、秋のラ・グローレがいかに特別で、黄金色の枯葉が「大きな滝[93]」のように一面に広がるさまを、堰を切ったように『日記』に描き出す。さらに、ヴァレリーがラ・グローレを思い出すことなしには、「もう二度と秋の枯葉の匂いをかぐことはできない」とまで言ったことや、ふたりが結ばれたと言われているラ・グローレの古い東屋の暖炉で「枯れ木や枯葉を燃やして大きな火をたいた」ことも、さらには、ラ・グローレ滞在中にヴァレリーが作った詩さえ思い出すだろう。それは、すでに見た一九二三年五月八日の『日記』に引用された詩「あなたの空と田園の／大きさと甘美さが……」の別の版のように思われる。その最初の四行には「あなたの平穏な田園の／大きさと甘美さ／あそこには私の仲間たちがいた／ひとりは妻で、もうひとりは妹」とある。

しかし、カトリーヌの高揚感は長くは続かず、封を切らないまま返送される手紙ではなく、雑誌や新聞を使ってなされたヴァレリーの「おもねるような呼びかけ(94)」を冷酷に「神秘的な自慰行為(95)」と断ずるだろう。そして、「こんな風に愛されて私は病気になった。私の望みは忘却だ(96)」と結論づける。

一九三四年月一二月三日、闘病の末、カトリーヌはパリで息絶えた。その二日後、マルチーヌ・ド・ベアーグ伯爵夫人からの電話で彼女の死を知ったヴァレリーはイタリア語で「何を感じたらいいのかわからない、しかも、あらゆることについて、たくさんのことを感じている(97)」と『カイエ』に書いた。その後、一九三五年四月八日、カトリーヌの遺言執行人からたがいの交わした書簡を焼却処分したという連絡を受けたとき、ヴァレリーはルネ・ヴォーチエとの別れを決断しようとしていた矢先だった。ヴァレリーはカトリーヌの名前を出さないまま、「三カ月前に死んだ(98)」女性と交わした書簡が公にされるのではないかと恐れていたので焼却されてほっとした反面、それが「これまで自分が書いたなかで最も……すばらしいものであった」ので残念な気持ちもあるとヴォーチエ宛の手紙で書いている。そして、カトリーヌに対する最後のオマージュであるかのように、あるいはまた「石のように(99)」冷たいヴォーチエへの当てこすりであるかのように、「彼女のなかには知性への情熱が極限的なまでにありました[100]」と書く。とは言え、カトリーヌが死去したのは「三カ月前」ではなく、四カ月前だった。不注意だろうか、忘却だろうか、ヴァレリーのなかでも時間は確実に進み、「脱カリン化[101]〔dékarinisation〕」が起こっていたということである。

［注］

（1）カトリーヌは、一九一三年開業のこの高級ホテルについて、「プラザ・アテネ、それは洗練されたパリ、そして同時にヨーロッパや北アメリカの粋が感じられる場所」（*J*, 218）と書いている。

（2）*J*, 484.

（3）ミシェル・ジャルティによると、ギリシア語としていささか中途半端な感じを与える「Πϱός χάϱιν」（プロス・カリン）という献辞の意味するところについて、ヴァレリーはカトリーヌに贈った一冊に、「好かれるために、好かれるように、ときには好意から、……への愛ゆえに、等」と自注を付けているという。そう指摘した上で、ジャルティはこの献辞を「カリンのために」と読まれなければならないとしている。*Œ*, I, 473.

（4）*J*, 267.

（5）カトリーヌは一九二〇年一一月三日の『日記』に次のように記している。「私があなたの思想にいつ出会ったのか正確な時期は思い出せない。一年前のことだ。おそらく一二月だと思う。でも私はその時受けた啓示と恐怖を覚えている。」（*J*, 151）

（6）ポールの兄ジュール・ヴァレリーのこと。当時、ジュールはモンペリエ大学法学部長だったが、同じくモンペリエ大学法学部の教授であったガストン・モランを通じてジュールと面識のあったカトリーヌは彼を「馬鹿な学部長」（*J*, 144）と軽蔑していた。

（7）　*J*, 144-146.

（8）　Bibliothèque nationale de France, département des manuscrits, NAF 25746.

（9）　エスコ＝メスロン家はナントの勅令の廃止後、オランダに逃れ、その地で巨万の富を築いた。イネスの大伯父のひとりジャン＝ジャック・ポントゥリはジュネーヴで学び、ヴォルテールとも交流していたという。*Cf.* Lawrence Joseph, *Catherine Pozzi - Une robe couleur du temps*, Éditions de la Différence, 1988, p. 18.

（10）　*Œ*, I, 728.

（11）　C,VII, 629.

（12）　ルコント・ド・リールはパルナシアン風の詩も書いたサミュエルの患者のひとりだったが、パリのヴァンドーム広場一〇番地でカトリーヌの母テレーズが開いていたサロンの常連のひとりだった。クロード・ヴァンデルポーテンによると、ポッジ家の「暖炉の隅には寒がりのルコント・ド・リール用の肘掛け椅子が置かれていて、彼はその椅子にすわってサミュエルと医学や解剖や脳について議論をするのが好き」だったという（Claude Vanderpooten, *Samuel Pozzi, chirurgien et ami des femmes*, Éditions In Fine, 1992. p.116）。ということは、ラ・グローレにもまたルコント・ド・リール用の別の肘掛け椅子が用意されていたということだろうか。

（13）　ジェラール・ドゥヴィル（Gérard d'Houville, 1875-1963）はジョゼ・マリア・ド・エレディアの次女マリー・ド・エレディアのペンネーム。彼女はヴァレリーが来る直前までラ・グローレに滞在していた。

（14）　*Corr. G/V*, 820. ヴァレリーはアンドレ・フォンテーナス宛の手紙でも同様の不調を訴えている。カトリーヌと出会ってほぼ一カ月後の七月一六日の手紙では、「なんという疲労、なんという精神の不能さ、なんという作品と存在の関心の喪失！　強制された仕事のせいで僕はへとへとだ！　僕の胃は僕を殺す！　そのせいで僕は一行も書けない、いろいろな約束が僕を毒殺する」（*Corr. V/Font*, 242）と書いている。

（15）　とはいえ、このラ・グローレ滞在中にヴァレリーが書いた『カイエ』のページ数は二〇ページにも満たない。当時ヴァレリーが『アドニス』論などほかの仕事を抱えていたとはいえ、日頃の執筆ペースから判断すれば、極めて少ないと言わざるをえない。ここにもまたヴァレリーの「不調」の表れを見ることができるのだろうか。

（16）　C, VII, 627.
（17）　C, VII, 634.
（18）　原文ではこの「五」の下に縦方向に「二七」「九」「二〇」と書かれている。これは一九二〇年九月二七日の意味と思われる。従来、この「二七」は「二二」と読まれてきた。その原因は、CNRS版の『カイエ』を作成するときに人為的なミスがなされ、そのミスがこれまで踏襲されてきたことによる。NAF 19295.
（19）　なお、ヴァレリーは「お前たちがたがいの身に、これほどの〔……〕善をなし終えた今」にあたる部分を « À présent que vous vous êtes faits tant de bien » と書いている。もちろん faits は fait としなければならないが（プレイヤード版の『カイエ』では修正がほどこされている）、こうした文法ミスの中に「コト」が終わった後のヴァレリーの動揺が透けて見えると言ったら言い過ぎだろうか。この断章全体を貫く冷静な叡智の声と単純な文法ミスの落差が際立つ。C, VII, 632. / C2, 406 / NAF 19295.
（20）　NAF 25744ter.
（21）　*FC*, 169.
（22）　*FC*, 109.
（23）　NAF 25749.
（24）　Maurice Martin du Gard, *Les Mémorables 1918-1945*, préface de François Nourissier, Gallimard, 1999, p. 123.
（25）　一九二一年一月の『日記』には、「あなたがジョルジュ・ヴィル通りでおしゃべりしている間、私がそこにひとりでいなければならないのだろうという感覚。／あなたからの全面的な離脱」（NAF 25746）とある。「そこ」とは、ヴァレリーとの密会のために借りた部屋のことである。
（26）　*J*, 330.
（27）　手術は一九二四年五月に行われた。術後、重感染を起こし、「一九二四年七月二四日から一九二五年五月まで、彼女は死に瀕していた」（*J*, 334）。ポッジはそのため『日記』を一九二四年七月末から年末まで中断している。
（28）　*J*, 345.

(29)「今や私の魂の前に立つカトリック信仰そのもののような存在のこれらふたつのぼろきれのせいで、私はもう二度と、お祈りのために教会に行くことはないだろう、決して」(*J*, 344)、とポッジは書いている。
(30) NAF 25749.
(31) *Œ*, I, 1031.
(32) *J*, 475.
(33) *J*, 345-346.
(34) C, VIII, 593.
(35) NAF 25749.
(36) *J*, 287.
(37) カトリーヌはしばしば自分の判断の厳密さ、仮借のなさを語るときに父方の家系に流れるプロテスタン的精神の遺産に言及する。
(38) *J*, 285-286.
(39) C, VIII, 373.
(40) *J*, 267.
(41) Catherine Pozzi, *Agnès*, Éditions de la Différence, 2002, p. 28.
(42) とはいえ、カトリーヌ自身このような三項目を使って議論することを、プラトン的であるとか、ヴィクトル・クーザン風の教科書みたいだと自嘲気味に語っている。
(43) NAF 25749.
(44) *FC*, 374.
(45) *FC*, 375.
(46) *FC*, 459.
(47) *Corr. G/V*, 850.

（48）「肉身の犠牲」を嘆願するヴァレリーが涙まで流したということがここでも確認できるが、カトリーヌはヴァレリーの涙をどう受け取ったのだろうか。一九二二年一一月、ヴァレリーは彼女に後年「天使［*L'Ange*］」となる詩の草稿を送ったと思われるが、泉の縁で涙を流す天使のような存在を喚起するところから始まるこの詩を、彼女は「とてもできの悪い散文詩」（*J*, 229）と断じている。「鋼鉄のカリン」（*J*, 226）の面目躍如といったところだろうか。

（49）Catherine Pozzi, *Très haut amour, Poèmes et autres textes*, édition de Claire Paulhan et Lawrence Joseph, Gallimard, 2002, p. 126.

（50）*J*, 326.

（51）たとえば、一九二四年五月二七日、上腕二頭筋の腫瘍の手術日が決まって不安な気持ちにかられたカトリーヌはスペインを講演旅行中のヴァレリーから手紙が来ないことを嘆きつつ、次のように書いている。「今度もまた、彼は彼自身に似ている、つまり私が病気になっても彼は無関心なのだ。〔……〕私はそれでも彼の情熱のなかに母性愛のような優しいものが何か含まれているのを期待していた。母性愛に全然似ていないような愛、少なくともそうした瞬間をいくつか見せないような愛はカリカチュアだと私は思う。」（*J*, 328）

（52）*J*, 346.

（53）*J*, 347.

（54）一九二二年四月のヴァンスでのヴァレリーとカトリーヌとの交情が描かれている。

（55）*FC*, 590.

（56）なお、**Vale** の語に関しては、ポッジ自身が一九二二年六月から七月にかけて、ヴァレリー宛の手紙の結びで三度ほど使っている。「*Vale caro mio*」（さようなら、愛しいひと）（*FC*, 451）、「*Vale* et」（さようなら、そして）（*FC*, 453, 462）などとある。

（57）カトリーヌと同じ客室のイギリス人女性。

（58）セドル［**Sédol**］はモルフィネを含む鎮痛剤。ここで、ポッジは「五カ月ぶりのセドルの注射」と言っているが、これは一九二五年一二月中頃、毎晩のようにセドルが打たれたことを指している。セドルを打つと、呼吸が楽になり、「毎晩、四時間、地獄から抜け出ることができた」(*J*, 342) という。

(59) *J*, 348.

(60) *J*, 352.

(61) *J*, 422.

(62) *J*, 163.

(63) 「失われたワイン」に関しては、一九〇九年三月、クロードを身ごもっている最中に、ピアノ教師だったマリー・ジャエルに送ったカトリーヌの次のような手紙の一節も参考になる。「純粋で意識的なエネルギーの方向よりも本能の方向に向かう私は正しい選択をしたのでしょうか。答えようがありません。——犠牲にしてしまった大きくてエゴイストな希望を激しく後悔するときがあります。そうした希望は私ひとりの個人のなかにすっぽり収まっていたのです。その一方、ほとんど幸福といってもいいようなときもあります。／しかし、自尊心に満ち、反抗的で、苦々しかった過去にはもっと酔わせるものがありました……。私にはそのワインしか飲まないだけの度量がなかったということでしょう。私は「人間的な優しさのミルク」にまで失墜してしまいました。」(Marie Jaëll, ***Je suis un mauvais garçon***, Arfuyen, 2019, p.182) シェイクスピアの『マクベス』が語るような「人間的な優しさのミルク」を与える準備のために「病気の女」になってしまったカトリーヌは、「男のようだったかつての存在」をまさに「失われたワイン」として懐かしんでいる。

(64) Catherine Pozzi, *Très haut amour*, p. 25-26.

(65) NAF 25760.

(66) カトリーヌは一九二六年五月一一日に使い始めたノートの一ページ目に「パリの物語〔Récit de Paris〕」と書いている。NAF 25775.

(67) その後一九三五年七月一五日に『ムジュール』誌に掲載された「Vale」や、それに準じたガリマール社から出版された詩集『いと高き愛〔*Très haut amour*〕』に掲載された「Vale」とは若干のヴァリアントがある。

（68） *J*, 357.
（69） *J*, 397.
（70） 『アニェス』が『NRF』誌に掲載された直後の一九二七年二月一〇日、カトリーヌは、「私の人生と私の肉体は、少なくともプルーストと同様、病によって引きずりまわされている」（*J*, 387）と書いている。病と格闘しながら執筆を続けたプルーストを想起しつつ、作家としての自覚を奮い立たせているようにも思われる。
（71） *J*, 459.
（72） *J*, 459-460.
（73） *J*, 435-436. カトリーヌは一九三一年二月五日のマリー・ド・レニエ宛の手紙で、ヴァレリーとの別れの原因はジャンニーではなく、むしろエドメ・ド・ラ・ロシュフーコー公爵夫人であったと書いている。ヴァレリーにノーベル文学賞を取らせようと画策したり、ヴァレリーからカトリーヌに宛てた手紙を取り戻そうとしたり、ヴァレリーとの関係をほのめかすような詩を『パリ評論〔*La Revue de Paris*〕』（一九三〇年一一月一五日号）に掲載する夫人をカトリーヌは「この新たな間抜け女〔cette nouvelle sotte〕」と呼んでいる（*FC*, 351-353）。この点に関しては今後の研究で明らかにしたいと思う。
（74） NAF 25762.
（75） *Corr. P/P*, 92.
（76） *Corr. P/P*, 82.
（77） *Corr. P/P*, 88.
（78） *J*, 513.
（79） 一九二九年一二月一日号に掲載されたとき詩のタイトルは「Ave」であったが、九月の時点ではまだ、「Ave atque Vale」であった。このタイトル変更の件に関して、カトリーヌは一〇月一二日のポーラン宛の手紙で次のように書いている。「Ave atque Vale というタイトルはたしかに何のことか分かってもらえないと思います。というのもこのタイトルは二部作のタイトルであって、あなたはその片割れしか持っていないわけですから。／片方だけなら Ave としたらどうでしょう。別にそれにこだわるわけではありません。あなたのお好みなら Très haut amour でもいいです。そうすれば、少なくとも詩は読まれるでしょう。読者は「愛」という言葉が好きですから。／いいえ、もう一方は、出版されないでしょう、出版されるとしてももっと後のことでしょう。」（*Corr. P/P*, 91）

（80） Catherine Pozzi, *Très haut amour*, p.23-24.

（81） *J*, 547.

（82） NAF 25762. なお、カトリーヌは « Je t'aime, unique objet qui me gardes des morts. » と書いているが、彼女が依拠したと思われる「ナルシス断章」の二七五行目は、実際は « Je t'aime, unique objet qui me défends des morts. » である。

（83） Catherine Pozzi, *Très haut amour*, p.27.

（84） *J*, 254.

（85） *J*, 367.

（86） *J*, 417.

（87） カトリーヌが書きこんだ九行は以下の通りである。Out of the golden remote wild west where the sea without shore is / Full of the sunset, and sad, if at all, with the fullness oy joy, - / As a bird sets in with the wind that blows from the region of stories, / Blows with a perfume of songs and of memories loved from a boy, / Is it thither the wind's wings beat, is it hither to thee, o my sweet ? / For thee, in the stream of the deep tide-wind blowing in with the water / Thee I behold as a bird blown in with the wind from the west, - / Full of the sunset, across white seas, whence rose as a daughter / Venus thy mother, in days when the world was a water at rest.（Cahier 89, NAF 19295）

（88） ミレイユ・ディアズ＝フロリアンはカトリーヌにたいする「不当」ぶりを次のように指摘している。「ポール・ヴァレリーの全集はカトリーヌ・ポッジに二重の意味で不当である。プレイヤード版の『作品』集の伝記部分に彼女は現れないし、さらに『カイエ』篇にも現れない。CNRS発行のファクシミレ版の『カイエ』も、ましていわんやジュディス・ロビンソン＝ヴァレリーが編纂したプレイヤード版の『カイエ』もカトリーヌ・ポッジによる大きな貢献を正当に評価していない。注のなかで、彼女を指す略号を説明するときに彼女の名前が単発的に出てくるぐらいである。『カイエ』のオリジナルの手稿の上に不透明紙が置かれ、彼女の文字を消しているのだ。ヴァレリーとポッジという驚くほどに似たふたつの精神の知的対話を聖別している多数の断章が排除されている。彼女は「体系」が明快になるようにヴァレリーの考察を取捨選択し編纂して秩序立てるのに貢献したにもかかわらず、完全に影に隠れてしまっている。」(Mireille Diaz-Florian, *Catherine Pozzi, La vocation à la nuit*, Éditions Aden, 2008, p. 205) たしかに、プレイヤード版の『カイエ』第一巻〔*C1*〕の補遺〔appendice〕ではカトリーヌによる付注は「ヴァレリー以外の手による付注〔annotations d'une main étrangère〕」とされ、そのほとんどは活字化されていない。

(89) *J*, 480.
(90) Michel Jarrety, *Paul Valéry*, Fayard, 2008, p.1109-1110.
(91) *FC*, 649.
(92) *FC*, 650.
(93) *FC*, 649-650.
(94) *FC*, 652-653.
(95) *FC*, 650.
(96) *FC*, 652
(97) *C*, XVII, 694.
(98) *LN*, 190.
(99) *LN*, 191.
(100) *LN*, 190.
(101) Florence de Lussy, *Charmes d'après les manuscrits de Paul Valéry. Histoire d'une métamorphose II*, 1996, Lettres modernes, p. 692.

恋文を書くナルシス――「愛《アムール》」の女性単数形をめぐって

鳥山定嗣

ヴァレリーの恋愛書簡を読むとき、ふと気になるのは恋愛書簡の最大のキーワードと言える「愛〔**amour**〕」という語の用法である。フランス語には周知のように男性名詞と女性名詞という文法上の性の区別があり、なかには単数形と複数形で性の変わる名詞がある。『ロベール仏和大辞典』（小学館）によれば、通常「愛」は男性名詞だが、「文章語では複数形が女性名詞として扱われること」（例「初恋〔**premières amours**〕」）があり、「稀に古語あるいは俗語表現で単数形が女性名詞扱いされること」もある。この点は後述するようにフランス語の歴史を踏まえる必要があるが、ヴァレリーの恋愛書簡には「愛《アムール》」の女性単数形という稀な用例がしばしば見られるのである。また、作品全体を見渡してみると、同様の用法はこの作家が偏愛した「ナルシス」を主題とする詩篇群に目立つものでもある。本稿ではこの点に注目し、恋愛書簡をナルシス詩篇群に関連づけることによってヴァレリーの「愛のディスクール」の特徴を探ってみたい。

まずヴァレリーが女性たちに恋文をしたためた時期とナルシス詩篇群の制作に取りかかっていた時期を比較してみれば、一八九〇年前後、二十歳前のヴァレリーは十九歳年上のロヴィラ夫人への恋情に悶々とする（一八八九年七月に出会い、一八九一年七月に恋文をしたためるが投函はしない）一方、初期詩篇の代表作「ナルシス語る」を書いている。一八九〇年九月にソネット形式で書かれたこの詩は、友人ピエール・ルイスの勧めにより五十数行に改作、一八九一年三月『ラ・コンク』誌創刊号に掲載される。その後、いわゆる「沈黙期」を経て、一九一七年『若きパルク』とともに文壇に復帰したヴァレリーは「ナルシス語る」に改変を施す（改作は一九二〇年『旧詩帖』所収）一方、「ナルシス断章」の制作に着手する。同じ主題に基づく新たな変奏とみなされるこの作品の制作は一九一七年から一九二六年まで長期にわたるが[1]、それは五十歳に達しようとするヴァレリーが十一歳年下のカトリーヌ・ポッジと運命的な出会いをし、波瀾に満ちた愛を体験した時期（一九二〇年六月から一九二八年末まで）と重なっている。ポッジとの関係が破局を迎える頃、ヴァレリーは彫刻家のルネ・ヴォーチエ（二十七歳年下）に報われない恋情を抱くが、その時期には「ナルシス」を主題とする詩は見られない。この主題がふたたび浮上するのは、一九三七年以降、六十代半ばを過ぎたヴァレリーが三十二歳年下のジャンヌ・ロヴィトン（筆名ジャン・ヴォワリエ）への愛に耽溺する頃であり、老作家は年若い愛人に「ナルシス交声曲」や「ナルシッサへのソネット」などを捧げている。「ポール・ヴァレリーの文学的生涯はナルシス形象の反復にほかならない」（清水徹[2]）と言われるほど、青年期から晩年にいたるまでこの主題をさまざまに変奏したヴァレリーは、生涯を振り返ってみずからのナルシス詩篇を「一種の詩的自伝[3]」あるいはその「ライトモチーフ[4]」と称したが、それはまたこの作家の尋常ならざる「愛」、殊にその後半生を彩る愛人関係と深く関わっているように思われる。

女性単数形の「愛《アムール》」の用例

恋愛書簡

ヴァレリーにおける女性単数形「愛《アムール》」の用例として、まず恋愛書簡から見てゆこう。カトリーヌ・ポッジとの往復書簡における最初の用例は、今日確認しうるかぎり、一九二二年初旬にポッジがヴァレリーに送った二通の手紙に認められる。

> 余談ですが、あるひとがふたりの異なる女性を愛するとき、そのひとはふたつの異なる愛〔**deux amours différentes**〕を抱いているとはお思いになりませんか？　もし同じ愛（同じ種類の愛）〔**la même amour** (*the same hue of love*)〕で愛しているとしたら、結局はたったひとつのものだけを愛していることにならないでしょうか？
>
> （一九二二年一月二九日付[5]）

> 私たちはもう手紙を書くことはきっとないでしょう。〔……〕あなたの高貴さ、その知性のか

たくなな誠実さに対して私が抱いた愛のすべて〔toute l'amour que j'ai eue〕――それはまた私が選んだ美徳ではなかったでしょうか？――そうした私の愛のすべては、あなたがそれに反対の意を表明するほどの値打ちもなかったのです。

（同年三月一三日付(6)）

これ以前にヴァレリーがポッジ宛の手紙で同様に「愛《アムール》」を女性単数形で用いていなかったかどうか、その点はヴァレリーの手紙の多くがポッジの遺言により焼却されてしまった以上、確実なことは分からない。が、この特殊用法がヴァレリーとポッジに共有されていたであろうことは、両者の交わした詩篇から推察される。ヴァレリーがポッジに送った「賢女に捧げるオード〔Ode à la Sage〕」（一九二二年作(7)）と、それに対してポッジが返した詩「さようなら《ウァレー》〔Vale〕」（一九二六年作(8)）である。両詩篇の詩型の相違を認めた上で(9)、後者を前者への返歌とみなしうるのは、前者（第二節二行目）に見出される女性単数形の「大いなる愛〔la grande amour〕」が後者の劈頭に置かれているからである。また女性単数形の「愛」は「賢女に捧げるオード」第五節（「束の間の愛〔D'une amour de peu de durée〕」）とともに「さようなら《ウァレー》」最終節にも認められる。ヴァレリーへの訣別を告げるこのポッジの詩では、第一句「あなたが私にくれた大いなる愛〔La grande amour que vous m'aviez donnée〕」と最後から二行目の詩句「そして私が君にあげたあの愛〔Et cette amour que je t'avais donnée〕」が哀切な過去形の響きとともに呼応している。両詩篇にはまた二人称代名詞の変化という共通点も認められるが、ヴァレリーの詩では「君〔tu〕」から「あなた〔vous〕」へ相手との距離が遠ざかるように変化する一方、ポッジの詩では逆に「あなた」から「君」に近づく。いずれにせよ、ふたりの詩は女性単数形の「大いなる愛」を交わしあうことによってたがいに目配せをしている。その「愛」が、ポッジの詩の最後を締めくくる言葉どおり、「苦しみ」というかたちで終わるほかないにせよ。

ヴァレリーはカトリーヌ・ポッジとの「大いなる愛」とその「苦しみ」を、その後の恋愛においても引きずったと思われる。ルネ・ヴォーチエ宛の手紙には「かくも大いなる愛の小さな対象よ〔Petit objet de si grande amour〕」という呼びかけのほか、次のような表現が見られる――「悪魔が私にささやきます、最後の愛〔une dernière amour〕が最も不幸なものになる可能性と理由は十分にあると」[11]。さらに最後の愛人ジャン・ヴォワリエに捧げられた詩集『コロナ／コロニラ』にも女性単数形の「愛」が散見する。脚韻を踏むために女性形にした可能性や[12]、音節数をそろえるために女性形にした可能性もあるが[13]、むしろそのような形式的制約とは無関係に女性形にしている場合が多い[14]。またヴァレリーは最晩年の劇作品『わがファウスト』（未完）の素描をヴォワリエに送っているが、そこにも同様の用例が見出される[15]。

以上の女性単数形の「愛」の用例をどのように理解すべきであろうか。この点についてヴァレリー自身、一九四五年の『カイエ』に次のように記している。

文法規則のうちには、もっぱら自由と手を切るためだけに定められたものがある。その自由を認めたにせよ、いかなる支障も来たさないにもかかわらず。

私はためらうことなくその自由を取り戻す。気分次第で、「愛《アムール》」にふたつの性《ジャンル》を認めることを拒む理由などまったくない。

〔生物学的〕性《セックス》を持たないものを意味する単語の性《ジャンル》にどんな重要性があろう？　――とりわけこの語はかつて両性であった。それをそのまま残しておいてもらいたい。(16)

最晩年のヴァレリーが「文法規則」の画一化に反して、文法上の性に関する「自由」を重んじていたことが分かる。ここでは「愛《アムール》」の性は「気分次第で〔selon l'humeur〕」使い分けてよいという考えが述べられているが、ヴァレリーにおける女性単数形の「愛」の用例は単に気まぐれの産物にすぎないのだろうか。

フランス語の歴史

この点を掘り下げるためには、まずフランス語の歴史を踏まえる必要がある。一九世紀のデンマークの言語学者クリストファー・ニロップは『フランス語の歴史的文法』（全六巻）において、「語尾が **-our** で終わる語」のうち特に「愛《アムール》」について次のように述べている。

Amour はラテン語の **amorem** に由来し、古仏語では通常女性形であったが、中世末期あたりから男性形でも用いられるようになり、以後数世紀にわたって女性形と男性形の間を揺れ動くことになる。

〔……〕

今日〔＝二〇世紀初頭〕では amour は男性形に決まったが、女性形の用法も、特に複数形で見られる。女性単数形の用例はごく稀であり、詩的言語あるいは古風な言葉遣いに限られる。(17)

また、『フランス語の歴史』（全十三巻）を著した一九世紀フランスの言語学者フェルディナン・ブリュノによれば、(18)女性形の「愛」の用例は「一六六〇年まで無数」にあり、多くの文法学者たち（ヴォージュラ、ド・タンプレリ、アルマン、メナージュ、リシュレなど）は、それぞれニュアンスの相違はあれ、「愛」に女性形と男性形の両方を認めていた。が、その後、文法上の性の区別が問題となり、その違いを〈意味〉によって区別しようとしたアンドリ・ド・ボワルガールは「情念〔passion〕」の意味では女性形、それ以外では男性形（たとえば神の愛／神への愛〔amour divin〕）」と主張した。(19)他方、〈意味〉ではなく〈数〉によって区別しようとした文法学者もあり、デュプレクスは「単数では男性形、複数では女性形」と説き、(20)トマ・コルネイユ（ピエール・コルネイユの弟）も同じ説を唱え、さらにアカデミー・フランセーズも「複数では女性形、単数では、神や父（へ）の愛に関する場合は男性形、愛の情念に関する場合は女性形」と定めた。(21)とはいえ、モーリス・グレヴィスの『ル・ボン・ユザージュ』によれば、「一六世紀および一七世紀に文法学者たちが数による性《ジャンル》の区別という準則を定めようとしたが、実際の使用においてそれが厳密に適用されることはなかった」[22]。女性単数形の「愛」の用例はさらに各時代の個々の作家において吟味する必要があるだろう[23]。一九世紀にはほぼ男性形に定まったが、女性単数形の用例も皆無ではなく、たとえばサント＝ブーヴの詩にその用例が見られるが、ブリュノはそれを「アルカイスム（擬古的用法）」と説く[24]。エミール・リトレも同じく「女性形の「愛」はアルカイスム」と述べている[25]。

以上のフランス語の歴史を踏まえれば、恋愛書簡におけるヴァレリーの用法は「アルカイスム」あるいは古典風を装う気取り（プレシオジテ）とみなされるが、はたしてそれだけであろうか。先に述べたように、女性単数形の「愛」の用法はヴァレリーが鍾愛する「ナルシス」詩篇群に目立って見られる。

ナルシス詩篇

「ナルシス語る」ナルシス詩篇における女性単数形の「愛」の用例を拾い上げてみると、初期の「ナルシス語る」ではそもそもこの語自体が現れないが[26]、中期の「ナルシス断章」には「愛」が合計十四回現れるうち女性単数形の用例が二回、晩年の「ナルシス交声曲」では合計三十回のうち女性単数形が六回見られる。出現総数に対する女性単数形の割合は少ないものの、初期から晩年にかけてその頻度は増している。

まず「ナルシス断章」の用例から見てみよう。第一部の冒頭――

なんと輝く、わが疾走の果てのきよらかな水よ！
この夕べ、泉に向かって逃れゆく鹿が
葦の茂みのただなかについに倒れ伏すように
わが渇きに駆られて私は水辺にくずおれる。
だが、この奇妙な愛を癒すためとはいえ、
私は神秘の水面をかき乱しはしまい。

五行目の「この奇妙な愛〔cette amour curieuse〕」が女性単数形となっているが、関連草稿を参照すると、当該箇所はもともと「この奇妙な渇き〔cette soif curieuse〕」（soif は女性名詞）であったことが分かる。さらに草稿では、タイプ打ちされた「この奇妙な渇き」に抹消線が引かれ、その上部に「私自身に対する私の愛〔mon amour de moi-même〕」と手書きで記されている。[27]「ナルシス断章」でもう一箇所、女性単数形の「愛」が現れるのは、第二部の終盤、一一三行目「かよわい友情にあまりにも似た愛〔D'une amour trop pareille à la faible amitié〕」である。草稿段階ではさらに他の用例も見られるが、[28]以上の用例から、女性単数形の「愛」はナルシスの自己愛に関わるものと言えよう。

晩年の「ナルシス交声曲」では女性単数形の「愛」が六回出現する。「混じりけのない愛〔une amour sans mélange〕」（第三場一七〇行）、「最も深い愛〔l'amour la plus profonde〕」[29]（第四場二六六行）、「咬み傷のない愛〔une amour sans morsures〕」（第四場三〇九行）、「最も誠実な愛〔La plus sincère amour〕」（第六場四一二行）はいずれもナルシスの台詞、残りの二回——「君の特殊な愛〔Ta singulière amour〕」（第四場三〇〇行）と「真の愛〔l'amour véritable〕」[30]（第四場三〇二行）——はナルシスを恋い慕うナンフの言葉である。他方、ナルシスに対するナンフの愛には通常の男性単数形が充てられており、女性単数形はナルシスの自己愛を示す弁別的指標となっている。

恋愛書簡とナルシス詩篇の共通点

性のゆらぎ

恋愛書簡とナルシス詩篇の関連をもう少し探ってみよう。フェルディナン・ブリュノは単数形と複数形で異なる性を持つ「不均質な語〔mots hétérogènes〕」の代表例として「愛〔amour〕」のほかに、「悦び〔délice〕」と「オルガン〔orgue〕」を挙げているが[31]、ヴァレリーにおける「悦び」という語の用法も注目される。「愛」と同じく、この語も単数では男性、複数では女性となるが、「ナルシス語る」の初稿には「暗い悦び〔la délice obscure〕」という女性単数形が見出される。後年、男性形に修正されるとはいえ[32]、文法上の性を意図的にゆるがせるこの特殊な用例は、女性単数形の「愛」と同じく、ナルシス的な自己愛に関連するものと思われる[33]。なお、女性単数形の「悦び」は先述したポッジの詩「さようなら《ウアレー》」にも認められる（「私の忘れられた悦び〔ma délice oubliée〕）。「大いなる愛」の女性形と同じくヴァレリーへの目配せであろう。

また、文法上の性《ジャンル》は生物学的な性《セックス》と直接的な関係はないとはいえ、まったく無関係とも言い切れない。実際、ナルシスは男女両性を兼ね備えた存在であり、文法上の性のゆらぎはナルシスの両性具有性の反映とみなすこともできる。両性具有のイメージは殊に世紀末に流行したが、ヴァレリーにおいても特に青年期の作に目立って見られる。一八九一年の「ナルシス語る」(『ラ・コンク』誌)には「青年と優美な姫の肉体」(第四一行)という表現があり、その両性具有的な美が「夕暮れ」の美に重ねられていた(第四八行)。昼と夜のあわいに幻のように空を染める夕暮れの美に両性のあわいを具現したナルシスの美が重なる――この夢想は若き日のヴァレリーを強く捉えたようだ。ナルシス関連草稿には次のような一節がある。「私はわが肉体のうちに処女の優美と青年の清らかな形を結び合わせる!〔……〕両性がひとつに溶けあい、〈黄昏〉のような、えもいわれぬおぼろげな魅力に高められた輝き。私は捉ええぬ〈美の黄昏〉なのか?神秘的な不確かさ、愛に満ちた神々しい曖昧さ![34]」。同時期に構想された「ナルシス、古典的様式の田園交響曲」と題する作品の構想メモにも同種のイメージが見られるが[35]、フランス語では「昼〔jour〕」が男性名詞、「夜〔nuit〕」が女性名詞であるだけに、こうした想像力がいっそう掻き立てられるだろう。

他方、男性と女性がはっきり分かれていると想定される「恋愛書簡」においても、実際には性のゆらぎが認められる。たとえば、ヴァレリーはポッジ宛の手紙で彼女を男性形(「いとしい人〔mon chéri〕」など)で呼ぶことがある。この点はふたりの愛が人目を忍ぶものであったことも関係しているだろうが、それだけではないように思われる。というのもヴァレリーは次のようなポッジの「肖像」を描いているからである。

カリンが最大の情熱を抱いているのは、善・美・真である。〔……〕彼女は奇妙で、むらがあり、理論的で、その精神は掟と不思議な礼拝堂に満ちている。さらに奇妙なことには、この頭脳のなかのどこかに、ひとりの良識ある真の人間〔un homme vrai et de bon sens〕が住んでおり、それを代わる代わる次のような者たちが苛むのだ。すなわち青年、踊り子、女優、聖職者、ドン・キホーテ、騎兵隊の下士官、預言者、ガール、ジプシー女、イギリス娘、プロテスタントの令嬢、一年生の学生、ジャンヌ・ダルク、上流社会の婦人、サヴォナローラ的なもの、さらにはその他大勢の著名人が、一日百人から千人の割合でこの身体に取り憑いている。(36)

ポッジの頭脳に宿る「真の人間」はおそらく性差を越えた存在であり、その身体に取り憑くさまざまな人物のなかには女性もいれば男性も混じっている。男女両性を兼ね備えたような「カリン」の性格の多様性をうかがわせる肖像である。

他方、ポッジもヴァレリーにしばしば女性形で呼びかけている。「私のいとしい思考〔Ma pensée chérie〕」、「私の優しい、優しい知性〔ma douce, douce intelligence〕」、「私の美しい友情〔ma belle amitié〕」といった具合だが、度重なる女性名詞による呼びかけは相手を女性化する趣さえ感じさせる。さらにポッジはヴァレリーを女性にするだけではなく子供にまでしている。性別や年齢を故意に逸脱することは愛人どうしの遊戯であろうが、そこにはまた自分たちを特定の性別や年齢に縛られる存在ではなくより普遍的な存在と信じる意識も潜んでいるように思われる。一九三九年の『カイエ』に記されたヴァレリーの次の言葉はその点で示唆的である。「私の思考はおそらくまったく男性的だが、私の感受性にはさまざまな女性的なもの[37]〔がある〕。」青年期にナルシスの形象を通して両性具有の夢を育んだヴァレリーは、後半生、ポッジからヴォワリエにいたる異性との「愛」の体験を通してみずからの「感受性」の「女性」性を意識するようになったのかもしれない。

恋愛対象のナルシス化

恋愛書簡とナルシス詩篇の関連として、ヴァレリーが愛する女性をしばしば「ナルシス」に見立てるという点も注目される。たとえばカトリーヌ・ポッジに送られた「ベアトリス」と題するソネット（八音節）の四行詩《カトラン》二節は次のようである。

この愛のほんのわずかな皺でさえ
最も大きな苦しみを加える。
一瞬で一日は暗くなり
ひと息で君は不確かになり、

その姿はさながら不帰の人。
君ははるか遠くにいるようだ
私の愛が映し出される
この泉の奥底に(38)

第一句末の「この愛〔cette amour〕」が女性単数形となっている点も注目されるが、二節目にはナルシスの舞台装置である「泉」が登場し、その水底に「私の愛〔する君〕〔mon amour〕」の反映が現れる。「泉の奥底に」姿を現すというイメージや lointaine - fontaine の脚韻は、ヴァレリーのナルシス詩篇群の嚆矢となったソネット「ナルシス語る(39)」とともに、「鏡」に向かって独白するマラルメの『エロディアード』(第四四―五一行)を想起させる。他方、標題の「ベアトリス(ベアトリーチェ)」はダンテの『新生』および『神曲』に由来する名であり、ヴァレリーがポッジに与えた文学的呼称のひとつである。ここではポッジ=ベアトリーチェというイメージにナルシスの形象が重ねられているが、この詩におけるナルシスのありようは複雑である。というのも「泉の奥底に」現れる「君」を見ているのは「私」であり、「泉」を境に「私」と「君」が対面する構図になっているからである(この「私」と「君」のナルシス的な関係については改めて後述する)。

ルネ・ヴォーチエに捧げられた詩にナルシスは現れないが、ヴァレリーは「同じ女《ひと》でありそうでない」と題する自由詩をルネ宛の手紙に添えている。

知っているかい　毎日、毎晩、毎時間、
君はもうひとつ別の生、君の生とは別の生を生きているということを。
君は知らないかもしれないけれど、君は
君にそっくりの別人で　そのひとは君であって
しかも君ではない
君は知らないけれど、もうひとりの君がいるのだ。
〔……〕
君の知らないこの君よりも　私は君の方が好き。
君は私自身のように苦しみ、何に苦しんでいるのか分かってくれる
君は優しく、涙もろいけれど、君にそっくりのひとは
厳しい……
——ふたりはおたがいに顔をそむける。(40)

自分に振り向いてくれないルネに対してヴァレリーはこのような詩を送っているのだが、「君の知らない」「もうひとりの君」とは彼の心に棲みついてしまったルネのイメージ——いわば彼女の

「固定観念[41]」――であろう。恋愛対象のナルシス化とは言いがたいが、ここにも存在の二重化というナルシス的なテーマを認めることができる。
最後の愛人ジャン・ヴォワリエに至っては、ナルシス化が最も明白となる。『コロナ／コロニラ』には彼女を「ナルシッサ〔Narcissa〕」や「女ナルシス〔Narcisse femme〕」と呼び、その美を讃える詩がある。「ナルシッサに捧げるソネット」（十二音節）と「ナルシッサ」と題する十音節のソネットだが、松田浩則が指摘したように、両詩篇は『コロナ』の巻頭と末尾に置かれ、まさしくジャンヌに捧げられた「冠《コロナ》」の円環を閉じる役割を果たしている。[42]『コロナ』の掉尾を飾る「ナルシッサ」は冒頭「おのれを愛する女ナルシス」と始まり、最終節は次のように締めくくられる。

どちらのナルシスも君たち以上に私のものだ、
君たちふたりを燃え上がらせはしない口づけひとつで
私は君たちをただひとりの望みの女《ひと》に変えるのだから。

鏡にみずからの美を映す「女ナルシス」は「君たちふたり」となるが、それを「私」の「口づけひとつ」によって「ただひとりの女」にするという発想。なお、この「口づけ〔baiser〕」という語は詩集巻頭に置かれた「ナルシッサに捧げるソネット」の最終節にも三度現れるが、こちらは「私の額」に授けられる「君の口づけ」である。詩集『コロナ』は二篇の「ナルシッサ」による円環構造を有するとともに、両詩篇は「君の口づけ」に始まり「私の口づけ」で終わるというかたちで呼応してもいる。

なお、この「ナルシッサ」という名はヴァレリー青年期の思い出に結びつくものである。若い頃ヴァレリーが足しげく通ったモンペリエの植物園に、一八世紀イギリスの詩人エドワード・ヤングの「夜想」にうたわれた娘「ナルシッサ」が眠っているという墓があり（これは伝説であり、実際にはヤングの義理の娘エリザベスはリヨンの墓地に葬られたらしい[43]）、その墓に刻まれたラテン語の墓碑銘「ナルキッサの霊を鎮めるために〔Placandis Narcissæ Manibus〕」をヴァレリーが語順のみ変更して「ナルシス語る」のエピグラフに掲げたこと、また一八九〇年当時、知りあったばかりのアンドレ・ジッドとヴァレリーがその墓に腰かけて薔薇の花びらを口にしたことなど、いずれもよく知られたエピソードであろう。ヴァレリーにおけるナルシスの主題はナルシッサに始まりナルシッサに終わると言っても過言ではない。

ナルシス的な愛

ところで、ヴァレリーはなぜ愛する女性をナルシスに見立てるのだろうか。この点を探るためには、ヴァレリーにおける「愛」の観念、さらに言えば、他者愛と自己意識との関係を把握する必要がある。一九二二年の『カイエ』には次のような断章が見られる。

私が存在するのはもっぱらふたりとしてである。私が〈同一のもの〉であるのはふたりとしてである。私は考える〔とは、〕私が私から何かを待つ〔ということだ〕。（付言すれば、高次の愛とは、意識にとって本質的なアルター・エゴの代わりに、肉体を持ち、外部にあり、自由な存在であるもうひとりのアルター・エゴを置き換えようとする傾向のことである）[44]。

また一九三四年の『カイエ』には同様の問題意識が次のように表現されている。

ひとりのなかにふたりいる〔**être *deux* en *un***〕ということの奇妙で本質的な性質、それと対照的に、ふたりでひとつになる〔**être *un* par *deux***〕という愛の欲求があり、それは意識の認識作用を補完する〔**complémentaire**〕ようにみえる。

第一の場合、あらゆるモノローグはディアローグであり、第二の場合、あるディアローグはモノローグに向かう。

ひとりが分裂し、ふたりが混ざりあう[45]。

ナルシス的な愛とは、自己意識に内在する「アルター・エゴ」に代わる「もうひとりのアルター・エゴ」を外在する他者に求めるようなものであり、ヴァレリーの「意識の構造[46]」において、自己意識の二重化ともうひとりの自分としての他者を求める愛の欲求とはたがいに「補完」しあう関係にある。ヴァレリーの愛人のなかでも特にカトリーヌ・ポッジはこうした考えに共鳴した存在であったようだ。ふたりが知りあってまもなくヴァレリーがポッジに投げかけたという問い――「私は複数でありえるでしょうか。私はたったひとりなのでしょうか。私は数と両立可能なのでしょうか」[47]――に対して、ポッジは「私はふたり」と応えた[48]。また「たったひとりの私がふたりのために[49]〔**un seul moi pour deux Personnes**〕」というポッジの言葉（一九二一年四月推定の手紙）と同年『カイエ』にヴァレリーが記した言葉「ひとりとひとりでひとつになる。ふたりでひとり[50]〔*Seul et Seule font Un* — **être seul à deux**〕」とは見事に共鳴しており、両者は、他者のなかにもうひとりの自分を見出そうとするナルシス的な愛を共有しようとしたと言えよう。このような「ナルシス的な愛」の夢想が生まれたのは、まさしくヴァレリーがカトリーヌ・ポッジと出会って以降のことである。ポッジとの衝撃的な出会いと愛により、ヴァレリーにとってナルシスの主題が担う意味は変化した。一九二〇年の『カイエ』には次のような断章がある。同年九月、ポッジに招かれて訪れたラ・グローレの別荘でふたりがはじめて結ばれた頃に書かれたと推定される断章である。

> 愛――
>
> 知性が愛と混ざりあうと、あるいは知性がいつしか愛に取って代わると、この奇妙な惑乱状態から何かを作りだすことができる。
>
> 生きた存在－対－生きた存在。起源－対－起源。干渉しあうふたつの活動領域。そこで問題

となるのはもはや〔男女の〕性ではなく、自己と自己との純然たる相違である。
接近する〔proximité〕とはとてつもないことだ。「ナルシス〔の詩〕」のなかではそのことを表現できなかったが、それこそ〔ナルシスの〕真の主題であった――われとわが身に回帰する美しさが問題ではなく[51]――。

「知性」と「愛」の融合、それこそまさにヴァレリーがポッジとの愛に目覚めて以来、後半生をかけて追求したものだが、それは性愛の快楽に還元されるものではなく、「自己と自己との純然たる相違」を極限まで縮めようとする「接近」の試みであった。そしてそれこそ「ナルシス」の「真の主題」であったとヴァレリーは言う。「そのことを表現できなかった」という問題の詩は、一九二〇年一二月『旧詩帖』所収となる改作「ナルシス語る」か、あるいは一九一九年九月『ラ・ルヴュ・ド・パリ』誌に掲載された「ナルシス断章」(第一部の初期形態)のことだろうか。いずれにせよ、「もうひとりのアルター・エゴ」というべき女性との「愛」により、ヴァレリーにとってナルシス神話の担う意味は決定的に変化し、もはや自己を見つめる両性具有的な「美」ではなく、ふたりの「自己」の最大限の「接近」が問題となった、言い換えれば、「ナルシス」は純粋に芸術上の主題から現実の他者を巻きこむ実人生の問題へと変容したのである。

ナルシス詩篇における愛人の影

恋愛書簡とナルシス詩篇は単に共通点を持つにとどまらない。ナルシス詩篇には当時ヴァレリーが恋愛関係にあった女性の影が認められる。

「ナルシス断章」とカトリーヌ・ポッジ

ヴァレリーの詩のなかで最も名高い詩句のひとつ——

おお　日の光の力果てるまで生き延びることの甘美さよ
そのとき光は身を引いて　ついには愛の薔薇となり
なおもわずかに燃えかけて、けだるく、とはいえ満ち足りて
これほど多くの宝に　愛情をこめて打ちのめされ
かずかずの思い出に　その死を真紅に染められて
金色のなか幸せにつつまれながらひざまずき、
そして横たわり、身も溶けて、葡萄の色も失って
夢のなかに消えゆけば　夕べも夢に変わりゆく。

「ナルシス断章」に見出されるこの八行詩句（第四八―五五行）はヴァレリーが「最も苦心して作り」、「自分の書いた詩句のなかで最も完璧」、「純粋詩」の理念に最も近いと自負したものとして知られるが[52]、その素描が書かれたのは一九二〇年秋の「ラ・グローレ」滞在中であり、そこにはカトリーヌ・ポッジとの「愛」の「思い出」が反映していると思われる。が、美しい詩句に結実した愛の幸福は長くは続かない。一九二三年七月四日のポッジの『日記』には次のような記述がある。

あなたが私を愛しているのは、あなたは私のなかにあなた自身を見ているからです……。いえ、むしろこう言わなければならないでしょう。あなたは私を愛しているのではなく、あなた自身を愛しているのです、ナルシス〔であるあなたは〕、たえまなくあなたを映しつづけるこの精神的な泉〔である私〕のなかに[53]。

ポッジは同様の非難をヴァレリー本人にも言ったと思われる。というのも、このポッジの非難に対してヴァレリーは弁明するような手紙を書いているからである。

君から私へ、私から君へ、あまりにも直接的な関係があるように見えたので、私に欠けるものなど何もなかった、もし私に君がいるなら……。

「おお、なんと私の願いのすべてにあなたは似ていることか！」
このナルシスのほとんどすべてはまさしくあなたのことを語っているのです。[54]

「ナルシス断章」の一句――「おお、なんと私の願いのすべてにあなたは似ていることか！〔O qu'à tous mes souhaits, que Vous[55] êtes semblable !〕」（第二四九行）――を引用しつつ、ヴァレリーはポッジに対して、あなたは〈私を映す鏡〉ではなく〈私の似姿〉なのだと弁明しているわけである（先に触れたポッジ宛の詩「ベアトリス」における「私」と「君」のナルシス的関係と同じ構図がここに見出される）。興味深いのは、ナルシスが自分自身に対して「あなた〔vous〕」と呼びかけている点である。通常ナルシスは自分に対して「君〔toi〕」と呼びかけ、「あなた」と呼びかけるのはほとんどどこの箇所だけである。[56] 草稿を参照すると、問題の詩句に先立つ第二四五行の冒頭が、「私は君をたたえる〔Je *te* salue〕」から「私はあなたをたたえる〔Je *vous* salue〕」に変更されたことが分かるが[57]、なぜナルシスはここで自分自身に対して「君」ではなく「あなた」と呼びかけるのだろうか。

この疑問に対するひとつの答えは、先に引用したポッジ宛の手紙にある言葉――「このナルシス〔の詩〕のほとんどすべてはまさしくあなたのことを語っているのです」――に見出されるだろう。しかも、この手紙の前後のくだりにおいてヴァレリーはポッジに対して「あなた」ではなく「君」と呼びかけている。二人称の親称と敬称を頻繁に使い分けることはヴァレリーの恋愛書簡の際立った特徴であり[58]、「ナルシス断章」における人称の変化もこのポッジとのやりとりを反映しているように思われる。

水鏡に映るナルシスにポッジの姿を重ねて読むならば、問題の詩句「おお、なんと私の願いのすべてにあなたは似ていることか！」につづく詩句――「だがその脆さゆえにあなたは侵しえない身となっている〔Mais la fragilité vous fait inviolable〕」（第二五〇行）――には、ヴァレリーとポッジのふたりだけに通じる内密な意味、つまり肺結核を患う病身のポッジは性交渉をするにも命がけであったという含意も読み取れるのではないだろうか。先に引いたポッジ宛の手紙（「ナルシス断章」の一句を自己引用する手紙）の前段には、まさしく「君の脆さ〔ta fragilité〕」という言葉が見られる――「いわば精神に関わるあらゆる事象を君の脆さに照らして考察することで日々を過ごした結果、今日の私は、容易に、あまりに容易に、あらゆる野心（たとえ内面的なものであれ）よりもあなたを選ぶにいたったのです。[59]」また「ナルシス断章」の後続詩句――「あなたは光にほかならない、かよわい友情にあまりにも似た愛のいとしい片割れよ〔Vous n'êtes que lumière, adorable moitié / D'une amour trop pareille à la faible amitié〕」（第二五一―二五二行）――は、本稿のはじめに述べた女性単数形の「愛」が現れる箇所だが、「かよわい友情にあまりにも似た愛」という表現にも、ナルシスの自己愛とともに、肉体関係を持つことが難しくなったポッジとの関係がほのめかされているかもしれない。

さらに、先ほど二人称の敬称に関して触れた詩句――「私はあなたをたたえる、わが魂と水面の間に生まれた子よ〔Je vous salue, enfant de mon âme et de l'onde〕」（第二四五行）――には「子

〔enfant〕」という語が現れるが、ナルシスが自分自身に「子」と呼びかけるのは、たとえ比喩表現（「わが魂と水面の間に生まれた」もの）としても、いささか意外ではないだろうか（初期詩篇の「ナルシス語る」ではみずからに「青年〔adolescent〕」と呼びかけていた）。ここにもポッジとの関係の反映を読み取ることができるのではないか。実際にヴァレリーとポッジの往復書簡には「子ども」という語が頻繁に見られる。が、両者がこの語に託していた意味には懸隔があるようだ。エドゥアール・ブールデとの間に一子を儲けた後、肺結核を患い、婦人科医の父から今度妊娠したら命を落とす危険があると忠告されていたポッジにとって、「子ども」とはきわめて具体的な、危惧と希望のないまぜになったものであっただろう。ヴァレリーに身を任せた彼女は一時期──一九二〇年一〇月から翌年五月まで(60)──、死を覚悟の上で出産を望み、尋常ならざる喀血を妊娠の兆候と誤認するということまであった（実際には結核によるものと判明する）。他方、ヴァレリーにとって「子ども」のイメージはもう少し比喩的なレベルにあったようだ。松田浩則が指摘したように(61)、ヴァレリーにとって「愛と精神の子ども」は「エクリチュール」の次元にある「作品」であった。たとえば一九二一年五月二四日のポッジ宛の手紙においてヴァレリーは次のように述べている。

私はそれをほとんど子どものように構想＝受胎したのです、あの計画を〔Je l'ai conçu presque enfant, ce projet〕。かつては、それにほとんど触れたこともありました。たったひとりではないというあの観念、唯一のもの……。そうしたことを私と同じように感じていたとしたなら、観念よ、君は敗北してはいないだろうに。構想＝受胎される価値のある唯一の計画の最終的かつ決定的な敗北。もうひとりの私自身がなくては叶わぬ賭けよ、さらば。(62)

ヴァレリーからこの手紙を受け取ったポッジは翌日『日記』に次のように記す。

去年の七月〔……〕彼は抽象的で奇妙な手紙を返してきた。その手紙は、私を見ている様子もないまま、私にひとつの問題を課していた。「私はたったひとりなのでしょうか。私は複数でありえるのでしょうか。数と両立可能なのでしょうか」という問題（ほとんど子どものように構想＝受胎されたあの計画〔ce projet conçu presque enfant〕）。ああ、なんと私はあのとき魂のすべて、意志のすべてをかけてあなたに応えたことか！　なんと私は、あなたの論理のなかに場所をもたない〈方〉〔＝神〕の前にひざまずき、生きているその方に、ふたりであることを感謝したことか！(63)

「子どものように構想＝受胎された計画」とはつまり「もうひとりの私自身」を必要とする「賭け」であり、「私は複数〔ふたり〕でありえる」こと、「ふたりでひとつ」の夢を実現しようとする試みであった。一九二〇年一〇月から一九二一年五月までポッジがヴァレリーの「子」を宿したと思っていたとすれば、右に引いた手紙と日記が書かれたのはまさしくこの予感が崩れ去る直前あるいは直後のことであろう。定かなことは分からないが、「子ども」という語はポッジにとって単なる比喩どころか、身体の深部に響くものであったにちがいない。ポッジはこの語をヴァレリーへの呼びかけに用いたり、[64]あるいは自分自身を指し示したりしているが、[65]彼女の手紙に「子ども」が集中して現れるのはまさしく妊娠の可能性を信じた八カ月間のことである。

「ナルシス断章」第二部が書かれたのは、ポッジとの間に以上のような「子ども」をめぐる手紙が交わされた時期であり、そこには「あなたをたたえよう、わが魂と水面との間に生まれた子よ」[66]（第二四五行）の一句に加えて、第二部を締めくくる詩句――「美しくも酷いナルシス、到達しえない子よ」（第二六三行）――が見出される。「到達しえない子〔inaccessible enfant〕」という表現には、ヴァレリーとポッジとの間に生まれたかもしれなかった子ども、いやむしろ、ヴァレリーがポッジと「ふたりでひとつ」になるという「ほとんど子どものように構想＝受胎」した夢がひそかに、不可能性の刻印とともに込められているのかもしれない。

また『若きパルク』や『魅惑』の生成研究で知られるフロランス・ド・リュシーが指摘したように、[67]「ナルシス断章」の草稿には時々、カトリーヌ（通称「カリン〔Karin〕」）を示すKの文字が書きこまれている。Kの文字は特に「身体〔corps〕」や「神殿〔temple〕」の語とともに記されており、[68]カトリーヌはいわばナルシスが恋い焦がれる「身体」およびその比喩としての「神殿」であると言えよう。[69]さらに、Kの文字に注目してみるとさまざまな発見がある。**図1**はポッジがヴァレリーに宛てた手紙（一九二一年五月二日推定）[70]だが、冒頭「親愛なる先生〔cher maître〕」につづく部分は何

図 2　「神的なる事柄について」の草稿　BnF*ms*, NAF 19032, « Dialogue II », f. 76.

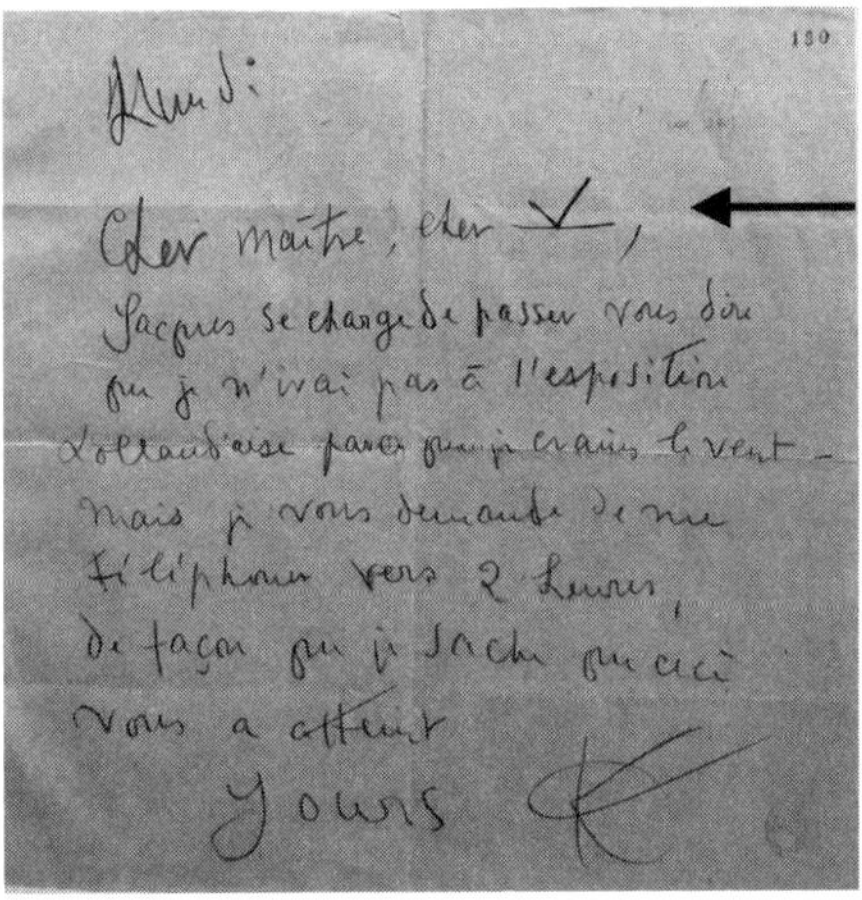
180

Lundi:

Cher maître, cher V,

Jacques se charge de passer vous dire
que je n'irai pas à l'exposition
hollandaise parce que je crains le vent -
mais je vous demande de me
téléphoner vers 2 heures,
de façon que je sache que ceci
vous a atteint

Yours K

図 1　ポッジのヴァレリー宛の手紙（1921 年 5 月 2 日推定）　BnF*ms,* NAF 25769, Catherine Pozzi, « Correspondance II », f. 180.

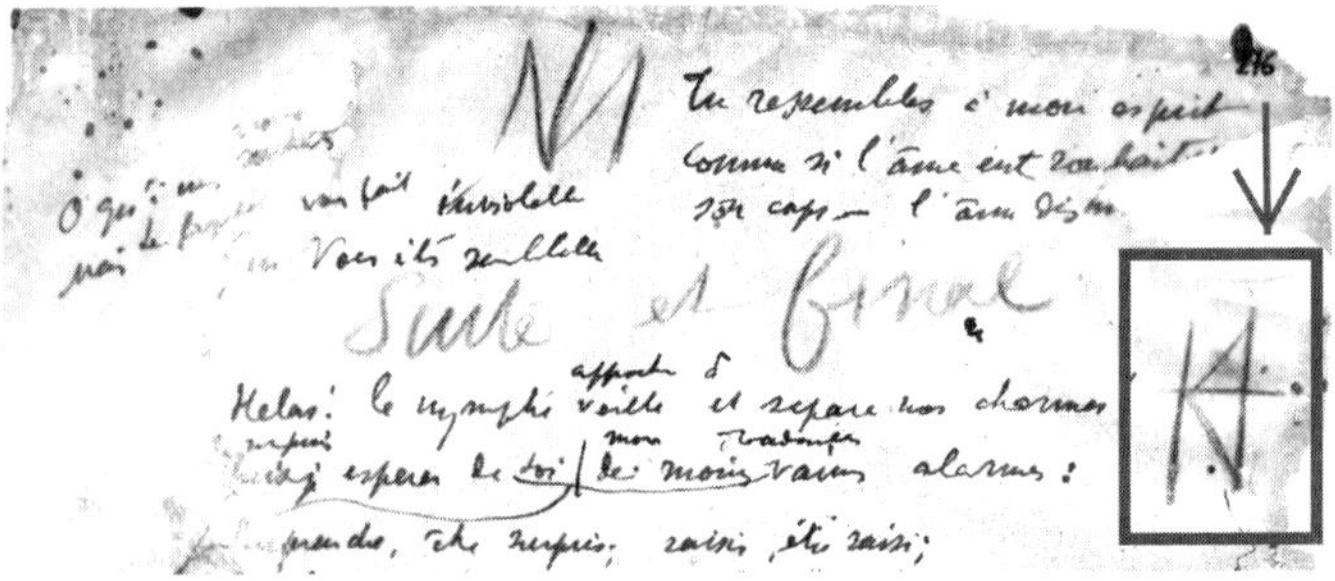

図 3　「ナルシス断章」草稿　BnF*ms*, NAF 19012, « Narcisse I », f. 176.

図4 「ナルシス断章」草稿　BnF*ms*, « Narcisse I », ff. 26.

図5 「ナルシス断章」草稿　BnF*ms*, « Narcisse I », ff. 27vo.

と読むべきだろう。「親愛なる〔cher〕」の後はKか、あるいはVか。ちょうどKの文字を回転させるとVが出現するが、カトリーヌが横たわるとヴァレリーが現れるということか。自分とヴァレリーを重ねようとするポッジの心が窺われよう。興味深いことに、同時期のヴァレリーの『カイエ』にも同様の記号が散見する。[71] ヴァレリーの方でも自分のイニシャルPVとポッジのCK（Catherine Karin）を組みあわせた図柄をいろいろと考案し（図2）、両者を合体させようと試みている。[72]〈文字〉に〈存在〉の重みをこめる感覚をふたりは共有していたのだろう。さらに「ナルシス断章」の草稿[73]に見られる図柄（図3の枠内）は何を示すものだろう。関連草稿をまとめるファイルの表紙には「NARCISSE」の文字が水鏡に反映している図柄があり（図4）、ファイルの裏面にもそれを左右反転した図柄が見えるが[74]（図5）、裏面の左右反転した「ИAЯƆIƧƧƎ」の頭文字Иの鏡像は、まさしく図3の図柄と同じものである。ナルシスのNを鏡に映すと、Kの文字が、またVの文字が生まれる。つまり、水鏡に向かうナルシスにはカトリーヌとヴァレリーふたりの姿が重ねられていると読めないだろうか。なお、図3の草稿左上には、ヴァレリーがポッジのことを読みこんだという詩句（「ナルシス断章」第二四九―二五〇行）の素描が見出される。[75]

だが、このようなナルシス的な愛の鏡像関係はあくまで理想にすぎず、実際にはふたりの関係は苦しみと破局の連続であり、「最後の手紙」を幾度となく交わすのであった。一九二二年三月、ポッジからそのような訣別の手紙のひとつ（本稿のはじめに引用した「私たちはもう手紙を書くことはきっとないでしょう」と始まる三月一三日の手紙）を受けとったヴァレリーは、数日後の『カイエ』に

――彼にしては珍しく――日付まで明記して次のように書き留めている。「三月一六日。回復してきた感覚。通常のやりとり。タブー。脱カリン化〔*dékarinisation*〕。もはやあなたは私の計画に入ってはこない。今後はKを一掃する」(76)。

一九二〇年秋、カトリーヌ・ポッジと結ばれたラ・グローレで起筆され、その後波瀾に満ちた愛人関係がつづくなかで書き継がれた「ナルシス断章」第二部(一九二三年六月『NRF』誌初出)には、彼女との関係を匂わせ、それを精算しようとするかのような一節がある。冒頭「泉よ、わが泉よ」(第一四九行)と呼びかけ、「運命の静かな姉妹」(第一五二行)ともいうべき水鏡をたたえつつ、「純粋きわまるその永遠の水面に/愛は通り過ぎ、滅びゆく……」(第一七〇―一七一行)というかたちで男女の「暗い愛〔sombre amour〕」(第一七三行)が導入される。「硬く燃えたつ男〔amant〕が白い女〔amante〕を抱きしめる」さま(第一七四行)、「カップルが両足を絡ませてもつれあい嘘をつきあう」さま(第一八三行)、「よろめくふたつの体が口と口とを戦わせ」「死に瀕する一体の怪物となりはてる」さま(第一八五―一八七行)、そして最後に「自分たちは愛していると信じた狂人たち」(第一九八行)の悲惨な顚末が激しくも冷徹な筆致で描き出される――「かつては幸せだった魂をいまや苦々しく運ぶ/この体、全身に愛を刻印されたこのひそかな身体のなかで/隠密の接吻が燃え、魂は狂乱する……」(第二二八―二三〇行)。ナルシスの主題をやや逸脱するこのようなくだりが八十行余りつづいた後、男女の愛の悲惨に対する反動として、ナルシスは自分自身に回帰する――「だが私は、愛しいナルシス、私が知りたいのは/ただ自分の本質のみ。/あらゆる他者は私にとって不可解な心にすぎず／あらゆる他者は不在にすぎない」（第二三一―二三四行）。「愛人たち」の交わりを三人称の距離を置いて描写する一方、ナルシスが二人称親称で呼びかける「尊い泉」（一九〇行）はそうした愛の惨劇を如実に映しながら一切それに染まることのない「鏡」であり、そこにはヴァレリーが理想とする澄み切った意識――「純粋自己」――のイメージが投影されているようにも思われる。「ナルシス断章」第二部を書くことは、ネッド・バステが指摘したように、ポッジとの愛の破局から立ち直るために、いわば「悪魔祓い」の役目を果したと言えよう。[77]

しかも、ヴァレリーはこの第二部の一節（第一七〇―一七四行）の素描をポッジ宛の手紙に記している。一九二二年四月四日の手紙の裏に、抹消線を引いた詩句を残したまま、紙の向きを変えて手紙を書いている[78]（図6）が、その抹消された詩句をポッジが読まないはずはない。そこにはまさしく男女の「暗い愛」が記されているのである。

「ナルシス断章」におけるカトリーヌ・ポッジの位置はそれゆえ微妙である。理想的にはナルシスの反映となる彼女は、現実的には忘れ去るべき「愛人たち」の片割れであったのかもしれない。さらに言えば、ナルシス神話はヴァレリーにとって異なるふたつの機能を兼ね備えていたと思われる。すなわちそれは自己と他者のナルシス的合一という理想を夢見させる一方、そうした鏡像関係の理想が破綻したとき、男女の愛の悲惨を冷酷なまでに描写しつつ、それとは無縁のナルシスの自己回帰をうたいあげることにより、現実の愛の苦しみから立ち直るためのモデルともなったのではないか。

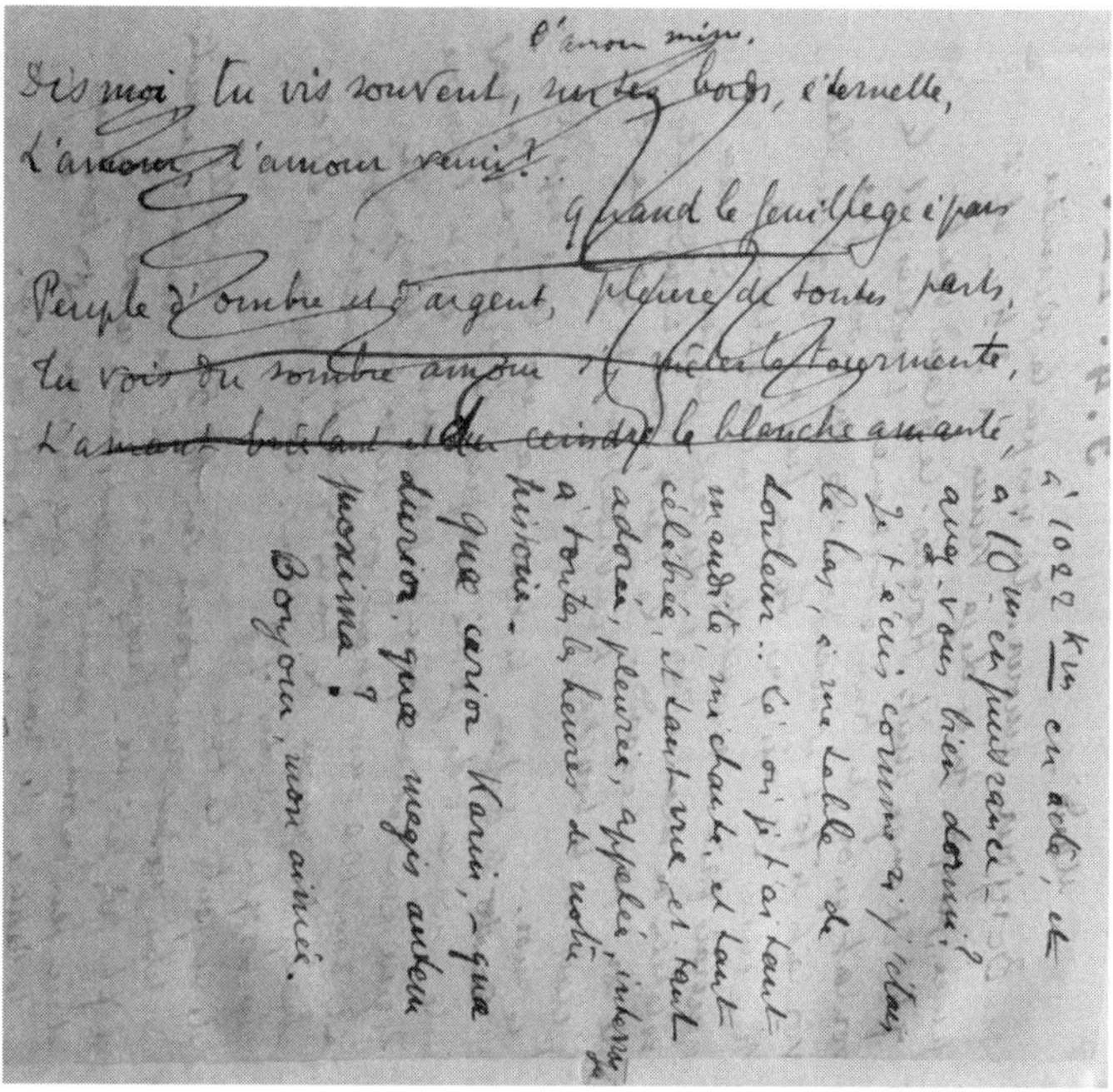

図6　ヴァレリーのポッジ宛の手紙（1922年4月4日）　BnF*ms*, NAF 25768, Catherine Pozzi, « Correspondance I », f. 17vo.　上部の抹消線を引かれた詩句の訳を以下に示す。

　　　　　　　　　　　　　　　愛そのものが、
ねえ〔泉よ〕、たびたび見たのか、永遠の君は、君の水辺に、
愛が、愛がやって来るのを？……
　　　　　　　　　　　　　　　　　　樹々の葉があちこちで
陰と銀に満ちあふれ、いたるところですすり泣くとき、
君は見るのだ　暗い愛の嵐がその泣き声に入り交じり、
硬く燃えたつ男が白い女を抱きしめるのを、

一九三八年、作曲家「ジェルメーヌ・タユフェール夫人の依頼に応じて[79]」書かれた「ナルシス交声曲《カンタータ》」は、ヴァレリーの最後の愛人「ジャン・ヴォワリエ」ことジャンヌ・ロヴィトンに捧げられている。「交声曲《カンタータ》」の台本ということもあり、この作品にはそれ以前の「ナルシス語る」や「ナルシス断章」には見られなかった特徴があり、登場人物としてナルシスのほかに四人のナンフ（第一のナンフと他三人）およびエコーが登場し、ナルシスが語るだけではなく彼女たちの声も響く。また、第一のナンフがナルシスと見紛うほどよく似ているという点も新しい。一九三八年四月に制作を開始したヴァレリーはジャンヌに進捗状況を伝えたり[80]、制作中の詩句を手紙に添えたりしているが[81]、八月末の手紙に同封されたタイプ打ち原稿には「ナルシス交声曲」第三場におけるナルシスとナンフ（第二）の対話の一節が記されており[82]、そのなかには水面から姿を現すナンフをナルシスが自分自身と間違えるという場面がある――「おいで……〈君〉……君自身を愛おしむために君の似姿〔ton pareil〕の腕にやってきて！……」と言うナルシスに対して、ナンフは「似姿ではないのよ〔Non pareille〕、ナルシス……〔あなたのものとは〕別の魅力に見とれてください」と返す（第一三三―一三四行）。

またナルシスはこの瓜ふたつのナンフの愛を退けながらも、その美をたたえる詩――「おお打ち震える、おお優しい〔……〕」（第六場・第四七六行以下）――をうたう。ヴォワリエ書簡の編者も指摘するように、ヴァレリーはこの詩を一九四〇年六月推定のジャンヌ宛の手紙に引用するとともに[83]、一九四五年四月二四日の手紙では冒頭の詩句を改変しつつ記している[84]。後者は冒頭二行のみであるが、この改変ヴァージョンは『コロニラ』の一篇と同じものと推測される[85]。「ナルシス交声曲」のもの（A）とジャンヌに直接送られたもの（B）、両ヴァージョンを比較してみよう。

A

おお〈打ち震える〉　おお〈優しい〉　Ô Palpitante, ô Tendre
森の精よ　Divinité des bois,
あなたの声の音色を　Je ne hais point d'entendre
聞くのは嫌ではない　Le son de votre voix ;
あなたの魅力を憎みはしない　Je ne hais point vos charmes ;
でもあなたの目のなかに見える　Mais je vois dans vos yeux
　涙の方が　　Des larmes
私にはずっと好ましい……　Que j'aime encore mieux…

B

おお打ち震える　おお優しい　Ô palpitante, ô tendre
私の崇める女《ひと》よ　Divinité de MOI,
あえぐような高揚ぶりを　Je ne hais point d'entendre

聞くのは嫌ではない　　Le haletant émoi,
かずかずの魅力を憎みはしない　　Je ne hais point des charmes
そして私は精一杯飲む　　Et je bois de mon mieux
　天からあなたに　　Les larmes
降ってくるその涙を。　　Qui vous tombent des cieux.

公的な作から私的な作へ、「森の精〔Divinité des bois〕」ナンフが「**私**の崇める女《ひと》〔Divinité de MOI〕」すなわちジャンヌに置き換えられるとともに、「あなたの声の音色」が「あえぐような高揚ぶり」に、「見える」が「飲む」に変わり、全体の内容もエロティックな含みが読み取れるものに変容している。ここでは第一のナンフにジャンヌが、ナルシスにヴァレリーが投影されているわけだが、この関係はそれほど単純ではない。というのも、ナルシスに愛を訴える次のナンフの台詞――「もし私があなた自身以上のものになろうと努めたなら／君以上に君となり、君に勝って君となり、君を愛するこの私が／恋人に抱きしめられるナルシスになることができたなら」（第三場・第一七四―一七六行）――にはジャンヌに対するヴァレリーの心情が読み取れないだろうか。実際、このナンフの台詞のつづきには、「私は愛している、愛している！……感じるかい、ナルシスよ、どんなに私が愛しているか〔J'aime, J'aime !... Sens-tu, Narcisse, comme j'aime〕」（第一九九行）という一句があるが、ヴァレリーはこの詩句のなかの「ナルシス」を女性形「ナルシッサ」に変えてジャンヌ宛の手紙に引用している――「分かっているかい、ナルシッサよ、どんなに私が愛しているか[86]〔Sais-tu, Narciss*a*, comme j'aime〕」。つまり、ここではジャンヌがナルシス（ナルシッサ）に、ヴァレリーがナンフに重ねられているのだ。「ナルシス交声曲」におけるナルシスとナンフの関係には、このようにヴァレリーとジャンヌの関係が二通りに反映されていると読むことができる。

ナルシス詩篇の展開、散文詩「天使」

最後に、ヴァレリーの青年期から晩年にかけて一連のナルシス詩篇がどのように展開していったか、その変遷をごく簡単に概観しよう。初期の「ナルシス語る」はそのタイトルにあるとおり全篇ほぼナルシスの独白だが、それはちょうどヴァレリーがロヴィラ夫人に一方的な片思いを寄せていた時期に書かれたものである。中期の「ナルシス断章」では「泉」への呼びかけが増すとともに、とりわけ第二部にポッジとの関係を匂わせるような男女の「暗い愛」が描きこまれている。晩年の「ナルシス交声曲」にはナルシスと第一のナンフの関係にヴァレリーとヴォワリエの関係が複雑なかたちで重ねられるほか、ナルシスを打擲する三人のナンフたちやエコーも登場する[87]。「ナルシス語る」から「ナルシス断章」を経て「ナルシス交声曲」へ、ナルシス以外の存在の占める役割が大きくなってゆくが、その変化はヴァレリーと女性たちとの関係と無縁ではないだろう。

さらにナルシス関連の作品として、死後出版された散文詩「天使」を忘れるわけにはいかない。「〈天使〉のようなもの」が「泉のほとりに腰かけ」て水鏡に向かうと、そこには「涙にぬれた〈人間〉」あるいは「〈人間〉の形をした〈悲しみ〉」が映っている。「天使はわれとわが身に向かって微笑もうとしたが涙を流していた。」「人間」の「苦しみ」は「純粋知性」である「天使」にとっては「問い」でしかなく、水鏡に映る自分がなぜ泣いているのか理解できない天使は、苦しむ人間の姿を自分のものと認めることができない。これはヴァレリーが「ナルシス神話に関する私の形而上学」と称し、『カイエ』において「〈自己〉と個人性〔Le Moi et la personnalité〕」の対面＝対立として幾度も取り上げた問題、すなわち、みずからを普遍的思考と信じる〈私＝見る主体〉と、名前や顔や記憶などによって特定の個人に限定される〈私＝見られる客体〉との不一致という主題である[88]。が、ここでは散文詩「天使」とヴァレリーの恋愛体験との密接な関係に焦点を絞ることにしよう。「一九四五年五月」、死の二カ月前に脱稿された「天使」はヴァレリーの文学的遺言書とも言うべき作品だが、その初稿[89]が書かれたのは二十年以上も前の一九二一年末、すなわちカトリーヌ・ポッジとの関係が最初の大きな破局を迎えた時期であった[90]。その後ヴァレリーは散文詩集『アルファベット』の構想を練るかたわらこの散文詩にも推敲の手を入れ、一九三五年六月に「再読[91]」しているが、それはちょうどルネ・ヴォーチエに別れを告げる手紙[92]を書いた頃である。最後の加筆がなされたのは一九四五年五月、ジャンヌ・ロヴィトンから別の男と結婚をするという「斧の一撃[93]」を受けたその一カ月後のことである。ヴァレリーは「天使」をジャンヌに送っている――「誰かに捧げられるはずであったが、誰に捧げるべきか分からない」と呟きながら[94]。その後まもなくヴァレリーは胃潰瘍を患って病床に臥し、七月二〇日、七十三歳で世を去るが、「天使」は彼が愛に挫折する度に舞い戻ったテクスト、おそらくは癒しがたい愛の人間的な苦しみからみずからの精神――天使――を解き放つために書き継がれたテクストであると思われる。

先にも言及した「ナルシス神話の二重の機能」を再度確認しておこう。この神話は、自己と他者が限りなく接近するナルシス的な愛の理想を夢見させる一方、現実の愛に苦しむ自分を他者として凝視することにより、そこから天使的な自己を救うための方途ともなった。他者を自己と見るにせよ、自己を他者と見るにせよ、常にナルシスの神話がモデルとなっているのである。ヴァレリーのうちには、森本淳生が指摘したように、「独我論的に自我を純化していく方向性」と「他者との間に究極的な生の目的とも言える関係を築こうとする方向性」が認められるが[95]、その接点には、自己と他者との重層的な関係を貫くナルシス的な意識あるいは欲望があるのではないかと思われる。

書簡的エクリチュールとプライベートな読みの次元

以上、ヴァレリーの恋愛書簡とナルシス詩篇の関連として、女性単数形の「愛《アムール》」という特殊用法を起点に、文法上の性のゆらぎと両性具有のイメージ、恋愛対象のナルシス化、ナルシス詩篇における愛人の影といった点を論じてきたが、本稿を締めくくるにあたり、書簡的エクリチュールとナルシスの主題の関連性について考えてみたい。

先にも引用したヴァレリーのポッジ宛の手紙――「おお、なんと私の願いのすべてにあなたは似ていることか」という「ナルシス断章」の一句を引用し、「このナルシスのほとんどすべてはまさしくあなたのことを語っているのです」と打ち明ける手紙――の前段には、次のような言葉が見出される。

私はきっともう何も書かないだろう、もう君のためにしか、ただ君に宛ててしか書かないだろう。本当に奇妙なことに、また哲学的驚異というべきことに、私の「懐疑主義」は〔それを推し進めた〕結果、君についての考え以外、あらゆる知的対象はどうでもいいと思うまでなったのです。(96)

「ただ君に宛ててしか書かない」――これはもちろん誘惑の言葉でもあるだろうが、唯一の相手に向けて書くということは私的な手紙の本質的特徴であり、ヴァレリーの青年期の友情書簡から後半生の恋愛書簡にまで一貫して認められる志向である。とりわけ公に作品を発表しなくなったいわゆる「沈黙期」のヴァレリーは「書かれたものの欠陥」ないし「虚偽」を意識し、その原因は「漠然とした大衆に言葉をかける」点にあると考えていた。(97) 唯一の宛先を持つということは、不特定多数の読者を想定する「作品」から私的な「手紙」を区別する指標にほかならない。が、それはまた同時に、ヴァレリーによれば、一般大衆に開かれた「作品」にもひそかに通底しうるものである。一九四一年の『カイエ』に記された『わがファウスト』の素描には次の言葉が見られる。

最も深い思想は私たちの内にある闇から出て、誰かのところへ向かう。芸術作品とはこの他者を見出そうとする素朴な行為である。(98)

「誰か」特定の他者に向けて書くという書簡的エクリチュールの特質は芸術創造の秘訣ともなるのである。唯一の宛先となりうるこの「誰か」を見出すこと、それこそヴァレリーが「友情」を理想とした青年時代から「愛」に目覚めた後半生まで生涯にわたって求めたものではなかっただろうか。もう一歩踏みこんで言えば、そのような「唯一の対象(99)」を希求するところに、すでに「ナルシス」的な何かが潜んではいないだろうか。〈唯一の他者〉を求める心は〈唯一の自己〉という意識から出てくるものかもしれない。ヴァレリーの恋愛書簡はこの意味でもナルシスの主題と共鳴すると言えよう。

本稿では「ナルシス」を主題とする詩篇にカトリーヌ・ポッジやジャン・ヴォワリエとのプライベートな関係が読み取れることを確認したが、同様のことはヴァレリーの他の作品にも認められるだろう。哲学者アランによる「『魅惑』の注解」に対して実作者ヴァレリーが述べた言葉――「私の詩句はひとがそれに与える意味を持つ。私が与える意味は私にだけ適合するものであり、誰〔の解釈〕と対立するものでもない。(100)」――は、詩の「唯一かつ真の意味」という幻想とともに作者自身の解釈の特権性を否定し、「詩の本性」はその多義性および解釈多様性にあると主張したものとして知られる。が、他方でヴァレリーは「私にだけ適合する」意味があることも否定していない。恋愛書簡はまさしく私的なものだが、単にそれだけではなく、不特定多数の読者に開かれたパブリックな作品にプライベートな読みの次元があることを示唆するものでもある。本稿のはじめに触れた女性単数形の「愛」という言語上の特徴は、そのようなヴァレリーの作品に秘められた読みの次元を開示する印のひとつではないかと思われる。

【注】

（1）「ナルシス断章」は断章ごとに各種雑誌に発表され（一九一九年に第一部、一九二二年に第三部、一九二三年に第二部）、一九二六年『魅惑』第二版に全三部まとめて収録された。

（2）清水徹『ヴァレリーの肖像』、筑摩書房、二〇〇四年、一一頁。

（3）« Sur les “Narcisse” », in Paul Valéry, *Souvenirs et réflexions*, édition établie par Michel Jarrety, Bartillat, 2010, p. 99.

（4）BnF*ms*, NAF 19013, « Narcisse II », f. 127.

（5）*FC*, 287.

（6）*FC*, 346.

（7）執筆時期は「一九二二年の春」から「一九二二年七月」と推定される。*FC*, 467-469.

（8）一九二六年五月一四日の『日記』に書かれている。*J*, 351-352.

（9）「賢女に捧げるオード」は八音節十行七節からなる一方、「さようなら《ウァレー》」は十音節四行に四音節一行を添える五行詩を六節連ねる（ただし第二節のみ四音節詩句一行を欠く）。

（10）*LN*, 59.

（11） *LN*, 64.　同種の用例はほかにも見られる。*Cf. LN*, 72, 123, 138, 168.

（12） « Grande Beauté, Rose spirituelle / Vous dont je veux l'*amour perpétuelle*, » (Paul Valéry, *Corona & Coronilla. Poèmes à Jean Voilier*, Editions de Fallois, 2008, p. 25).

（13） « *Cette profonde amour* qu'irrite le plaisir » (*ibid*., p. 152) ; « Où nous avons aimé de *toute notre amour*. » (*ibid*., p. 175).

（14） « C'est mieux qu'amour, car *toute amour* se fond » (*ibid*., p. 28) ; « Une mer sans amour ; *une amour* sans... vigueur ; » (*ibid*., p. 78) ; « Mais d'*une amour* de qui l'esprit travaille » (*ibid*., p. 94) ; « Son vol en *pleine amour* ne devait pas finir, » (*ibid*., p. 160) ; « En qui *la même amour* s'aime, abonde et s'épanche, » (*ibid*., p. 165).

（15） 「『ファウスト』第三部〔Der dritte FAUST〕／ルストの独白（第三幕）の素描の抜粋」と題する草稿。« Mais Toi, mon Faust, toi seul, m'as fait connaître ou croire que tout autre pouvait être le destin d'*une amour* » (*LJV*, 239).

（16） *C*, XXIX, 564 / *C1*, 476.

（17） Kristoffer Nyrop, *Grammaire historique de la langue française* [1899-1930], Genève, Slatkine Reprints, tome III, 1908, p. 379-380, § 699.

（18） Ferdinand Brunot, *Histoire de la langue française : des origines à nos jours* [1905-1938], Armand Colin, 1966, tome IV, p. 796-797.　フェルディナン・ブリュノはヴァレリーと親交があり、一九三二年に自著（*Précis de grammaire historique de la langue française* [1899]）を送っているほか、一九三七年ブリュノらが設立したフランス語協会（Office de la langue française）にヴァレリーも名を連ねている。*Cf.* Michel Jarrety, *Paul Valéry*, Fayard, 2008, p. 990-991.

（19） Nicolas Andry de Boisregard, *Réflexions sur l'usage présent de la langue françoise*, Laurent d'Houry, 1689, p. 50.

（20） Scipion Dupleix, *Liberté de la langue françoise dans sa pureté*, Denys Bechet, 1651, p. 142.

（21） Claude Favre de Vaugelas, *Remarques sur la langue françoise* [1647], nouvelle édition par A. Chassang, Librairie de J. Baudry - Versailles, Cerf et fils, 1880, tome 2, p. 108-109.

（22） Maurice Grevisse, *Le Bon usage* [1936], 16e édition, par André Goosse, De Boeck Supérieur, 2016, p. 646.

（23） たとえば、一六世紀のクレマン・マロの詩では amour はほぼすべて女性形だが、一七世紀になると男性形と女性形が混在し、ラシーヌやコルネイユの劇には両方とも見られる。コルネイユは『ル・シッド』の改訂にあたり、当初女性形にしていた amour を男性形に変更したという（Kristoffer Nyrop, *Grammaire historique de la langue française*, III, p. 380）。またラシーヌの息子ルイは『ブリタニキュス』や『イフィジェニー』に見られる女性単数形を「情念の愛」や「情愛」を指すためと正当化している（Louis Racine, *Remarques sur les tragédies de Jean Racine*, 1752, I, p. 264-265, II, p. 38, 45）。なお、デカルトの『情念論』では単数形でも女性形の方が優勢である。一八世紀のヴォルテールの劇では男性形の方が優勢となるが、女性単数形の例がないわけではない。

（24）　Ferdinand Brunot, *Histoire de la langue française : des origines à nos jours*, t. XII, p. 275-276.

（25）　Émile Littré, *Dictionnaire de la langue française* [1863-1872], édition revue et augmentée, 1873-1877, 4 vol, Librairie Hachette et Cie, t. I, p. 134.　リトレはまた「単数複数を問わず男性形に統一すべき」とする「文法学者の厳格主義」がもたらす弊害を指摘し、もしアカデミー・フランセーズが同じ立場を取っていたなら、「「愛」を女性形で用いた作家たちの一節が多くの読者により誤用とみなされ、われわれの作家たちについての記憶とわれわれの喜びにとって甚大な損失となったであろう」と述べている。

（26）　一八九〇年作のソネットには一箇所見られる（ton amour）が、男性形か女性形かは明らかではない。*Œ*, I, 308.

（27）　BnF*ms*, NAF 19012, « Narcisse I », f. 55.

（28）　« Mais *notre amour*, sais-tu, qu'a qu'*elle-même*... *Elle* ose / À peine pour *soi seule* être la seule rose » (*ibid*., f. 36) ; « Une prière aux dieux qu'attendris d'*une amour* / *Si vaine*, sur sa pente ils arrêtent le jour ! » (*ibid*., f. 94).

（29）　amour の女性形によって profonde - onde と押韻する。

（30）　« l'amour véritable » は男性形か女性形か一見判断しかねるが、後続詩句で女性形代名詞 elle で受けられている。なお草稿では男性形代名詞 il であった。BnF*ms*, « Narcisse II », f. 25.

（31）　Ferdinand Brunot, *Histoire de la langue française : des origines à nos jours*, t. VI, p. 1575.

（32）　『旧詩帖』所収以前に、一九〇〇年『今日の詩人たち』所収の際に男性形に改変された。

（33） délice は音韻面においても Narcisse と押韻し、「ナルシス交声曲」の最終場面では Narcisse のこだまとして délice の音が余韻を響かせる。*Œ*, III, 168.

（34） *ŒPl*, I, 1555-1556.

（35） *ŒPl*, I, 1556.

（36） ポッジの『日記』（一九二四年五月一一日）に書き写されたヴァレリーの言葉。*J*, 326-327.

（37） C, XXI, 884 / *C1*, 163.

（38） « Béatrice », *FC*, 220 ; *Œ*, III, 1424-1425. 原文ではここで文が完結せず、ソネット後半部に流れこむ。

（39） « Narcisse parle » (sonnet), *Œ*, I, 307-309.

（40） « La même et non / imité d'un poème égyptien », *LN*, 73-74.

（41） ヴァレリーが一九三一―三二年に書いた『固定観念』――「私」と「医者」の対話――には、ルネ・ヴォーチエへの報われない愛の苦しみが反映している。清水徹『ヴァレリー――知性と感性の相剋』、岩波新書、二〇一〇年、一二一―一二六頁を参照。

（42） 『ヴァレリー詩集　コロナ／コロニラ』、松田浩則・中井久夫共訳、みすず書房、二〇一〇年、三二一―三三三頁。
Cf. Corona & Coronilla, p. 13, 52.

（43） Michel Jarrety, *Paul Valéry*, p. 69.

（44） C, VIII, 594.

（45） C, XVII, 157 / *C2*, 519.

（46） 田上竜也「ヴァレリーにおける意識のナルシス構造について」、『慶應義塾大学日吉紀要　フランス語フランス文学』第三五号、二〇〇二年、一八―三一頁を参照。

（47） *FC*, 30. *Cf. J*, 146-147. 一九二〇年七月五日のポッジの『日記』に記された表現。ポッジの引用には複数のヴァージョンがある旨、松田浩則「ヴァレリーとポッジ」、『ヴァレリーにおける詩と芸術』、三浦信孝・塚本昌則編、水声社、二〇一八年、一三一―一三三頁を参照。

(48)　*FC*, 38.
(49)　*FC*, 148.
(50)　C, VIII, 373 / *C2*, 431.
(51)　C, VII, 627 / *C2*, 405-406.
(52)　Jean de Latour, *Examen de Valéry*, Gallimard, 1935, p. 159. *ŒPl*, I, 1673.
(53)　*J*, 302-303. *FC*, 538.
(54)　*FC*, 554-555.　この手紙が書かれた時期は不確かであり、自筆の手紙（BnF*ms*, NAF 25768, Catherine Pozzi, « Correspondance I », f. 23）にはヴァレリーとは別人（おそらくポッジ）の筆跡で「一九二二年四月一四日」と記されているが、『往復書簡』の編者はそれを採用せず、「一九二四年五月九日」と推定している。いずれにせよ、ヴァレリーに対するポッジの非難は引用した『日記』の記述に限ったものではなく、それ以前からくり返しなされている。
(55)　「ナルシス断章」では小文字だが、ポッジ宛の手紙では大文字のようにも見え、『往復書簡』の編者は大文字と解読している（*FC*, 555）。ただし、『往復書簡』に見られるギュメ（Presque tout ce « Narcisse »）は実際の手紙には見られない。BnF*ms*, NAF 25768, Catherine Pozzi, « Correspondance I », ff. 23-24.
(56)　当該箇所（第二部・第二四五―二五二行　« Je vous salue, enfant... » ～ « à la faible amitié »）のほか、第三部の第二九五行（« Votre bouche »）のみ。なお、初期詩篇の「ナルシス語る」では、ナルシスが自分自身に対して二人称の敬称を用いることはない。
(57)　BnF*ms*, « Narcisse I », f. 87.
(58)　それはポッジの手紙にも認められる特徴であるが、ポッジはさらにフランス語のvous（あなた）に綴りの点でよく似たギリシア語のνοῦς（知性《ヌース》）を重ねるかたちで、フランス語のvをギリシア語のνに置きかえて綴ったりもしている。« Mon vous seul [...] », *FC*, 181.
(59)　ポッジの「身体の脆さ」への言及は一九二二年四月頃の手紙に散見する。*FC*, 371, 375.

（60） ポッジ自身の回想による。*FC*, 518.

（61） 松田浩則「ヴァレリーあるいは『愛の子ども』」、『ヴァレリー研究』第五号、二〇〇九年、九―三二頁、「《書評》Paul Valéry, *Lettres à Jean Voilier. Choix de lettres 1937-1945*, Gallimard, 2014」、同誌第六号、二〇一六年、三九―四〇頁、および「《書評》Catherine Pozzi et Paul Valéry, *La Flamme et la Cendre. Correspondance*, édition de Lawrence Joseph, Gallimard, 2006」、同誌第七号、二〇一七年、九四―九五頁を参照。

（62） *FC*, 171.

（63） *FC*, 172. 松田浩則、前掲書評、『ヴァレリー研究』第七号、九四頁を参照。

（64） *FC*, 130, 151, 161, etc.

（65） *FC*, 39, 161, etc.

（66） 付言すれば、「わが魂と水面との間に生まれた子〔enfant de mon âme et de l'onde〕」という表現は、一九二二年三月二日ヴァレリー宛のポッジの手紙に見られる表現――「私の子どもが「水と霊から」蘇る〔mon enfant renaît « d'eau et d'esprit »〕というのは本当に本当のことなのでしょうか?」（*FC*, 332）――と関係があるかもしれない。『往復書簡』の編者が注記しているように、「水と霊から」という表現は『ヨハネによる福音書』の一節（第三章第五節）「イエスは答えられた、「よくよくあなたに言っておく。だれでも、水と霊とから生れなければ、神の国にはいることはできない。」（日本聖書協会『口語　新約聖書』）を踏まえたものである。「ナルシス断章」第二四五行の冒頭（Je vous salue...）が、天使祝詞「アヴェ・マリア」の冒頭を想起させることからも、この一句にはキリスト教的色彩が顕著に認められる。

（67） Florence de Lussy, *Charmes d'après les manuscrits de Paul Valéry. Histoire d'une métamorphose*, Lettres modernes Minard, 1990, 1996, t. II, p. 591.

（68） 「愛しい身体、わが恥じらいの神殿にして占師よ〔Cher *corps*, de ma pudeur le *temple* et le devin〕」「おお私の身体、私の愛しい身体、私をわが神性から隔てる神殿よ〔Ô mon *corps*, mon cher *corps*, *temple* qui me sépares / De ma divinité〕」。BnF*ms*, « Narcisse II », f. 40, f. 40bis.

（69） ポッジと関係が深い対話篇『エウパリノス』にも同様の発想が見られる。*Œ*, I, 492.「この優美な神殿は、だれが知ろう、僕が幸せな恋をしたコリントスの娘の数学的形象なのだ。」（清水徹訳『エウパリノス・他』、岩波文庫、二〇〇八年、三〇頁）。

（70） *FC*, 154. BnF*ms*, NAF 25769, Catherine Pozzi, « Correspondance II », f. 180.

（71） *C*, VII, 691, 692 / *C2*, 411. プレイヤード版『カイエ』の編者は「愛を表す記号と思われる」と注記しているが、特にカトリーヌ・ポッジとの関係を示す記号だろう。

（72） BnF*ms*, NAF 19032, « Dialogue II », f. 76.「神的なる事柄について」の草稿。

（73） BnF*ms*, « Narcisse I », f. 176.

（74） BnF*ms*, « Narcisse I », ff. 26, 27vo.

（75） « O qu'à mes souhaits / Que Vous êtes semblable / Mais la fragilité vous fait inviolable », *idem*.

（76） CNRS版『カイエ』には未収録の断章。Cahier 95 « R », f. 31, cité par Florence de Lussy, *Charmes d'après les manuscrits de Paul Valéry*. p. 692-693.

（77） Ned Bastet, « Genèse et affects : le Fragment II du Narcisse », *Écriture et génétique textuelle. Valéry à l'œuvre*, textes réunis par Jean Levaillant, Lille, Presses Universitaires de Lille, 1982, p. 89-110.

（78） BnF*ms*, NAF 25768, Catherine Pozzi, « Correspondance I », f. 17ro-vo. *Cf. FC*, 370.

（79） 「はしがき〔Avis〕」にはこう記されているが、ヴァレリー自身この共同制作にかなり積極的であった。Michel Jarrety, *Paul Valéry*, p. 1019-1020.

（80） *LJV*, 49, 54.

（81） *LJV*, 55-56, 96, 104.

（82） *LJV*, 55-56.「ナルシス交声曲」第三場、第一三一―一五三行詩句に相当する一節。

（83） *LJV*, 202.

（84） *LJV*, 478.

（85）*Corona & Coronilla*, p. 132.

（86）*LJV*, 96. 一九三九年四月初旬推定の手紙、強調（Narciss*a*）はヴァレリー自身による。

（87）ナンフたちが自分たちの愛を受け入れないナルシスに暴力を振るうという筋立ては、ヴァレリーとポッジとのあいだで再活性化したオルフェウスの神話に通じるものとしても注目される。

（88）この点についてはプレイヤード版『作品集』の「ナルシス断章」注記（*ŒPl*, I, 1673）、プレイヤード版『カイエ』の「自己と個人性」の諸断章（*C2*, 284-285, 306-308, etc.）および清水徹『ヴァレリーの肖像』、三八八―四〇二頁を参照。

（89）*C*, VIII, 370 (Paul Valéry, *Poésie perdue. Les poèmes en prose des Cahiers*, édition de Michel Jarrety, Gallimard, « Poésie », 2000. p. 151-152). *Cf.* Cahier « Gladiator » (BnF*ms*, NAF 19132, ff. 1-27). なお一九二一年一〇月に書かれたと推定される「ナルシス断章」草稿中に「天使」の萌芽が見出される。« Narcisse II », f. 153. *Cf.* Florence de Lussy, *Charmes d'après les manuscrits de Paul Valéry*, t. II, p. 676-677.

（90）本書、二七および二二二頁を参照（「呪われた一九二一年一〇月二三日」）。

（91）ミシェル・ジャルティによる（*Œ*, III, 1302）。その根拠となっていると思われる一九三五年六月二日のエミリー・ヌーレ宛の手紙において、ヴァレリーは『アルファベット』や「天使」などからなる「散文詩集」の構想を打ち明けている（*Œ*, II, 1041）。

（92）一九三五年四月九日の手紙。*LN*, 189-191.

（93）一九四五年四月一三日の手紙。*LJV*, 471.

（94）一九四五年五月一五日の手紙。*LJV*, 489.

（95）森本淳生「ヴァレリーにおける他者関係の希求と「不可能な文学」」、『ヴァレリーにおける詩と芸術』、水声社、二〇一八年、一〇三頁。

（96）*FC*, 554.

（97）一九〇〇年四月六日ギュスターヴ・フルマン宛の手紙。*Corr. V/F*, 157.

（98） *C*, XXIV, 836 / *C2*, 542. *Cf*, *ŒPl*, II, 1414.

（99）「唯一の対象〔unique objet〕」という言葉は「ナルシス断章」（v. 276）や「ナルシス交声曲」（v. 123）に見られると同時に恋愛書簡にも散見する。*FC*, 143. *LN*, 43. *LJV*, 543, etc.

（100） *Œ*, II, 293.

ヴァレリーと犯罪

――カトリーヌ・ポッジと「奇妙な眼差し」の形成について

塚本昌則

「最後の審判のときになれば、ほとんどあらゆる人びとが人殺しであったと分かるだろう。愛が、作品が、欲望があるためには――殺人がなければならなかった」[1]――これが「知性の人」ヴァレリーの書いた言葉だと、にわかに信じられるだろうか。ヴァレリーはなぜこのような言葉を書いたのだろうか。その背景には、いったい何があったのか。

最初に言えることは、この言葉が一九二〇年代のカトリーヌ・ポッジとの恋愛関係と深く関わっていることである。ヴァレリーはこの出会いを「オルフェウス」という作品に形象化しようとし、いくつかの断章を書いたが、作品が完成することはなかった。冒頭の引用は、オルフェウスの語る言葉として書かれた草稿の一節である。つまり、この草稿にはきわめて個人的な事情が関わっていて、エウリュディケが死ななければ歌はなかったという神話の文脈だけで、殺人という言葉を考えることはできない。ヴァレリーの作品において、このように「人殺し〔meurtre〕」や「犯罪、罪〔crime〕」という言葉が使われているテクストを探ってゆくと、とりわけ一九二〇年代以降の作品に集中していることが分かる。具体的には、一九二〇年以降の『カイエ』、カトリーヌ・ポッジとの出会いの衝撃を直接反映している一九二一年の『エウパリノス』と『魂と舞踏』、さらに一九三〇年の『言わざりしこと』、一九四一年の『邪念その他』、一九四三年の『樹をめぐる対話』などである。ポッジとの出会いの何かがヴァレリーに殺人、犯罪、罪という言葉を使わせるようになり、詩人はその後晩年にいたるまで、こうした言葉の意味を断続的に追究したという構図が浮かびあがってくる。『カイエ』には、夢との関連で一九一〇年代に孤立した用例があるものの、犯罪、そして殺人についてヴァレリーが正面から意図的に考えようとしたのは、ポッジとの出会い以降であるとほぼ断定できるだろう。

リクールは、「罪悪感〔culpabilité〕」、「罪〔péché〕」、「穢れ〔souillure〕」などの過ちの経験は、間接的に、象徴的な形でしか語ることができないと指摘した(2)。自己からの疎外にほかならない罪の瞬間は、ひとりの個人が犯した具体的な行為の記述という形で述べることはできず、これまで語り継がれてきた象徴的な体験という形でしか語ることができないというのである。悪について語ろうとするとき、間接性、象徴性が問題となるという視点は示唆に富んでいる。犯罪について語るとき、ヴァレリーは虚構の作品の登場人物の口を通して語るか、精神のメカニズムのひとつとして抽象的に語るかという、きわめて間接的な形を意図的に取っている。それらがとりわけ完成されなかった作品の構想メモ、削除された草稿の一節、ヴァレリーがその価値を疑っていた夢の物語など、抑圧や抹消の対象となったテクストに書かれているという事実は、注目すべき現象ではないだろうか。犯罪という言葉は、ヴァレリーにおいて、夢の物語や作品の構想など、反省的意識によって十分制御されていない状態にいるときに現れる言葉であり、間接的、象徴的な形でしか語ることができない何かを伝えようとしているようにみえる。その何かは、初めはポッジとの関係のなかで言葉にされ、その後ではより一般的な精神の傾向として分析されるようになった。ヴァレリーは、犯罪という言葉を通して、いったい何を言おうとしていたのだろうか。この疑問を、ここではまずカトリーヌ・ポッジとの関係を通して検討し、次にヴァレリーが精神の一般的な傾向として犯罪を語るとき、そこで何が問題となっているのかという視点から考察してみたい。

ポッジとの出会いと「犯罪」

犯罪という視点から見たとき、ポッジとの関係から浮かびあがってくるのは、ヴァレリーが女性に求める異様な距離の近さである。極限まで距離を縮め、まるで相手と一体となろうとするかのような姿勢は、ポッジとの関係にかぎらず、ヴァレリーの女性関係に広く見られる傾向だが、容易に想像できるように、相手と文字通り合体することまで願うヴァレリーの接近への幻想は、時を経ずして幻滅へと変わり、そこから相手への憎しみがうまれる。その憎しみが作品の構想や夢のなかで、相手を殺すという極端な形を取るという構図が、ポッジとの関係で顕在化した。一八九二年、ロヴィラ夫人への恋において、すでにおなじような傾向はあったものの、失望は相手へは向かわず、自己の否定に向かった。ヴァレリーのエクリチュールは、ロヴィラ夫人への失恋と深く関わる形で始まったが、ポッジとの関係でこの詩人が語りだす「犯罪」は、彼自身のエクリチュールの推進力となる激しい感情のある側面を間接的に語っていると思われる。それははたしてどのようなものなのだろうか。

この疑問を考えるとき、検討すべき一次資料となるポッジとの恋愛書簡には、編集上の問題があって、完璧な資料とは呼べないものとなっている。[3] 二百通以上のポッジの手紙に対して、ヴァレリーの手紙は百通ほど、それも手紙の下書きや、ポッジの手になるコピーが多くふくまれていて、おそろしく均衡に欠けているのだ。これには一九三四年一二月に死去したポッジが、遺言でヴァレリーからの手紙の焼却処分を求め、それが実行されたため、ヴァレリーの書いた手紙の数が極端に少ないという事情がある。しかし、そうした不完全な、数少ない資料を通しても、ヴァレリーがポッジとの間に、自分との距離がほとんどないような、強い融合への思いを語っていたことはただちに明らかになる。典型的な言葉として、ポッジが書き記した次の言葉がある。「私は複数でありえるのか？　私はただひとりなのか？　私は数と両立できるのだろうか？[4]」「オルフェウス」の草稿にも、ふたりが融合する幻想への強い傾斜を認めることができる。「それは自分自身と話しあうことができる、ふたつの頭を持ったひとつの身体である。ふたつの頭は、自分のなかで起こることをたがいに言いあうのだ。[5]」ヴァレリーの「オルフェウス」は、ポッジをエウリュディケ、みずからをオルフェウスになぞらえた作品として読むことができるが、この関係にヴァレリーが何を求めていたのかを、このように明らかにしている。融合へのこの強い思いを、ヴァレリーはみずからの神秘主義と呼んでいる。「あらゆる神秘主義者はひとつの錬金術を追い求めています。存在を認識に、認識を存在に、相互に変質させるという錬金術を。[6]」相手との融合を願うだけでなく、その願望がひとつの形となって現れることを、ヴァレリーは求めたのである。

　驚くべきことに、ポッジからの手紙には、ヴァレリーのこの言葉に答える文言がいくつも見つかる。一九二〇年に始まった恋愛関係の初期において、ヴァレリーの神秘主義が現実となった瞬間が確かにあったのだ。「あなたは私です、分かるでしょう、おばかさん。あなたは私にまで到達できるただひとつの外的なものなのです。あなたのどの瞬間をとっても、そこには私の血管のリズムが刻まれているのです。[7]」しかし、ヴァレリーの呼びかけ、そしてそれに答えるポッジの答えがどのようなものであったとしても、距離のないふたり、ふたつの頭をもったただひとつの身体という幻想が、いつまでも維持されることがありえるだろうか。これほどまでの近さの誘惑は、早い時期に維持不可能であることが自覚されるのではないか。実際、ヴァレリーは、ふたりの人間がひとつに融合する状態をいつまでも結ぶことなどできないことにすぐに気づいている。神秘主義者としての夢は、二〇年代を通して続いてゆくポッジとの交際のごく早い段階、少なくとも出会いから一カ月半後には潰えている。「大いなる実験は成功しなかった。愛の鉛と思考の銀とが結合して認識の黄金へと変わることはありえなかった。この実験は以後も決して成功しないであろう。[8]」翌年一九二一年七月には、友人のアンドレ・ルベーに、ヴァレリーは次のように書いている。「最後には、自分の感情が憎しみに変わってしまったようだ。あまりに苦しみすぎたからだ。[9]」

このふたりの決裂を象徴しているのが、一見ささいな行き違いから分離、反発があらわとなった、「呪われた一九二二年一〇月二三日[10]」とヴァレリーが呼ぶ出来事である。その概略をまとめると、次のような出来事があったという。一〇月二三日、日曜日夕方、ポッジがパリで定宿としていたプラザ・アテネ・ホテルからリヨン駅に向かうため、ホテルの入口でタクシーを待っていて、ヴァレリーに一緒に来るように求める。列車は夜七時五五分発、ヴァレリーは見送りをすると、自宅に帰るのが八時一五分になる、それでは、家で八時から取るはずの夕食に間に合わないといって断る。タクシーが来てポッジが乗りこみ、その隣にヴァレリーが座るので、彼女が駅まで来るかと尋ねると、ヴァレリーはもう一度行けないと言う。「やはり行けません。どれほど僕の人生が、ずっといつも時間割に決定されてきたことがあなたには分からないでしょう……。」この言葉がポッジをうんざりさせて、ポッジは「降りて！　もう二度とお目にかかりません」と答える。この激しい諍いの後、ヴァレリーが何度手紙を書いてもポッジが答えない時期がつづき、ヴァレリーを絶望させることになる。[11]

この夜のことはヴァレリーの神秘主義の破綻を象徴する出来事となるのだが、興味深いことは、この出来事の後に書かれたテクストで、ヴァレリーが犯罪について語りだすことである。

この上なく愛しているばかりか、自分になくてはならないものを傷つけ、殺す。それと知りながら、そうしてしまう。そうせずにはいられない。そうせずにいる術を知らないのだ。私はあなたを殺さずにいる術を学ばなかった。

しかもこのことには病的なものはなく、錯乱もない。自然なことのようだ。〔……〕したがって殺人は意表をつくようなことではない――まるで我々という物体の本性に属していたことであるかのようだ。(12)――


ヴァレリーはこの後、犯罪を人間の本性に根ざしていることだと、くり返し書くことになる。実際に行動をおこさなくても、思うがままにならないものを前にして、その相手をこの世から抹消しようと考えるという点で、誰もが人殺しだとまでヴァレリーは主張する。「あらゆる人間は人殺しである。／あるちょっとした秘密の運動があり、――聞きたくないようなことを言う人を殺そうとし――心の底で消去し、消滅させようとする、咄嗟の反応があるのだ。(13)」この出来事の後、ふたりが再会するのは、一九二二年四月、南仏ヴァンスにおいてだが、この時ヴァレリーは武器を持っていたと、ポッジに告げ知らせたと、彼女は後の『日記』に記している。(14)

ささやかな行き違いにしか見えない「呪われた一九二一年一〇月二三日」は、ヴァレリーのテクストに犯罪にかかわる語彙を導入しただけでなく、この作家を読む上で決定的な重要性を持っている散文詩も生みだしている。「呪われた……」という文言が三ページ目に書かれている手帖の二九ページ目に、「天使」と題された「小抽象詩」が書かれている。訂正の多さから見て、これが初出形態でなかったとしても、ごく初期の形態であることは間違いないと思われる。(15)この詩は、最終的には「一九四五年五月」という日付が打たれた版が知られているが、この初出形態の驚くべきところは、最終版で消去される、奇妙な犯罪者への言及がふくまれていることである。ヴァレリーは自分に特徴的なものの見方を「奇妙な眼差し〔regard étrange〕」と呼んでいたが、詩人はこの言葉をこの世の事物に「無縁であること〔étranger〕」、そして「天使であること〔être ange〕」と結びつけている。(16)この草稿から、泉に映った自分の顔を見分けることができないという、最後まで維持されるモチーフが書かれた第一段落と、犯罪への言及がある第三段落を見てみよう。

I　天使のようなものがとある泉の辺《ほとり》に座っていた。天使は泉のなかの自分を見つめ、自分が人間であること、そして涙を流していることを見た。彼は波のなかに、無限の哀しみに苦しんでいる者を見た。自分の顔が自分とは無縁のものであるように、その苦痛は自分自身には無関係のものであるように彼には思われた。

（……）

III　そしてひとりの犯罪者も、どこか別の泉、あるいは同じ泉のなかにある自分を見つめていた。人びとが話しているあのすべての犯罪を、いったい誰が犯したのだろうか。私には犯罪

者の姿は見えない。この男は優しい様子をしているように見える。(17)

「天使」という散文詩は、自分のものであるはずの顔も、自分のものであるはずの苦痛も、自分のものとは認められないという、ヴァレリーが生涯にわたって展開した主題を正面から取りあげた詩である。この草稿では、犯罪者が天使と同列に置かれることによって、天使が泉に映った顔が自分のものであるのかどうか分からないだけでなく、自分のしたことが、本当に自分のしたことなのかどうか分からずにいる、という後には抹消されるモチーフが記されている。段落Ⅰと段落Ⅲのつながりは必ずしも明瞭ではないが、泉に映された男と、それを見つめる眼差しが問題となっているという点は共通している。この眼差しは、一方では涙に暮れている人の顔を、自分のものと見分けられずにいる。他方では、泉に映された男が、人々がうわさしている犯罪を犯した人間とは思えずにいる。もしこのふたつの段落に並行関係があったとすれば、段落Ⅲで語られているのは、人々が話しあっている犯罪を自分は犯したのかもしれないが、自分がそのようなことをしたとはどうしても思われない、という意味に取れる。天使が泉のほとりにいるのは、自分が相当な打撃を受け、その痛みがどのような姿を取っているのかを確かめようとしているだけでなく、何か決定的な罪を犯したために自分の姿を確認しようとしてのことだ――そのように読むことができる。「天使」の奇妙な眼差しは、自己の存在を自己と無縁のものと感じるだけでなく、自己の行動も自分とは無縁のものと感じている。この一節は残された最終稿では抹消されることになるが、自分のなしていることが、自分のしていることなのかどうか分からないという視点は、ヴァレリーの他の断章ではあまり見られないもので、詩のこの部分が消去されたこともふくめて、きわめて興味深い言葉だと思われる。ちなみに、一九二二年四月、ヴァンスでポッジと再会したときのテクストに、ヴァレリーは「私は自分の天使という資格において苦しんでいる」[18]と記している。

この散文詩に限らず、「呪われた一九二一年一〇月二三日」と書かれたページの前後には、奇妙な眼差しをめぐる断章がいくつも書かれている。ひとつだけ、後に「テスト氏の最後」に組みこまれることになる断章を見てみよう。

事物に対する奇妙な眼差し、見分けることがなく、この世の外にあって、存在と非＝存在の間に眼をすえている人間の眼差し、――それは思考する人のものだ。それはまた死に瀕した人の眼差し、認識を失いつつある人の眼差しでもある。その意味で、思考する人は死に瀕した人、あるいは〔復活する〕ラザロであり、いずれになるかは場合による。選択の余地はそれほどないにしても。[19]

考える人は、眼にするものが何であるのかを認知できない――このテーマは、ヴァレリーのさまざまなテクストを貫いてあらわれるもので、とりわけ「オランダからの帰り道」（一九二六）では、デカルトの方法とヴァレリーがみなしているものの核心に結びついている。「天使」の草稿が教えてくれるのは、ヴァレリーがこのテーマを、何らかの意味で犯罪と結びつけていたということである。そこでは、ポッジとの恋愛書簡が明らかにする融合の夢の対極にあるもの、世界からどこまでも離れて行こうとする精神の傾向が問題となっている。この世界からどこまでも離れていこうとする動きが、ヴァレリーが「犯罪」と呼ぶものと深く関わっているのである。ヴァレリー自身、次のように述べている。「離れてゆこうとするあらゆる人のなかには犯罪者の性質がある。夢想する人は、つねに住むことのできる世界に反して夢想するのだ。彼はその世界に関与することを拒絶する。隣人を無限に遠ざける。[20]」考えることには、他者から離れてゆく契機がはらまれていて、それを極端に押し進めれば、罪を犯すことに通じている——このような考察は、神秘主義への願いを現実化できるかもしれないと思わせた、ポッジという女性との出会いをきっかけとして、ヴァレリーのなかで広がっていったのではないだろうか。ポッジは、ヴァレリーの思索の営みの根底に、ある強い融合への願いと、その願いと相関して激しくこの世界から遠ざかろうとする動きがあることを顕在化させた。

ポッジとの恋愛が、このように犯罪と呼べるような激しさをおびていたことは、誰もが人殺しだという言葉や、「天使」の草稿だけでなく、ヴァレリーが記した夢によっても知ることができる。ヴァレリーはとりわけフロイトの夢理論を批判するなかで、夢の物語の価値を否定しつづけたが、『カイエ』をたどってゆくと、少なくとも百五十ほどの夢の物語を数えることができる。この夢の物語は、殺人や死という主題と親和性があり、ポッジとの出会い以前から、犯罪や死刑宣告などに関係する夢をヴァレリーは書きとめていた。そうした夢の物語のなかでも、ポッジとの関係において、蛇の死を語る次の夢はとりわけ印象的なものである。ラ・グローレはポッジの別邸のある場所であり、ヴァレリーはここでこの女性と初めて結ばれている。

夢──ラ・グローレの庭にかなりよく似た庭の夢を見た。驚いたことに、灌木《かんぼく》あるいは高い樹の一本一本の根もとに、短い、死んだ蛇が、地面にきちんと並べられているのが見えるのだった。私は蝮と無毒の蛇とを識別することができた。まだかすかに息をしている一匹の大きな蝮が、まだあれこれと見ていた。私は考えていた、いったいどんな方法を使って、これほど多くの蛇を殺したのだろう、なぜこれらの蛇は放射線状に、しかもこれほどおびただしく並べられたのだろう?(21)

ポッジとの恋愛において、ヴァレリーのなかの何ものかは死んだのであり、この詩人が蛇をしばしば知性の同義語として用いることから考えれば、最も大切にしてきた何かが破壊されたことをこの夢は語っている、と考えることは許されるだろう。一九二一年一〇月二三日の出来事の直後に、ポッジに宛ててヴァレリーが書いた手紙には、次のような言葉が見える。「私は麻痺し──打ちひしがれていて──私の全存在が無感覚としびれに襲われていています。まるで斬首によってあたえられた死の後にいるようなのです(22)。」

この夢と犯罪、もしくは死をもたらすような出来事との類似性を通して、ヴァレリーは精神についての洞察をさらに深めている。ヴァレリーが犯罪を精神のメカニズムのひとつとして考察するとき、どのようなことを考えていたのかを次に見てみよう。

精神は犯罪者なのか

犯罪は、ヴァレリーにおいて、偶然の出会いにだけ関係している主題ではない。ヴァレリーは犯罪について、より一般的な精神のメカニズムという視点から、さまざまな考察をくわえている。そこにも、カトリーヌ・ポッジとの関係で間接的な形で見えてくる、ヴァレリーを思考に駆りたてる衝動が見え隠れする。ヴァレリーが犯罪を考える大きな手がかりとするのは、夢の働きである。「あらゆる犯罪は夢に似ている」[23]――とヴァレリーは端的に言っている。「天使」の草稿から、犯罪にはある種の夢幻的な側面がある、行為の後で、そのような行為をおこなったのが本当に自分なのかどうか分からないと思える部分がある、ということを読みとることができた。犯罪に関する考察を読み進めていくと、ヴァレリーが犯罪を夢と比較し、その類推を深く掘りさげていることが分かってくる。犯罪と夢との類似を指摘した後、ヴァレリーは次のように言葉を続けている。「まさに犯されようとしている犯罪は、そのために必要なすべてを生みだすのだ――犠牲者、状況、口実、機会などを。」[24]犯罪をそれが生成する局面において捉えれば、その過程は夢に似ているというのである。これに関連して、ヴァレリーはある夢を記述しながら、その夢では犯罪が結晶の核のような役割を演じていたと述べている。知っていたはずの生活が分解され、流動的になったものを、再結晶化させる力が、夢のなかで犯された犯罪にあったというのである。犯罪と夢には、ある「仮定的な要素」を日常のなかに導入することで、新たな生をたちまちのうちに構築する力が秘められている、というのがヴァレリーの観察である。

首尾一貫し、物語となっている夢は、多くの場合、ある仮定的な要素が主体の決まりきった生活に導入され、それが人生の流れを変える形で構成されているように思われる。かくして、私は自分がある犯罪を犯した夢を見た。自分がその行為に引きずりこまれるのを私は見る、あるいはこの仮定的行為が私の実人生の構造に及ぼす作用から、さまざまな結果が生じるのを見る。私の知っている人々、彼らの疑惑、私のさまざまな不安——まるで真実を出発点としているかのように、すべてがおのずから整然と配置される。ちょうど小説家の想像力がそうするように。(25)

自分の犯した何らかの罪によって、自分の生活がすっかり変貌してしまう——夢で垣間見たこの状況から、ヴァレリーは夢には、ひとが日常生活において生きている状況を、何らかの「仮定的な要素」を導入することで組みかえる力が働いていると推論している。そこに働いている力は、ヴアレリーによれば、共鳴である。夢と犯罪という現象には、生活のあらゆる細部に浸透し、その細部を組みかえながら新しい空間を構成してゆく、「共鳴器〔résonateur〕」のような力が働いている。その共鳴作用によって、見慣れたはずの生活がすっかり組みかえられ、配置しなおされるというのだ。それだけではなく、共鳴作用によってありふれた生活が一変するメカニズムを、ヴァレリーは夢と犯罪に限られない、より一般的な精神の傾向であると主張する。

Mnss　精神は犯罪をかすめている

犯罪を犯しながら、まだ知られずにいる人間は、この秘密と、見つかるのではないかという恐れによって、一個の共鳴器となるのであり、その秘密、恐れはつねに彼のなかに目覚めていて、朝は彼を目覚めさせ、夜は彼をじっと監視している。――絞首刑に値する者のいる家では、紐という言葉を言ってはならない。――彼が耳にするあらゆる犯罪、遠くからでも犯罪、裁き、罰等々と響くものすべては、彼のなかで途轍もなく鳴りひびく。他人に見えないものが、彼には見えるのだ。

どのような人間も自分の犯した犯罪と、吊り下げられた鐘を持っている。そのようにして彼は〔その犯罪に共鳴する〕特殊な感受性を獲得したのだ。[26]

このように、特殊な感受性を獲得し、その感受性に響くあらゆる要素に注意を凝らす傾向を、ヴアレリーはとりわけポッジとの出会い以降、精神の本質的な傾向として全般化することになる。「実際には、罪はこれをしたとかあれをしたとかという点にはない。あるがままの自分であること、それが罪なのだ。[27]」ポッジとの関係が思うようにならなくなったとき、ヴァレリーは詩の根底に最愛の人間の死を見いだすオルフェウス、さらに何か重大な犯罪を犯したかもしれない「天使」について書いていたが、やがてそれを個別の事象というより、精神の一般的な傾向とみなすようになっていくのである。しかし、精神のあるがままの姿が、自己を共鳴させる何らかの動機が伝播してゆく過程であったとしても、その傾向は強い反省的傾向によって中断され、批判の対象となる。ヴァレリーによれば、共鳴による世界の再構成は、多くの場合生活のすべてを作りかえてゆくような力を持たない。自発的に形成され、現実の大きな結果をもたらさないまま、消えてゆく現象だというのである。「この蠅はいらだたしい――私はその蠅を殺す。この枝が私をちくちくさせる、そこで私は枝を折る。犯罪は、それが自発的に思いえがかれる局面から見れば、まったく同じことである。したがって、人間はたやすく犯罪のイメージでいっぱいになるのであって、人間は犯罪のイメージを好んでいるものの、その大部分は顧みられることさえないのだ。[28]」萌芽状態での犯罪は、誰の心のうちにもある。それをイメージにとどめることと、現実生活のなかで実行することの間には、深淵のように大きな隔たりがあるというのである。

しかし、ヴァレリーが犯罪＝罪〔crime〕を、あるがままの人間の状態であるというとき、そこには単なる反射の領域にとどまらない、深く、棘のように実存に刺さる何かを語っていると思われる部分がある。「あるがままの自分であること、それが犯罪＝罪なのだ」――これほど強い言い方はどこからくるのだろうか。自分の身のまわりで生じるあらゆることを変貌させる、そのような力をもったものは、ヴァレリーにとっていったい何だったのかを問わなくてはならないだろう。ヴァレリーの探究という大きな文脈から見たとき、犯罪＝罪という言葉は、「傲慢さ〔orgueil〕」が深く関わっているのではないか、というのが最後に検討してみたい仮説である。傲慢さは、ヴァレリーがみずからシステムと呼ぶ、独特のものの見方の形成において重要な役割を果たした特徴的な気質である。ヴァレリーはこの言葉を、通常、自尊心や誇りという意味で使っているようにも見えるが、そこに七大罪のひとつとしての「傲慢さ」という意味を見出すことができるテクストが数多くある。ヴァレリーの奇妙な眼差しは、「傲慢さ」を独自の形で捉えなおすことで生じたものなのである。

ヴァレリーには自分独自の道を「傲慢さ」によって歩みはじめたという自覚がある。一九三〇年代、ヴァレリーは一八九二年の危機を通して自分に固有の道を進みはじめた頃のことを、何より「傲慢さ」のなせる業だったとさまざまな断章で語るようになる。ロヴィラ夫人への満たされない思い、ランボー、マラルメという詩人にはなれないという思い、要するに自己への深い懐疑にとらわれたとき、深い受動性から出発しながら、そこにみずからの方法を見出したという自負がヴァレリーにはある。それは自己の存在の殺害といっても言い過ぎではないような、ある深い変貌をもたらした出来事であり、われわれの知るヴァレリーは、自分の人生を生きることを止めるという決意から始まると言っても過言ではない。それがどうして「傲慢さ」と関係しているのか。若いヴァレリーを捉えた危機は、彼の矜持を打ち砕いただけでなく、その存在さえ無に帰すような激しい力との出会いであり、深い受動性のうちに彼を置くものだったが、そこから彼にしか可能ではなかったものの見方を引きだしたという意味で、ヴァレリーはみずからの方法を傲慢さゆえに造りだしたというのである。典型的な断章を引用してみよう。

急性の傲慢さの効果によって——それは十九歳／二十歳のとき私を捉えた奇妙な発作であり——私の精神の確実で明確な弱さを前にしての——私を打ちのめしていたさまざまな比較を前にしての——私のなかの何かよく分からないものに対する信仰ででもあるかのような、証拠のないある力の反応であったが、そういう効果によって、そして自己発生的な変形作用や評価のある局面において、私は私のなかにひとつの存在を、ひとつの独断的教義を、ひとつの国家理由を、ひとつの不寛容を、ひとつの意志を、ひとつの**島国意識**を創りだした(29)［……］。

ヴァレリーの抽象的な言説は、自分を窮地におちいらせるような、とてつもない外部の力との接触において、初めて十全な意味をもつところがある。ヴァレリーがみずからのものとみなす天使の眼差しは、あらゆるものが自分とは無縁な、奇妙なものと見なすような眼差しだった。その眼差しは、自己でさえ、さまざまな認識や感情が行き交う、自分とは無縁の劇場とみなすまで、この世界からの激しい乖離をもたらすものだった。ヴァレリーはそのような眼差しが、「急性の傲慢さの発作」によって形成されたと言っているが、そのことは逆にこの眼差しが、どれほど自己を追いやる外部の力と結びついているかを示している。自分を追いつめたものを夢幻状態においてこの世から消し去ろうとするような、そしてその意識せざる行為によってみずからをこの世界から断ち切るような感情の高ぶりを、ヴァレリーの奇妙な眼差しは秘めている。

憎しみ――我々の「傲慢さ」に加えられた危害に由来する、深く、破滅させるような感情の悪化〔……〕。

我々は精神のうちで、あるいは現実のなかで打ちたてたものの脆弱さや虚しさを誰かから痛感させられると、そのひとの破滅を狂おしいばかりにのぞむのだ。

そういうひとを、我々は消し去りたいとのぞむ。我々を否定するものは破壊したいとのぞむのだ。だから、そうした憎しみは、少なくとも、我々の傷つけられた幻想に比例する。(30)

外の力に打ちのめされる弱い自分を受け入れ、その自分から切り離された眼差しをもつこと、自分という存在さえさまざまな意見、観念、感情の行き交う交差点のようなものと見なすような奇妙な、天使の眼差しを創りだすことが、ヴァレリーの書法の根底をなしている。ポッジとの出会いは、ヴァレリーの書法の出発点にあった原初的エネルギーをもう一度激しくよみがえらせた。ヴァレリーが築こうとした眼差しが、自分の存在を無に帰すような激しい感情とのせめぎあいのなかで意識されるようになったことは、どれほど強調しても強調しすぎることはないだろう。若い時には十分口にされなかった、ロヴィラ夫人への憎しみ、ランボーやマラルメへの敵愾心が、一九二〇年代のポッジとの出会いにおいてさまざまな形で表明されるようになった。異様な近さへの執着と、失望から来る激しい憎しみ、その感情を基盤とした人殺しの幻想は、自己の存在を無に帰そうとする力と、その力への「傲慢さ」の反応から生じるエネルギーという、ヴァレリーの書法の根底にあるものと深く関わっている。「犯罪」という言葉にヴァレリーが一定の意味を認めていたとすれば、それは自分を書くことへと駆りたてる力をこの作家がそこに認めていたからではないだろうか。

ヴァレリーの自負心は、彼の存在そのものを破壊する激しい力との対峙から生じた、あらゆるものから分離してゆく姿勢によって生みだされた。ポッジとの関係は、その分離の運動が、考えられないほど距離を縮めること、まるで相手と一体となろうとするかのような「ふたつの頭を持ったひとつの身体」という接近の幻想と深く関わる形で作りだされたことを示している。「私は〔一八〕九二年に、自分のありかたに雷撃を投げつけた。二十八年後、今度は雷が私の上に落ちてきた、――おまえの唇から。」(31) ポッジとの関係をめぐって、ヴァレリーが犯罪について書き記すとき、そこにはこの作家を書くことへと駆りたてる、不条理な感情の高ぶりがあらわれているのである。

[注]

（1） C, VII, 733 / *C2*, 413.

（2） 以下を参照。ポール・リクール『悪のシンボリズム』、植島啓司・佐々木陽太郎訳、渓声社、一九七七年、一七頁。「穢れは汚れの象徴のもとで語られるし、罪は、外れた的、曲がりくねった道、限度を越えることなどの象徴のもとで語られる。要するに、過ちのための言語は間接的なものであり、具体的なイメージに基づいているのである。このことはまことに驚くべきものをふくんでいる。自己意識は、そのもっとも低いレヴェルではそうしたシンボリズムによって自己形成するのであって、後になって初めて、その一次的な象徴の恣意的な解釈によって何らかの抽象的言語をつくり上げていくように見えるのである。」

（3） 出版上の問題については、次の書評を参照のこと。松田浩則「《書評》Catherine Pozzi / Paul Valéry, *La flamme et la cendre, Correspondance*, Édition de Lawrence Joseph, nrf, Gallimard, 2006」『ヴァレリー研究』第七号、二〇一七年、八九―九九頁。

（4） *FC*, 30, 168.

（5） *FC*, 668.

（6） *FC*, 205.

（7） *FC*, 105.

（8） C, VII, 665 / *C2*, 409-410. この『カイエ』には、書かれた期間が「一九二〇年六月二〇日〜一一月二〇日」とメモされている。ヴァレリーがカトリーヌ・ポッジの別邸に招かれ、ラ・グローレに赴いたのは九月一四日、一〇月七日にはパリに戻っている。ヴァレリーはその間にポッジと結ばれた。引用した断章は『カイエ』の最後の方にあり、パリに戻って一カ月半ほど経った頃に書かれたと思われる。

（9） *FC*, 179.

（10） C, VIII, 348 / *C2*, 429.

（11） *Cf. J*, 206-210.

(12) C, VIII, 346 / *C2*, 428.
(13) Valéry, *Choses tues*, *ŒPII*, 508.
(14) *J*, 409.
(15) ジャルティによれば、最初のバージョンは le cahier *Gladiator* (BNF, NAF 19132 MF 4329) に現れ、ここで引用する草稿は二番目のバージョンとなる。*Cf.* *Œ*, III, 1301.
(16) *Cf.* C, XV, 812 / *C1*, 131.
(17) C, VIII, 370.
(18) *FC*, 365.
(19) C, VIII, 340.
(20) Valéry, *Choses tues*, *ŒPII*, 513.
(21) C, IX, 671 / *C2*, 475.
(22) *FC*, 201.
(23) Valéry, *Choses tues*, *ŒPII*, 507.
(24) *ŒPII*, 507.
(25) C, IV, 585.
(26) C, VIII, 817.
(27) C, VII, 671 / *C2*, 411.
(28) C, VII, 696.
(29) C, XXIV, 405 / *C1*, 194.
(30) C, VIII, 427-428 / *C2*, 436-437.
(31) C, VIII, 762 / *C2*, 260.

愛のエクリチュールと「不可能な文学」
――マラルメ、恋愛書簡、〈私〉の回想録

森本淳生

「あなたの粘土」

一九二〇年に始まるカトリーヌ・ポッジとの関係は、孤独な思索に沈潜するテスト氏たるヴァレリーが「複数[1]〔ふたり〕」になるきっかけとなった。こうした複数性の最も強度の高い営みはもちろん、このポッジとの知的かつ情動的な交流だったが、二〇一七年に刊行されたルネ・ヴォーチエへの書簡集に見られる体験もまた、ルネが彫刻家であったことに由来する特異なもので、きわめて興味深い。

編者のミシェル・ジャルティに従うなら、[2]ヴァレリーは一九三一年一月五日にはじめて胸像のモデルとしてルネのアトリエを訪ねた。四月二八日の手紙からはポーズすることを心待ちにする姿が

垣間見える。六十歳にならんとしている老詩人は、若い女性彫刻家が目の前で粘土をこねて自分の像を作る姿を戦慄しながら眺めた。九月、滞在先の南仏アゲー近郊からヴァレリーは次のように書き送っている。

〔……〕私は耳や、首……にあなたの粘土のついた指を感じます。作品の首筋に触れられると、モデルの個人全体が震えるのです。何という悪魔的な芸術でしょう！　いまや彫刻は私の目にはまったく新しく、まったく不安な気持ちにさせる光のもとで姿を現しています。あなたは柔らかい土の塊をこねているだけのように思われますが、じつは、あなたは別のことをしているのです。深いところを見ることのできる人があなたの仕事ぶりを見たなら、その人は、生きたものをこねあげて、隠れているものを造形しようとしているあなたを見ることでしょう。(3)

この手紙の下書きらしきメモは、「あなた〔vous〕」ではなく「おまえ〔tu〕」を用いたかたちで『カイエ』にも残されており、「あなたの粘土」と手紙に署名するヴァレリーにとって、この彫像される体験がいかに強烈だったかが窺われる。(4)『カイエ』の少し先立つページには「エロス――NR――九月」の頭書とともに「またおまえだ〔te revoici〕」と記され、ルネ――NRは Renée のアナグラム Néère を示す――との出会いが、ロヴィラ夫人以来、生涯で何度目かのエロスとの遭遇であったことを示している。(5)

注目したいのは、生涯にわたって意識的な主体による制作を主張してきた詩人が、ここではみずから制作の客体に身を置き、そのことにこの上もない快を感じていることである。乙女像ガラテアを制作しそれに恋をしたキプロス王の故事になぞらえて、ヴァレリーは、ルネを「女ピグマリオン〔Pygmalionne〕」と呼び、生身の自分が他者の手によって作りあげられていくことに、ほとんど倒錯的な喜びを感じている。彫刻家が自分の彫像の「首筋」に触れるとき、彼はこの女性の指先が自分の皮膚をまさぐるさまを想像して身震いする。「首筋」の原語 **la nuque** は「うなじ」とも訳せるが、これは、若き日のロヴィラ夫人への惑乱で問題となった「うなじ」や、一九二〇年の『旧詩帖』版で改変された詩篇「水浴〔Baignée〕」に見られる「輝く金の頭《かしら》をうなじのあたりで墓が切る」という詩句を思い出させる。(6) このように死と交錯するものでもあった女性への愛を象徴するうなじは、ルネによる彫像体験においてはヴァレリー自身の首筋となって現れている。つまり――あえて言うならば――うなじの切断は女性の側からヴァレリー自身へと移行し、愛と死はヴァレリー自身の愛を通した死の誘惑として感じ取られているように見える。

ここで興味深いのは、胸像に瞳を入れるかをめぐってふたりの間に対立があったことである。審美的な理由から瞳を彫りこむことを拒んだルネに対し、ヴァレリーは著名な彫刻家ウードンの例を挙げて、傑作にも目があると反論しているが、ジャルティも註で指摘しているように、瞳を欠いた顔には死の影が漂う。(7) 一一月の書簡でデカルトの頭蓋骨を「長時間にわたり手にし、いじり、計測した」(8) と記すヴァレリーの心には、なかば無自覚なままであれ、自分の不吉な頭像の記憶がよぎっていたのかもしれない。

だが、愛する女性彫刻家によってみずからが作品として作りあげられていくことに対するこうした倒錯的な喜びは、それが死にまつわるものであり、そして何よりもヴァレリー自身の意識的主体の詩学に抵触するものであったがゆえに、すぐに抑圧されてしまったようだ。松田浩則が指摘するように、翌三二年二月の『カイエ』には、立場を入れ替えてルネをみずからの手で作りだす夢想が記されている。(9) 書簡では、立って制作するのは疲れると言うルネを心配しながら、座ったまま作れる小型の作品のために「ひとりの女性〔une créature〕」――が眠っているのを眺めるひとりの男」というテーマが提案される。とくに強調されるのは「苦しく緊張している等々ではあっても目覚めて眺めていることと、眠っている女の完全な脱力との間のコントラスト」である。(10)「眠る女」はすでに一九〇〇年初出の詩篇「アンヌ」のなかでヴァレリーが取りあげていたテーマである。一九二六年版以降、この詩には男たちとの激しい愛欲の行為を回想する詩節が加えられたが、(11) 愛する眠る女を眺める男の視線はこの詩には現れていない。同時代の作品ですぐに思い浮かぶのは、もちろん『失われた時を求めて』で眠っているアルベルチーヌを語り手が眺める場面であろう。

アルベルチーヌは、外部に存在していた自己のすべてをその身に呼びもどし、おのが身体のなかに自己をかくまい、閉じこめ、凝縮したのである。そんなアルベルチーヌをわが目におさめて両手に抱きかかえると、相手の覚醒時にはとうてい感じられない、相手を余すところなく所有している気分になる。本人の生命までが、私の言いなりになって、私の方へ軽やかな息吹を漏らしている。こうして漏れてくるアルベルチーヌの眠りという不思議なつぶやき、海の微風のような穏やかで月の光のように夢幻的なつぶやきに私は耳を傾けた。その眠りがつづいているかぎり、私はアルベルチーヌに想いを馳せ、それでいて本人を眺めることができ、さらに眠りが一段と深くなると本人に触れて接吻することもできるのだ。(12)

ヴァレリーが不眠の夜に思い描くルネの姿もまた、寝息や接触、口づけのテーマを含んでいる。

あの魅惑的な体、それは〔私の〕不眠が
眠っていると想像し、目覚めさせることなく
その寝息を聞きたい、夢から守ってやりたい、
敬虔に慈しみ、その指に口づけしたい
髪に、穏やかな瞼にそっと触れてみたい、
そして静けさのなかで狂ったように愛におぼれてみたいと望むもの(13)……

主体の位置に立つ男が、視線の客体として女性を眼差す——ジェンダー論に自覚的な今日の批評から見れば、これはあからさまなまでに男性中心主義的な欲望の無邪気な表現である。だが、たし

かに青年期に生み出されたナルシス詩篇や「テスト氏との一夜」から晩年の散文詩「天使」に到るまで、ヴァレリーは視線の主体の位置につねに身をおいてきたとはいえ、しかし同時に、そうした視線の主体が直面する危険や不可能性にきわめて自覚的でもあった。水面に映る自分の姿を愛するナルシスの陶酔は夜になってイメージが消えてしまえば終わらざるをえないし、純粋な視線である天使は存在することを決して理解できない。彫刻家ルネ・ヴォーチエの手によってこねあげられ、像として作りあげられることを、みずからの生身において感じたヴァレリーの体験は、そうした主体の彼岸をより徹底したかたちで表していたと考えてよい。

不在と創造

ここで改めて確認しておけば、ヴァレリーが中年期以降に経験した「エロス」とは、彼が若年期から作りあげてきた意識と知性による「システム」が危機に陥る体験だった。こうした危険に対しては、いま具体的に見たように、防衛機制が働く。ヴァレリーの「恋愛書簡」は「システム」が破綻する瀬戸際で紡ぎ出されたディスクールである。こうした営みは、エロスを知性によって完全に抑圧することも、またエロスが知性を完全に崩壊させることもなく、最晩年まで両者の緊張関係のうちにつづけられていく。しかし、愛のディスクールを紡ぐことは、そうした緊張関係を越えて、それとはまったく別の次元にある問題をヴァレリーに自覚させたように思われる。あらかじめ名づけておけば、それは存在の「欠如」に関わる「不可能な文学」ないし「不可能な作品」とでも呼ぶべきものである。

この問題を考えるために、恋愛書簡で語られる、愛する女性の不在について考えてみよう。ルネに対して——また後にはジャン・ヴォワリエに対して——ヴァレリーは——たとえば南仏の滞在先から——しばしば相手が目の前にいないことを託つ手紙を書き送っている。「私に連れ添うのは大きな不在です。[14]」愛する対象の不在は、手紙を書くことの文字通り衝動的な動機となる。「こんなことをあなたに書くのを許して下さい。あなたの近くにいるという幻想をえるために私にできることは、これしかないのです〔……〕。」「またあなたに書いています。いささかなりともあなたを所有しうる唯一の手段は、あなたに向けて書くこと、白い便箋の鏡のなかにあなたを見ることなのです。[15]」

手紙は離れた相手に向けて書くものであるから、不在が主題化されることは当然である。だが、不在の力はここでいわば最大の力を発揮し、彼を苦しめるとともに、そこにいない相手を幻覚させかねないほど強く想像させるように作用する。

私はあなたがラヌラ〔通りのアトリエ〕にいるのを見ます。〔……〕栗色の背景、まわりにはあなたの影像が並んでいます。何かをかき回し、いじくり回しています。あなたの褐色で的確な小さな両手がとてもはっきりと見えます。なんと、爪には赤いマニキュアが——何を言ってもやめていただけないのですね。〔……〕仕方ない!…… 指先をこんな風に血に染めて飾ることに私も同意することにします。目を閉じればいいのですから。これが一番良い見方です——というのも、見るものを選べますから。目を閉じる、と、指からは緋色がもう消えている。(16)

ヴァレリーはさらに不在のルネと抱擁を交わし、口づけをする。

彼は部屋に戻る。また横になる。寝具の乱れたとても低いベッドは広すぎる。彼はできうるかぎり身を伸ばす。彼はベッドの上で探し、見出す、そこにはいない存在を。とても熱く、完全に眠った小さな体を。彼が少しずつ彼女に身を寄せると、彼女は無意識に彼に身を寄せてくる。その小さな頭は私の肩のくぼみのなかにある。雨と時計の音が聞こえる。私は自分の生の最も深いところから目に愛情の涙が浮かんでくるのを感じる。〔彼女の〕腕の位置が変わり、私の首に焼けるような感覚を与える。〔……〕口と口とがたがいを見出す。(17)

この一節は、「眠る女」や性感帯としてのヴァレリー自身の「首」、そして「涙」のテーマが現れる点でも興味深いが、いずれにせよ、想像上の現前はかえって現実の不在を際立たせ、ヴァレリーを絶望に陥れる。一九三五年一二月の手紙では、ニースのホテルでひとりとなり、大窓の前でルネを抱擁する夢想にひととき耽った後、現実には決して到達できぬ愛の対象を思って改めて怒りを覚えたことが記されている。自分は窓があるとも知らずに何度もそれにぶちあたる昆虫のようだとヴァレリーは述べるのである[18]。

これは愛の不成就を嘆くごく一般的な感慨のようにも見える。たしかに、そうした側面はあるだろう。ただそれでも、ヴァレリーにとって愛する女性の不在は、まちがいなく作品――しかも先に「不可能な文学」と呼んでおいた実現しがたい作品の営み――と本質的に関わっていた。不在がなおいっそう際立たせる愛の不幸は、エクリチュールをたえず紡ぎ出す。次の一九三一年一一月一四日の手紙はきわめて重要である。

> あなたは私が偶像を作りあげているとおっしゃいました。あなたはたしかに私の頭を制作しました――私がかたどり、私の気がかりななかでたえずくり返し取りあげているのは、あなたの〈すべて〉なのです……。あなたは芸術における私の掟をご存知ですよね。作品は決して完成しない……です。
>
> 同様に、私はあなたに手紙を書くこともやめないでしょう。
>
> ――持つことなく持ち、抱くこともなく抱くということほど奇妙なことがあるでしょうか！それは存在することなく存在するのとほとんど変わりがありません――それが怪物を作るのです、二重の性質、神話的な動物を作るのです[19]。

いつまでもあなたに手紙を書きつづける——これは間違いなく誘惑の言葉であるが、それはまたある種の不可能な詩学の表明でもある。作品は決して完成しない、かぎりなくつづく言葉の置き換えの作業それ自体こそ、詩の制作の実質である。[20]じつは、ヴァレリーの意識的制作の詩学は、言うなればそうした到達しえない中心ないしは無限遠点との関係において成立していた。ルネとの成就しえない愛の経験は、作品の営みをめぐるこのような現実には実現不可能な核を際立たせる契機のひとつとなったはずである。

ヴォワリエ書簡、マラルメ論、〈私〉の回想録

後ほど確認するように、以上の事情は何らかの性的交渉があったジャン・ヴォワリエとの関係においても同じだった。そもそも晩年の諸作品の背後にはつねに女性たちが存在していたが、[21]しかし、ここで「不可能な文学」と呼ぶことで主題化を試みている問題は、そうした書かれたテクストにはなりえない何かである。

最晩年に書かれたヴォワリエ宛の書簡を読むと、男女の愛は現実世界のなかで実現しえない何かにまで崇高化されているのが分かる。別稿で指摘したとおり、[22]ヴァレリーはそれを不可能な作品、書くことのできないものと呼んでいる。同じ頃に試みられた知的回想録は、テスト氏的な自己像を提示しようとする欲望の背後に、じつは自己の存在のうちなる「欠如」と書くことの不可能性をめぐる関心を密かに内包していた。ここでは同じく最晩年の一九四二年頃に執筆された未完のマラルメ論を視野に入れ、この三つのテクスト群を照応させながら、考察をさらに進めてみたい。というのも、恋愛書簡は単なるエロス体験の記録ではなく、ヴァレリーの存在とエクリチュールの深部に関わる問題と共振するテクストであり、そうした深部は知的回想録だけでなくじつはマラルメ論の試みをも密かに規定するものであった以上、それは、これら三つのテクスト群を重ねて読むときに、虚像としてではあれ、よりはっきりと現れてくるように思われるからである。逆に言えば、知的回想録や晩年のマラルメ論についてこれまで提示されてきた読解[23]は、ヴァレリー自身が意識的、戦略的に設定した枠組みに沿って行われており、そうした存在の深部を必ずしも捉えきれていない。それは、恋愛書簡を併せ読むことで見えてくるように思われるのである。

まず問題となる晩年のマラルメ論と知的回想録について概要を述べておこう。

一九二〇年二月の「『賽の一振り』——『マルジュ』誌の編集長への手紙」以来、数多くのマラルメに関するテクストを公表してきたヴァレリーは、一九四二年初頭頃から『至高の事柄と精神の情熱に関する小論——S・マラルメについての省察と問い』と題した最後のマラルメ論の執筆に取り組んだ。このテクストはかなりの紙数が書かれたものの未完に終わったが[24]、とはいえ同じ頃の『カイエ』[25]にはマラルメへの言及がくり返し現れており、この時期にヴァレリーが師に対してあらためて強い関心を抱いていたことが窺われる。そこにはまた同じく「〈私〉の回想録〔Mémoires de Moi / Mémoires d'un Moi / Mémoires du Moi〕」と題された断章も多く記されている[26]。マラルメとの出会いがヴァレリーにとって決定的な意味を持っていた以上、マラルメ論と知的回想録はいわば同じ問題系のふたつの側面とでも言うべきものだった。『至高の事柄と精神の情熱に関する小論』の冒頭で、ヴァレリーは次のように述べている。

マラルメについてなおまたささやかな研究を書くために私にできればと思うのは、自分の回想を書くこと、私の回想まるごとであり、回想以外のものは何も書かないことである。それが、私の回想録の一章に収まってしまうなら、本当に素晴らしい、つまり有益であろう。ここで回想録というのは、私の人格が人々や物事と遭遇し交流したことの物語であるだけでなく、とりわけ、なしうることと望むことがせめぎあう危機的《クリティック》な年齢——これは最も危険《クリティック》な年齢だが——を迎えていた私の精神の回想録を意味することになろう。そうした年齢は私の場合、マラルメと知りあった時期に一致したということになろう。(27)

両者を貫く基本的なラインは、ヴァレリーが刊行したテクストのなかで従来から強調してきた公のイメージに沿ったものである。これはヴァレリーの意識に上った理解ということもできる。つまり、若き日に詩を書き始めたとき、マラルメの難解だが音楽的に卓越した作品に出会い魅了され、これほど完璧な詩を書ける詩人はいかなる存在なのか、どのような思想の持ち主なのかと興味をかき立てられると同時に、そうした高みに比べたときの自分の無力を思って絶望し、文学制作を言語や精神の諸機能にまで遡って考えるため、抽象的な省察に向かうが、しかし、そのような省察は結局、文学を精神活動の一事象に還元するものだから、ヴァレリーはもはや文学に独自の価値を認めることができなくなってしまう。マラルメはたしかに言語についての深い分析にまで立ち返って詩を考えなおした唯一の詩人だが、無用な神秘思想や形而上学の残滓を抱いており、何よりも文学に絶対的な価値をおいていた点で不十分である。マラルメの抱いたのは不可能な目的かもしれないが、結局は文学に関わるものにすぎない。これに対してヴァレリーは精神の一般的な力能を増大することだけを望んだ、というわけである[28]（若き日のヴァレリーはマラルメを傷つけることを恐れてか、こうした文学に対する根本的な懐疑をついに師にうち明けることができなかった[29]）。一九四二年の『カイエ』に記された「〈私〉の回想録」の諸断章もまた、こうした方向性のなかで構想されている。たとえば四ページにわたってまとまった叙述のある断章ではモンペリエの青年時代以来のことが回想され、文学や世の人々への違和感、ジッドから受けた誤解などが語られた後、自分は結局「ある種の視線」になりたかったのだと断定される。すこし後には「私は、私についての観察によって、所与の外的〈信用〉が私に提案ないし強制する諸概念や見方を私の機能に変形して人生を過ごしてきた」とも記されている[30]。

くり返しになるが、「恋愛書簡」を併せ読むことで、以上のようなヴァレリーが意識的に構築した図式の背後に隠されていたものを理解できるようになるはずである。

たとえば、一九四〇年五月八日に書き始められたと推定されているヴォワリエ宛の手紙の翌朝に書き継がれた部分からは、知的回想録と恋愛書簡とが具体的にどのように交錯しているかが見えてくる。

今朝は息苦しかった。重苦しい一夜。でもいまも胸に重しがあり、一息一息が十分ではない。苦しい。窒息しそうになる感覚の間を、可能な範囲で思考が突き入り、通り過ぎていく。とはいえ、字を詰めてどうにか二ページほど書く——これは「私の精神の回想録」となるかもしれない。二十歳だったとき、存在の感じやすくきわめて傷つきやすい部分に対して私がとった、きわめて厳格で情け容赦のない内的な姿勢を再構成する試みだ。私は自分を可能なかぎり〈愛の敵〉に、自分の絶望的な愛情を生み出す源泉のあらゆる力に抗する敵にしようとしていた。奇妙な劇だ。そのために私は、〈知性という偶像〉とその偉大な司祭である著名なT〔テスト〕氏を創造した——心の恐ろしい諸力に抗するために。[31]

エロスを抑圧する知性の偶像をめぐる回想は、ヴァレリーがくり返し述べてきたことであり、この一節が特別なものであるわけではない。[32]興味深いのは、この一節に続いて、二十歳の頃に女性との決定的な出会いがあったなら、そして彼女——ロヴィラ夫人と考えて間違いないだろう——が思いに答えてくれていたなら、自分はどうなっていただろうという省察が書きつけられている点である。

もしこの年頃に、私が与えられずに死ぬような思いをしていたもの〔秘められた愛〕に対して報いてくれるような女性に出会っていたなら、私はどうなっていただろう〔……〕。私の問いは次のようなものだ。こうした条件において、私は精神にどんな役割を割り当てただろうか、自分の精神を何に仕立てただろうか。私を作りあげた、厳密な意志によるあの一種の革命と内的な行為につき従っただろうか——しかしおそらくは、そうしたものが対比によって、あまりにも深い感受性のこの遅ればせで思いもよらず、きわめて苦しい再発を準備したのだろうが。[33]

こうした内面のドラマなど誰も理解してはくれない、とヴァレリーは書きつける。これはもちろん「おまえだけは理解してくれるはず」というヴォワリエに向けられた目配せにほかならない。だが、手紙ではさらに進んで、「知性の鋭敏な武器」によって愛を抑圧する試みが現在では破綻したことが告白され、通常の文学作品とはまったく異なる作品、愛するふたりが作りだす作品をめぐる途方もない夢想が語られている。

私が人生で感じた大いなる誘惑は、何ものか——私の感覚と思考の諸々の可能性——を汲みつくすことだったのだろう。普通の意味での作品をつくることではない。この意味での作品は、他人に対するものであり、この曖昧に混じりあう他人たちは、曖昧模糊とした言葉でその対価を支払ってくれる。そうではなく、人生と人生からなる作品、相手を感じ相手に感じられること、思考と思考からなる作品だ。それは倍音を伴う和音に似ている。そしてこの倍音は、対応する神経の豊饒さすべてと、愛に燃える知性のさまざまな介入に従って、強められるのだ。こうしたことはすべて、一度かぎりという比類のない感覚、理解しおえた人生の完了という比類のない感覚を与える(34)……。

最後に現れる「理解しおえた人生」という言葉は、先立って現れた、自分の内的ドラマを誰が理解してくれるだろうか、という言葉と呼応している。先ほどは省略したが、ヴァレリーはこれにつづけて、「我々はみな各々、最も晦渋な詩篇、それもまずは自分自身にとって晦渋な詩篇ではないだろうか(35)」と書きつけていた。どうしてある観念やイメージは、それ自体として見れば単なる観念やイメージであるにも関わらず、それ以上の情動的な苦痛や不安を与えるのだろうか――『固定観念』でも展開されたこうした思想を(36)、ここでヴァレリーは愛する女性と一緒にふたりして作り出す作品の構想へと結びつける。つまり、自分自身にとっても謎である自分の人生を汲みつくし、知的な次元のみならず、存在の深いところに由来するエロスをも含めて完璧に自分を理解させてくれるのは、愛する女性とふたりで生み出す作品においてなのだ、というのである。

明晰な意識であらゆるものを理解しようとする「システム」の論理は、この断章では、人間存在の不可知の深奥と共振する不可能な作品の夢想へと変質している。テスト氏的な知的回想は、愛のディスクールの影響のもとで、その極限的性格の内実を変質させる。つまり、すべてを明晰に見通すことを目指す視線の知的な極限ではなく、もはや見通すことのできぬ存在の深部としての極限が問題なのである。

自己の存在のうちなる非＝在

このように見てくると、一九四二年に「〈私〉の回想録」をめぐって書かれたある断章がひときわ目を引く。[37] というのも、そこでは、先ほど確認した知的回想録とマラルメ論の基本的な枠組みを超えて、現実には存在しえない不可能な作品についての夢想が展開されているからである。

ヴァレリーは「エロディアード」、「半獣神の午後」、「ゴーチエの墓〔喪の乾杯〕」などマラルメの作品を挙げ、こうした至高の作品が夜空の星座のように輝くテラス、精神の最高の高みにいる自分を思い浮かべる。そのとき、「今日「詩人」は何をなしうるだろうか、何をなすべきだろうか」という問いが、大きな鳥が自分の肩にとまったかのように、ずっしりとのしかかってきたという。すると、これまでの七十年の人生、そのさまざまな思い出や好み、観察が、そして「自分の本質的な不公正さ」が奪いさられ、「自分が作らなかったものの価値と美、その素晴らしさがまるごと分かった」。ヴァレリーはこう書いて、さらに次のように記す。「それがおまえの作品だ――と、ある声が私に言う。〔……〕したがって、私が作らなかったものは、完璧に美しく、それが制作不可能であるという性質に完璧に合致したものだった。」
この断章の冒頭には「Θ」の記号が付されており、プレイヤード版『カイエ』でも神的なものに関する断章を集めた「テータ」の章に分類されているが、いま見たような不可能な作品という理想は、明確に否定神学的な装いのもとで叙述されていく。断章のつづきは以下のとおりである。

わが〈理性〉よ、お望みならこう言ってもいい。〔……〕おまえの〈魂〉でもある私の〈魂〉は、自分が中味のない宝石箱、ないしは、中空の鋳型のようなかたちをしており、この空白は自分が素晴らしいもの——存在しえない一種の物質的配偶者——を待ち望んでいることを感じていた——存在しえないというのは、この神的な形態、この完全な不在、この〈非＝在〉でしかない〈存在〉、〈存在〉しえないものの〈存在〉のようなもの——はまさしく、不可能な素材を要求するからである。そして、こうした形態の生きた中空は、このような中味などは、物体——および行為——の世界には存在しないし、今後も決して存在することがないと知っていた……。

これと同じようにして、〈神〉を信じる人間は、〈神〉の本質的な現前と不在とを感じていることだろう。彼は、世界に見出される欠陥や悪をひとつひとつ否定することで、彼の〈神〉の諸々の属性を作りだし思考するのである。〈神〉が彼にとって必要なのは、なかを見ることのできぬ球体に中心が必要なのと同じである。人間は、その表面を調べ、表面上の点の相互関係について考察することで、これを球体と認知することができるのだ……。

　私の作品とはそれであった。

〔……〕混淆し溶けあった存在と諸経験の塊のなかに――驚異的なあの中核が、度重なる否定の作用の結果ついに――耐えがたく、また純粋な不可能性の勝利である――傑作として、中空となって現れでるには、〔自分の人生経験の〕こうしたすべてが必要だったのだ。


　この断章が注目に値する理由は少なくともふたつある。ひとつは、若書きのダ・ヴィンチ論に一九一九年に付された『注記と余談』で大きく展開された、いわゆる「純粋自我」との関係においてである。精神の人にとっては意識の核となる「自我」と、それに対してすべてがひとしなみに現れる対象の場「X」があるだけであり、自我は対象の領域に身を置くことを拒絶する(38)――このような純粋自我は、しばしば円や球体の中心になぞらえられた。つまり、円や球面をなす点の集合が認識や知覚の対象であり、意識する自我は対象とは決して交わらず、そこから離れた中心に位置するとイメージされるわけである。このような見立ては先ほどの断章が書かれたのと同じカイエ二二〇にも見られ(39)、ヴァレリーが生涯にわたってくり返し確認した基本的な命題であるが、その特権的なイメージであった「中心」は、先ほど引用した、否定神学的な装いで提示された不可能な作品をめぐる省察においては、完全に異なる意味で用いられている。すなわち、決して満たされることのない中空としての「私の〈魂〉」、自分の七十年にも及ぶ人生が実現しえなかった不可能な作品としての

「中心」は、意識する自我、純粋自我としての中心などではなく、むしろ自己の存在のなかに穿たれた十分には意識できない欠如を指し示すものである。球面の中心という同じイメージが、ここでは意識の極限から存在の深層へとまったく意味合いを変えて用いられている。
ふたつ目の理由は、マラルメの位置づけに関わる。この断章の冒頭にはマラルメの作品が挙げられていた。すでに確認したとおり、ヴァレリーはマラルメを高く評価しながらもそこに神秘主義の残滓を見て自分との差異を強調していたが、この断章においては、ヴァレリー自身がそうした神秘主義を我が物として生きてしまっている。自己の存在のうちに穿たれた中空は、「神」と呼ばれるものと通底する何かとして捉えられているのである。ここで思い浮かぶのが、『至高の事柄と精神の情熱に関する小論』でマラルメに関して語られた「啓示」である。

私にとっては疑いえないことだが、ごくわずかな年月のうちに彼は詩をめぐるある観念の高みへと登ってしまっていた。この詩について彼は絶対的な確信を感じており、その明白な優越性を理解している。この詩は簡潔で深く、厳密にして明晰なので、彼に次のような確信を与えた、あるいは、与えたにちがいなかった。すなわち、〔作り出された〕あらゆる作品から離れたところ、いわばあらゆる実現を越えたところで、彼は、みずからのうちに抱いたこの〔詩に関する〕知識を所有しているだけで、最も偉大な詩人たちに少なくとも匹敵する存在になっている、という確信である。とはいえ、詩法のこのような一般的公式のいわば絶対的な価値を外的に証明するような作品を実現することは自分の力を越えており、また定義上、いかなる精神の力を越えたものであることを、彼は自覚せざるをえなかった。[40]

ジュディス・ロビンソン＝ヴァレリーはこうした「**啓示的な**一時間ないし一日[41]」を、マラルメが一八六六年に陥った危機とヴァレリー自身が一八九二年に経験した「ジェノヴァの危機」の双方に認め、このように書くヴァレリーは、一方では師との差異を強調しているにも関わらず、ここではマラルメの劇を自分の劇としても生きているのだと論じている。[42]この読解は妥当であろう。だが、これはあくまでテスト氏的な知性の劇と知的回想録の意識的なロジックに沿った理解であり、そうした枠組みからはこぼれ落ちてしまう問題がやはり存在しているように思われる。自己のうちなる非＝在を述べた先ほどの『カイエ』の断章と、いま引用した一節を併せて読むとき、ふたりの詩人が受けた「啓示」が指し示しているのは、知的革命の劇には還元できないもの、むしろそれを隠れた根底からつき動かしているような深部の「欠如」であったことが理解される。そしてそれが、現実には実現が不可能な作品を欲望させることになるのである。

こうして、知性という偶像を軸とする「〈私〉の回想録」とマラルメ論は、知性にも意識にも還元できないものとの遭遇を――こう言ってよければ、図らずも――描きだすことになる。ここに、ヴォワリエ書簡との共振を見ることは可能だろうか。愛人への手紙に書きつけられた「我々はみな各々、最も晦渋な詩篇、それもまずは自分自身にとって晦渋な詩篇ではないだろうか[43]」という自己の存在の謎をめぐる一文は、手紙のなかでは愛する男女ふたりによる不可能な作品の夢想へと展開されたが、この『カイエ』の断章では、決して実現しえぬ自己のうちなる欠如とそれに呼応する不可能な作品として捉えられているように見えるのである。

マラルメについて書きえなかったこと

ここでもう一度ヴォワリエ宛書簡に戻ってみたい。ヴァレリーはともに過ごした時間を思いだしながら、彼女との至高の愛は、いわゆる小説が描くような恋愛心理では捉えられない、文学では扱えぬもの、書きえぬものであることを強調していた。

それは、普通の人が考えるような意味、愛する人々がみな思うような意味での、愛する身体や一緒にいることの幸福そのものではなく、それを越えたものだ。それには名前がない……。幸運なことに。というのも、もしあれば文学がそれを題材にするだろうから。

私は、自分がそれを書くすべを持たないと考えると高揚した気持ちになる。(44)

恋愛書簡に書きつけられたこうした文面は、もちろんまずは誘惑の言葉にほかならない。それでも先ほど確認したとおり、ヴォワリエとの関係が至高の作品に到るべきものとして捉えられていたことを踏まえれば、この言葉にはヴァレリーの存在の本質的な部分が賭けられていたことも確かであろう。

では、男女の愛には書きえない次元があるとして、マラルメとの師弟の関係には書きえないことはなかったのか――これがいくらか空想的であることを承知の上で引いてみたい補助線である。すでに確認したように、ヴァレリーが執筆したマラルメ論は晩年の未完の草稿に到るまで、ほとんど戦略的と言っていいほどに意識的かつ明晰である。しかし、早くして亡くした父親に代わる存在をマラルメのうちに見ていたように思われるヴァレリーにとって、[45]マラルメとの関係はこれほど明確に描き切れるようなものであったとも思われない。実際、一八九八年九月九日にマラルメが喉頭炎による窒息と思しき症状で突然の死を迎えたとき、ヴァレリーは「うちのめされ〔anéanti〕」てしまうし、一一日にヴァルヴァンで行われた葬儀において「若者」代表で弔辞を請われたときには、言葉がつまりほとんど話すことができなかった。[46]息を詰まらせて絶命したと言われるマラルメをほとんど模倣しているのではないかと思わせるこのヴァレリーの姿からは、ただならぬものが感じられる。

マラルメの死に対する喪の作業はやがて断片的なエクリチュールとして現れる。「ステファヌ・マラルメ、調べ豊かに〔Stéphane Mallarmé mélodieusement〕」と題された手稿には、掘り返された土がまだ埋葬の跡を生々しく留めているマラルメの墓所を訪ねたときの印象をもとに書かれた詩句「草の混じった赤い土よ、私を運べ／私を優しく運べ」がさまざまに変奏され、「精神の涙がこみあげてくるのを感じた」とも記されるが[47]、これは後に『若きパルク』（一九一七）でパルクが入水自殺を試みたとおぼしき海岸に舞台を移して、涙への祈願（二八〇行以下）とともに、「定かならぬ大地よ…… 海藻にまみれた大地よ、私を運べ、／私を優しく運べ……」（三〇四―三〇五行）となってふたたび姿を現す。

ヴァレリーは『至高の事柄と精神の情熱に関する小論』のなかで、『若きパルク』と「エロディアード（舞台）」や「半獣神の午後」とのちがいを強調し、マラルメの作品が主題よりもその比類ない形式における「深さ」を探求したのに対して、『パルク』は「生きている存在についてのある種の認識を詩的な光のもとに示す意図から派生」したものであると述べている。つまり、マラルメの難解さは言語的形式のレベルだけにあったのに対して、『パルク』は形式に加えて内容においても難解なものになったのだというのである[48]。この見解もそれ自体としては一定の適切さを備えているが、しかし『パルク』が間違いなく「エロディアード（舞台）」を強く意識し、いわばその続篇として書かれたことを隠蔽している。詩篇の最後でエロディアードは、蒼空を嫌って乳母に鎧戸を閉めさせ、星月夜を思いながら、「蠟が軽やかな火に、空しき黄金の炎のうち、我が身ならぬ涙を流す炎を〔……〕灯す」（一二〇―一二二行）ように命じ、彼女の退出を促した後で、自分の唇が自覚せずに――思わずも――叫びをあげるのを待つと宣言する。

おまえは嘘をついている、おお、わが唇の

裸形の花よ！
私は未知なるものを待つ
あるいはおそらく、神秘とおまえ自身の叫びを知らぬまま、
おまえは至高の痛ましい嗚咽をもらすのだろう
夢想のさなか、みずからの冷たい宝玉がついに
自分から切り離されるのを感じる幼年期の嗚咽を。
（一一三―一一八行）

以上のような設定は、「ランプの金の光がビロードの吐息に消えさり」（二九行）、眠りについたパルクが深夜にわれ知らず泣いて目覚める『若きパルク』冒頭の部分につながるように思われる。たとえば、次の詩句はいま引用した「エロディアード」の詩句に対応したものと読むことが可能である。

〔その手は〕私の弱さからひと粒の涙が溶け出で、
至純が私の運命からゆっくりと分かたれて、
引き裂かれた心を沈黙のうちに照らしだすのを待つ。
（六―八行）

星々がダイヤのように輝く夜に、幼年期の優しさと女性の肉体から切り分けられるようにして至高

の純粋さが垣間見られる。このふたつの詩篇の関係を詳しく分析することは別稿に譲るが、パルクとエロディードは双子の姉妹であり、いわば眠りについたエロディアードが深夜に目を覚ますところから『若きパルク』は始まると言ってよい。

こうした象徴主義的なテーマは、しばしばヴァレリーがそう主張するのとは異なり、詩作品を作るための単なる素材などではない。青年期の作品を詩集として再出版するために見直すなかで「詩への訣別」として構想された『若きパルク』を書いていたとき、ヴァレリーの頭にはたえずマラルメの思い出がよぎったはずである。マラルメは乗り越えるべき文学の理想でもあると同時に、突然の死によって奪われてしまった父親的な優しさを象徴する存在でもあった。文献上の実証は難しいとしても、パルクの「引き裂かれた心」や彼女の眠りを破る深夜の涙——こうしたイメージの起源には、ヴァレリー自身の「引き裂かれた心」と喪の苦しみがあったと想定しても間違いではあるまい。実際、一九〇八年、十年忌の機会にマラルメの娘婿エドモン・ボニオに宛てて書かれた手紙からは、ヴァレリーの存在の深奥には、決して言葉にできない永久に閉ざされた何かがいまなお秘められていたことが分かる。

> あの日の夜、〔マラルメの死を知らせる〕恐ろしい電報によって、私の存在の隠された動きのうちで何かが押し止められ、私の人生から引き抜かれ、私の思考のなかで永久に固定されてしまいましたが、この何かは蘇らせることも、埋葬して忘れてしまうこともできません。

まったく、何であるかまだ分からぬままに彼になお言わなければならなかったこと、彼だけが私の深奥からおそらくは呼び覚ましてくれたにちがいないこと——神秘的と言うべきか、そうしたものはすべて同じく死によって触れられたのに、ひとりの生きた男のなかに保存された状態にあるのです。私は私のなかにつねに何らかの〔別の〕私を抱いています。この私についても私はもはや何も知りませんし、この私の方ももはや自分のことを何も伝えようとしなくなっています。(49)

ここで語られている「何であるかまだ分からぬままに彼になお言わなければならなかったこと」は、別の文脈においては、文学に対する根本的な懐疑であったとされる。すでに見たように、ヴァレリーは文学に絶対的な価値をおくマラルメに対して、そうした懐疑をついにぶつける勇気を持てなかった。しかし、このボニオ宛の手紙を読むと、そのような理解には何か不十分なものがあるように思われてくる。文学への懐疑を告白することが若き日のヴァレリーにとって懸案だったとしても、そうした困難な告白を通して実現するはずであったいわば存在の深奥が共振するような深い対話が問題だったのである。

おそらく一八九四年一一月頃のある「日曜日」、ヴァレリーは、そうした理想の萌芽のような対話を「オルセー河岸のアルマ橋近くで、コンセール〔・ラムルー〕の終演後に」ポーをめぐって交わしたことがあった。それまで「素晴らしい主人」であったマラルメは「至上の友、父親のような友人」に変わったという。[50] 一九一三年の『カイエ』の一節は、その思い出に立ち返っている。

私は、きわめて似通った同類との会話というアイデア、なかば回想――なかば計画――のようなものに立ち戻る。ある幸運な晩に、可能なかぎり遠くにまでおし進められた会話である。（ほとんど同じくらい深いいくつかの対話の思い出。たとえば、ポーをめぐるマラルメとの対話。さらにそのほかのもの……）

これは、憎しみと愛が入り交じったものであり、容赦のない親密さであって――おたがいをますます神格化し、どんどん近づいていき、親愛なる相手よりも早く、そしてより深く、相手の深奥に到ろうとする熱狂である。闘い〔combat〕、ふたりだけの競争、性交〔coït〕に似ている。

白熱したチェスの試合はそのモデルとして役立つだろう。ゲームの規則。――

人間の存在の証拠。――

こうした対話を書くことは、あの力のないすべての文学よりも価値のある計画であろう。[51]

恋愛書簡を補助線としてマラルメ論を考えようとするとき、相手を深く理解する親密な会話を「闘い」や「性交」に比するこの断章はきわめて興味深い。しかもそこには愛だけでなく「憎しみ」が混じる。親密さとは裏腹に見えるこうした穏やかならぬ要素が言及される理由は、同じ時期に書かれたチボーデ宛の次の一節から理解されるはずである。

　私がマラルメと知りあいになったのは、彼の〔作品から〕甚大な影響を受けた後、私が心のうちで文学をギロチンの刑に処していたまさにそのときでした。
　この非凡な人物を熱愛するようになったとき、私は同時に、彼のうちに、ローマ全体の首をはねるために切り落とすべき——途方もない価値を持った！——唯一の首を見ていました。二十二歳の若い男性のうちに存在しうる情熱をお感じのことと思います。彼は相矛盾する欲望に狂わんばかりになるが、それらを紛らわせることもできない。力と厳密さを含むように見えるあらゆる思想に対して知的な嫉妬を覚える。心情ではなく——精神、それもきわめて多様な精神に恋い焦がれている〔amoureux〕、他の人々は肉体に恋い焦がれるように[52]……。

マラルメへの敬愛のなかに、師の首を落とし文学の一切にけりをつけてしまおうとする欲望——いわば父殺しの欲望——が含まれていたことを語るこの一節はまた、この矛盾した狂わんばかりの欲望を肉体的な情愛の念にたとえている。

誤解のないように断っておけば、ヴァレリーはマラルメに対して同性愛的欲望を抱いていたわけではない。ヴァレリーは他者に対して存在の深奥が共振するような親密な二者関係を求めていたが、それは現実に実現しうるレベルをつきぬけた彼岸に向かわせるような衝動を含むものだった。現実世界の彼岸とは死である。ヴァレリーが紡ぐ言説において、こうした死への衝動は首の切断として、また性交のイメージとして現れている。

しかし、これも正確を期しておけば、ここで持ち出される「性交」のイメージは欲望の充足とともに日常が回帰するようなものではなく、現実世界の彼岸を垣間見せるものとして言及されている。このことを理解するために、恋愛書簡からの補助線は有効である。実際、ヴォワリエ書簡においてヴァレリーは、彼女との肉体的な関係で得られる「喜び〔jouissance〕」において問題となっているのは、性欲を満たすという「卑俗な目的〔but vulgaire〕」ではなく、「奇跡的なまでに調律されたふたつの運命を完全に浸透させ結合するという企てにとって必要な手段、契機」であり、「一種の秘蹟〔sacrement〕」なのだと述べている。[53]「〈愛〉とは全体的存在から、純粋な……極限的楽音を引き出す技」であるとすれば、「痙攣〔射精〕とは……〔真の〕欲望を錯覚させるもの〔un trompe-désir〕である」。[54]ヴァレリーがヴォワリエに対して抱く「愛情〔tendresse〕」とは深淵につきおとす絶望的な体験であり、それを通して「絶対的な動物性と純粋な精神性が結合したもの」、「奇妙にして——非人間的なもの」を垣間見せるような経験だった[55]。一般的な性欲と性行為に対置される、究極的な愛の体験はヴォワリエ書簡でくり返し言及されるテーマである。通俗的な恋愛小説が弄ぶ紋切型の心理とはまったく異なる、「言葉にならぬものの交換と精神の真なる諸価値とを極限まで押し進めるふたりからなる自己意識」[56]の夢想である。

先ほど引いた一九一三年の『カイエ』の一節で[57]、マラルメとの理想的な会話を描くことこそが、凡俗な文学とはまったく異なる次元に位置する文学的課題であると述べられていたことを思い出そう。すでに確認したとおり、ヴォワリエとの関係もまた通常の文学を越えた極限に位置づけられていた[58]。ヴァレリーは彼女に宛てて書く。

> 人生において最も貴重なもの、人生を愛させ、保持させ、惜しませる唯一のもの、それはまさしく、人生を支配し、計り、拒絶し、消尽〔consommer〕してしまうものであり、〔……〕私のなかの私の知らないものとおまえのなかのおまえの知らないものとが前代未聞の交換を言葉もなしに行うことのなかに存在する、あるいはそこで形成される[59]。

そしてヴァレリーはこうした交換が存在することへの確信を、あの知的回想録[60]でも語られた、神秘家たちにとっての〈神〉に比するのである。

おそらくここで思い出すべきは、チボーデ宛の書簡で問題となっていたのが死だけでなく、神でもあったことである。それをヴァレリーはヤコブと天使の格闘にたとえている。ヤコブが夜通し天使と闘い、「私は顔と顔とを合わせて神を見たのに、なお生きている」と述べたとされる逸話である[61]。ヴァレリーはこうした格闘にも似た愛憎交錯するマラルメへの思いがあまりに耐えがたかったがために、「本能的な力をすべて傾注して問いをずらし」、精神の諸能力に依拠する「システム」を模索するようになったと述べる。ここで問題になっているのは、従来のヴァレリー研究でしばしば持ち出されてきた知性によるエロスの抑圧ということにとどまらない。親密な他者関係によって自己と他者との不可知の深層が共振するときに現実世界に穿たれる欠如を通して垣間見える、ほとんど神にも等しく思われるものが問題なのであり、ヴァレリーはそこから視線をそらすためにテスト氏が象徴するような知性を偶像とするに到ったと述べているのだ。恋愛書簡を補助線としてマラルメ論と知的回想録を読むときに見えてくるのは、このようなことである。

　最後にヴォワリエ書簡と晩年のマラルメ論をつなぐかもしれないイメージを挙げて論を閉じたい。『至高の事柄と精神の情熱に関する小論』の草稿群のなかに二枚の奇妙なデッサンがある。**図1**は男か女か判然としないが人間が蛇に絡まれているデッサン、**図2**は男女が抱擁し口づけを交わしていると思われるが、格闘しているようにも見える。女が蛇に絡まれる図はヴォワリエ書簡にも見えるし(**図3**)、ヴォワリエが所蔵していたというヴァレリーのデッサンも同じテーマであるから(**図4**)、マラルメ論の草稿中に**図1**のような似た主題のデッサンが含まれていることは興味深い。しかも、この

図1　Valéry, *Choses hautes et petit traité des passions de l'esprit,* f. 162

図2　Valéry, *Choses hautes et petit traité des passions de l'esprit,* f. 163

図3　*Lettres à Voilier,* p. 313（1942年7月16日）

図4　*Les Dessins de Paul Valéry,* Texte de P. de Man, Les Éditions universelles, 1948, XCIII

デッサンの裏面には「M〔マラルメ〕に同化すること。Mの真なる思想を再構成し、そこから（傲慢な言葉だが）MをV〔ヴァレリー〕の特殊な事例、可能な事例にするという試みと幻想」と記されている。もちろん慎重を期しておけば、これらのデッサンが草稿群に含まれているのは偶然かもしれないし、この言葉も偶々手元にあったデッサンの裏に書きつけられただけなのかもしれない。それでもここまで辿ってきたヴァレリーのいわば無意識的な理路を踏まえるなら、ヴォワリエにゆかりのある女と蛇のデッサンがここに見られることも不思議ではない。しかも**図1**は、ヴォワリエ書簡に見られる**図3**の女が蛇に絡まれているだけであるのとはちがい、どうやら恐ろしい形相で蛇を引きちぎり、断ち切ってしまっている（右足に絡まった蛇は背中を回って左足を外側から股の方へと巻きつき、左臀部を回って胸の前を通り、右手で持たれた先で断ち切られている）。これは、マラルメの首をめぐる斬首の欲望が転位されたイメージであろうか。裏面に書かれたマラルメを自分の一事例としてしまう欲望、つまり、精神の諸能力一般を省察する「システム」のうちにマラルメが絶対の価値をおいた文学を包含してしまおうという欲望が、この蛇の切断のうちには見られるのだろうか。あるいは、ここには現実世界をつき抜けてしまうエロスに内在する死の欲動が現れているのだろうか。蛇は、パルクの分身であり、ロヴィラ夫人の「愛らしいメドゥーサの顔」[62]にも遡る。塚本昌則が指摘しているように、ヴァレリーは何匹もの死んだ蛇がラ・グローレの庭に並べられている夢を見たこともあった[63]。このエロスと知性双方に関わる両義的なイメージは、ヴォワリエとの関係を越えて、マラルメとの関係も密かに貫いていたのだろうか。断ち切られた蛇は、メドゥーサの首がペルセウスによって落とされた故事を媒介として、マラルメの斬首とも通底しているのだろうか。そして、この斬首は、ルネ・ヴォーチエの想像の手でまさぐられたヴァレリー自身の首筋の戦慄と何か関係を持つのだろうか。**図2**の抱擁とも格闘とも見えるデッサンはもしかしたらヴァレリーの筆によるものではないかもしれないが、一九一三年の『カイエ』の断章が「闘い」と「性交」をともに挙げていたことを思えば、このいささかヤコブと天使の格闘にも見えなくないデッサンがマラルメ論の草稿群のうちに含まれていることは興味深い。これもまたマラルメ論とヴォワリエ書簡をつなぐイメージなのかもしれない。

いずれにせよ、恋愛書簡はヴァレリーのエロス体験の単なる記録ではなく、マラルメ論と知的回想録が代表する彼の文学営為全体と共振するものであり、それを理解する上で決定的に重要なテクストであることは間違いない。

[注]

（1） *FC*, 30.

（2） *LN*, 8.

（3） *LN*, 31. 訳文は松田浩則「《書評》Paul Valéry, *Lettres à Néère (1925-1938)*, édition établie, annotée et présentée par Michel Jarrety, Éditions de la Coopérative, 2017」（『ヴァレリー研究』第八号、二〇一九年、二五頁）による。次の一節も参照のこと。「そして私が小さく繊細な指の間にありますように／これは何事かには役立つこと。」（*LN*, 48）

（4） *LN*, 25 / *C*, XV, 300.

(5) *C*, XV, 295 ; 松田、前掲書評、二四頁を参照。
(6) 「フランス国立図書館草稿部所蔵「ド・ロヴィラ夫人関連資料」——解読と翻訳の試み——翻訳篇（上・下）」、恒川邦夫・今井勉・塚本昌則共同訳、『ヴァレリー研究』第三号、二〇〇三年、二三—四四頁、および、第四号、二〇〇七年、五九—七一頁。とりわけ、フォリオ三九と四九を参照。「水浴」については次を参照。鳥山定嗣『ヴァレリーの『旧詩帖』——初期詩篇の改変から詩的自伝へ』、水声社、二〇一八年、二四八頁。
(7) *LN*, 32, 35-36, 214, 221.
(8) *LN*, 49.
(9) 松田、前掲書評、二五頁。*C*, XV, 515.
(10) *LN*, 38. *Cf*. *LN*, 46 et 157.
(11) 鳥山定嗣『ポール・ヴァレリーの『旧詩帖』』（京都大学大学院文学研究科博士論文、二〇一六年）、三四二頁以下を参照。
(12) マルセル・プルースト『失われた時を求めて10　囚われの女Ⅰ』、吉川一義訳、岩波文庫、二〇一六年、一五二頁。
(13) *LN*, 72-73.
(14) *LN*, 34.
(15) *LN*, 141 et 147. ルネに手紙を書く衝動についてはくり返し言及がある（*LN*, 75, 158, 160, 199）。
(16) *LN*, 35. 想像で思い描いたルネの指先に赤いマニキュアがあることを受けて、目を閉じればそれが消えるという言い方に注意したい。ここに見られるのは、想像にさらに想像を重ねる作業、不在の相手をイメージとして現前させた上で、その一部をふたたび不在にするという、不在と現前の複雑な交錯である。
(17) *LN*, 118.
(18) *LN*, 199.
(19) *LN*, 47. 松田、前掲書評、二六頁。

（20）「ある詩篇の思い出、断章」（『ヴァレリー集成Ⅲ 〈詩学〉の探究』、田上竜也・森本淳生訳、筑摩書房、二〇一一年、四五四頁）を参照。
（21）「序」、本書、一六頁を参照。
（22）「ヴァレリーにおける他者関係の希求と「不可能な文学」」、『ヴァレリーにおける詩と芸術』、三浦信孝・塚本昌則編、水声社、二〇一八年、九五―一一一頁。
（23） Nicole Celeyrette-Pietri, « L'autobiographie spirituelle », in *Littérature*, n° 56, 1984, p. 3-22 ; Judith Robinson-Valéry, « Le " drame " de l'esprit : Mallarmé et Valéry », in *Littérature moderne*, 2, « Paul Valéry », Champion - Slatkine, 1992, p. 53-61. ただし、これらの論考は優れたものであり、本稿も基本的な出発点として理解を共有している。
（24） Valéry, *Choses hautes et petit traité des passions de l'esprit : Méditations et questions sur S[téphane] Mallarmé* [circa 1942], *Écrits sur Mallarmé, III, de 1942 à 1944*, Fonds Paul Valéry, La Bibliothèque nationale de France, NAF 19024. このうち国立図書館の分類で「第三段階」とされる部分を中心とするテクストが活字化され、『マラルメと〈私〉』と題しイタリア語対訳が付されて出版されている。*Mallarmé ed Io*, a cura di Erica Durante, introduzione di Maria Teresa Giaveri e Aldo Trione, Edizioni ETS, 1999.
（25） カイエ二一八（C, XXV, 341-409. 一九四一年一二月二四日～一九四二年一月五日）、カイエ二一九（C, XXV, 411-579. 一九四二年一月六日～三月一四日）、カイエ二二〇（C, XXV, 581-659. いわゆる「平行して書かれたカイエ［Cahier parallèle］」、一九四二年一月九日～?）、カイエ二二一（C, XXV, 661-828. 三月一五日～六月）。
（26） C, XXV, 329-330, 453-456, 475, 484, 519, 617, 621, 625, 627, etc.
（27） Valéry, *Choses hautes et petit traité des passions de l'esprit*, f. 62 / *Mallarmé ed Io*, p. 38.
（28） C, XXV, 446, 527, 529, 706.「要するに次のようなこととなったのである。マラルメは一種の無限遠点を思い描き、自分の野心に対して、不可能にはちがいないが定まってはいる目的として、ある種の作品を制作することを課した。現実離れしたものとはいえ、それでもそこに向かって進むことができる対象であるような作品である。これに対して私はと言えば、そのような作品などは見えなかった。現実離れしていようがいまいが、あらゆる作品制作から独立したかたちで、私の精神の知識〔l'information〕、手段、可能性ないし潜在性を発展させることを私は強く望んでいた。」（Valéry, *Choses hautes et petit traité des passions de l'esprit*, f. 72 / *Mallarmé ed Io*, p. 62 et 64）ヴァレリーが述べるマラルメとの相違については次の論考が『カイエ』の関連断章を引用しながら詳しく論じている。Judith Robinson-Valéry, « Mallarmé, le " père idéal " », in *Littérature*, n° 56, 1984, p. 115-116.

（29） C, XX, 911-912 / *C1*, 156. « Dernière visite à Mallarmé », *ŒPl*, I, 630-631. Judith Robinson-Valéry, « Mallarmé, le " père idéal " », p. 113-114.

（30） C, XXV, 455 et 484.

（31） *LJV*, 196-197.

（32） 一九四一年六月の手紙にも同様の記述がある。*LJV*, 245.

（33） *LJV*, 197. この一節の解釈、とりわけ「私が与えられずに死ぬような思いをしていたもの」と訳した ce que je périssais de ne pas donner の意味するところについては、松田浩則先生よりご教示を受けた。記して感謝申しあげる。

（34） *LJV*, 198.

（35） *LJV*, 197.

（36） 『固定観念』、『ヴァレリー集成IV〈友愛〉と対話』、恒川邦夫・松田浩則編訳、筑摩書房、二〇一二年、九七—九八頁。

（37） C, XXV, 618-619 / *C2*, 688-690. 以下は、この断章からの引用である。

（38） *ŒPl*, 1223 et 1225.『レオナルド・ダ・ヴィンチ論　全三篇』、恒川邦夫・今井勉訳、平凡社、二〇一三年、一八五頁、一八八—一八九頁。

（39） C, XXV, 648.

（40） Valéry, *Choses hautes et petit traité des passions de l'esprit*, ff. 105-106 ; *Mallarmé ed Io*, p. 74.

（41） *Ibid.*, f. 169.

（42） Judith Robinson-Valéry, « Mallarmé, le " père idéal " », p. 58. ヴァレリーは『至高の事柄と精神の情熱に関する小

論』の草稿のなかでマラルメのオーバネル宛書簡を二通書き写している。前夜に「〈詩篇〉をその裸形の姿でふたたび見た」と告げる一八六六年一月三日付けのものと、「壮麗な作品の基礎を置き」、その秘密、鍵を見出したと告げる同年七月一六日付けのものである。七月二八日付けのオーバネル宛書簡ではさらに、「私自身の鍵」、「私自身の中心」を見出した後、「私の〈作品〉全体のプランを作った」とも述べられている。Valéry, *Choses hautes et petit traité des passions de l'esprit*, ff. 119-120 / *Mallarmé ed Io*, p. 106.

（43） *LJV*, 197.

（44） *LJV*, 290.

（45） 以下の叙述はすでに引用したジュディス・ロビンソン＝ヴァレリーの論考に多くを負っている。Judith Robinson-Valéry, « Mallarmé, le " père idéal " », *art. cit.*

（46） *Corr. G/V (1955)*, 503. 葬儀の様子を伝えるヴィエレ＝グリファン宛の書簡。*CII*, 290-291.

（47） Valéry, *Poésies II, Vers anciens (1891-1900)*, Fonds Paul Valéry, La Bibliothèque nationale de France, NAF 19002, f. 146 / *CII*, 292.

（48） Valéry, *Choses hautes et petit traité des passions de l'esprit*, ff. 72-73 / *Mallarmé ed Io*, p. 64.

（49） この一九〇八年九月八日付けのボニオ宛の未刊行の手紙はジュディス・ロビンソン＝ヴァレリーの論考に引用されている。Judith Robinson-Valéry, « Mallarmé, le " père idéal " », p. 105. ちなみに「ステファヌ・マラルメ、調べ豊かに」の手稿には、「私の魂はおまえの魂の生きた墓である」という印象的な詩句が書かれていた（Valéry, *Poésies II, Vers anciens (1891-1900)*, f. 146 / *CII*, 292)。

（50） C, V, 634 ; C, XXII, 600 ; *CI*, 176 ; *LQ*, 97.『カイエ』によれば、このポーをめぐるマラルメとの会話が交わされたのは、「寒くない三月ないし一一月の夕暮れ」であるが（C, V, 634）、ミシェル・ジャルティは一八九四年一一月ではないかと推定している。Michel Jarrety, *Paul Valéry*, Fayard, 2008, p. 154 et note 58 (p. 1225). 次も参照。Judith Robinson-Valéry, « Mallarmé, le " père idéal " », p. 112 et note 30.『増補版　ヴァレリー全集』第七巻（筑摩書房、一九七八年、一七四頁）は、おそらく一月三日に家に来るようにと誘う一八九四年一二月三〇日付けのマラルメの手紙を根拠に「一八九五年一月三日の夜」と断定しているが、この日は日曜ではなく木曜である（*Cf.* Stéphane Mallarmé - Paul Valéry, *Autour de moi et la main. Correspondance*, Éditions Fata Morgana - Musée Paul Valry, 2017, p. 41）。

（51） *C*, IV, 908 / *C2*, 1315-1316.

（52） *LQ*, 95. この手紙は一九一二年と誤って日付がつけられてきたが、同じ文面が記された *C*, IV, 911 の日付が示すとおり、一九一三年三月一〇日のものである。Jarrety, *op. cit.*, p. 154, note 57 (p. 1225).

（53） *LJV*, 483.

（54） *LJV*, 309.

（55） *LJV*, 111.

（56） *LJV*, 138.

（57） *C*, IV, 908 / *C2*, 1316.

（58） *LJV*, 290.

（59） *LJV*, 260.

（60） *C*, XXV, 618-619 / *C2*, 688-690.

（61） *LQ*, 95; *C*, IV, 911.『創世記』第三二章第三一節（新共同訳）。

（62） 「フランス国立図書館草稿部所蔵「ド・ロヴィラ夫人関連資料」——解読と翻訳の試み——翻訳篇（上）」、三七頁（フォリオ三九）。

（63） 本書、二二八頁を参照。

後記

本書は、二〇一九年一二月二一日に、京都大学人文科学研究所「人文研アカデミー」、および、京都大学人文科学研究所共同利用・共同研究拠点・共同研究プロジェクト（若手研究）の一環として開催されたシンポジウム「愛のディスクール——ポール・ヴァレリー「恋愛書簡」を読む」の成果論文集である。刊行にあたっては、二〇一九年度京都大学総長裁量経費（「文芸理融合のための人的プラットフォーム形成」）の助成を受けた。

シンポジウムで口頭発表された五人の論考に加え、ヴァレリーの全体像のなかに「恋愛書簡」を位置づける「序」、および、ヴァレリーと女性たちの交際の概略をまとめるテクストを付した。問題の所在を簡潔に示された清水徹先生の『ヴァレリー——知性と感性の相剋』（岩波新書、二〇一〇年）から十年を経て、新たな論点を提示するとともに、日本におけるヴァレリー理解を深めることができれば幸いである。

出版を引き受けてくださった水声社の鈴木宏社長、いつもながら丁寧な編集をしてくださった井戸亮さんにもお礼を申しあげたい。

二〇二〇年三月二日

森本淳生
鳥山定嗣

編者／執筆者について——

森本淳生（もりもと・あつお）　一九七〇年生まれ。京都大学人文科学研究所准教授。著書に、*Paul Valéry. L'Imaginaire et la Genèse du sujet. De la psychologie à la poïétique* (Minard Lettres Modernes, 2009)、編著に、『〈生表象〉の近代——自伝、フィクション、学知』（水声社、二〇一五年）、訳書に、ウィリアム・マルクス『オイディプスの墓——悲劇的ならざる悲劇のために』（水声社、二〇一九年）など。

鳥山定嗣（とりやま・ていじ）　一九八一年生まれ。名古屋大学大学院准教授。著書に、『ヴァレリーの『旧詩帖』——初期詩篇の改変から詩的自伝へ』（水声社、二〇一八年）、共著に、『ヴァレリーにおける詩と芸術』（水声社、二〇一八年）など。

＊

今井　勉（いまい・つとむ）　一九六二年生まれ。東北大学大学院教授。訳書に、ヴァレリー『レオナルド・ダ・ヴィンチ論　全三篇』（共訳、平凡社、二〇一三年）、『ヴァレリー集成V　〈芸術〉の肖像』（共編訳、筑摩書房、二〇一二年）、アントワーヌ・コンパニョン『第二の手、または引用の作業』（水声社、二〇一〇年）など。

松田浩則（まつだ・ひろのり）　一九五五年生まれ。神戸大学大学院教授。著書に、『ポール・ヴァレリー『アガート』——訳・注解・論考』（共著、筑摩書房、一九九四年）、訳書に、ドニ・ベルトレ『ポール・ヴァレリー』（法政大学出版局、二〇〇八年）、ジッド／ルイス／ヴァレリー『三声書簡 1888-1890』（共訳、水声社、二〇一六年）など。

塚本昌則（つかもと・まさのり）　一九五九年生まれ。東京大学大学院教授。著書に、『目覚めたまま見る夢——二〇世紀フランス文学序説』（岩波書店、二〇一九年）、編著に、『ヴァレリーにおける詩と芸術』（共編、水声社、二〇一八年）、訳書に、ウィリアム・マルクス『文学との訣別——近代文学はいかにして死んだのか』（水声社、二〇一九年）など。

装幀——山崎登

愛のディスクール――ヴァレリー「恋愛書簡」の詩学

二〇二〇年三月二〇日第一版第一刷印刷　二〇二〇年三月三〇日第一版第一刷発行

編者――森本淳生・鳥山定嗣

発行者――鈴木宏

発行所――株式会社水声社
東京都文京区小石川二―七―五　郵便番号一一二―〇〇〇二
電話〇三―三八一八―六〇四〇　FAX〇三―三八一八―二四三七
［編集部］横浜市港北区新吉田東一―七七―一七　郵便番号二二三―〇〇五八
電話〇四五―七一七―五三五六　FAX〇四五―七一七―五三五七
郵便振替〇〇一八〇―四―六五四一〇〇
URL : http://www.suiseisha.net

印刷・製本――モリモト印刷

ISBN978-4-8010-0475-7